Lana Leros

mordesNAH

mordesNAH

Serie „NAH“:
       Buch 1: „sterbensNAH“
       Buch 2: „mordesNAH“

Lana Leros

Dieses Buch widme ich meinen beiden Söhnen, meinem Mann, meiner Mutter, meiner Schwägerin G. und meiner Lektorin M., meiner besten Freundin H., meinem Freund G., sowie auch den Lesern und Leserinnen meines ersten Buches, die mir Zeit, Raum und Motivation geben zu schreiben.

Auch in diesem Roman gibt es einen Teil, der aus dem Leben gegriffen ist und ein Teil ist ausgedacht, dennoch sind Ähnlichkeiten mit lebendenden oder verstorbenen Personen oder Begebenheiten rein zufällig und von mir nicht beabsichtigt.

FSC
www.fsc.org
MIX
Papier aus ver-
antwortungsvollen
Quellen
Paper from
responsible sources
FSC® C105338

© 2020 Leros, Lana
Herstellung und Verlag: BoD – Books on Demand, Norderstedt
ISBN: 9783752691061

1.Auflage 2020
Copyright Lana Leros

Alle Rechte vorbehalten.
Das Werk darf – auch nur teilweise – nur mit Genehmigung der Autorin
wiedergegeben werden.

Lektorat: M. M.
Korrektorat: L. J., J.M. u.a.

Covergestaltung: Sören Jorczik
Covermotiv:
©https://www.pexels.com/de-de/foto/licht-frau-hand-romantisch-
4024732/

©stux pixabay.com

©Crazy Killer von the Font Emprium 1001freefonts.com
http://www.fontemporium.com/

*Bibliografische Information der Deutschen
Nationalbibliothek: Die Deutsche Nationalbibliothek
verzeichnet diese Publikation in der Deutschen
Nationalbibliografie; detaillierte bibliografische Daten
sind im Internet über dnb.dnb.de abrufbar.*

„Wege entstehen dadurch, dass man sie geht."
Franz Kafka

Prolog

Dieses Plätschern in meinen Ohren betoniert sich für alle Ewigkeit in mein Hirn. Das Wasser um mich herum steigt unaufhörlich, und ich werde ertrinken, auch wenn ich es nicht wahrhaben will.

Warum das so ist, kann ich nicht sagen, denn der Raum, in dem ich stecke, bietet mir keine Möglichkeit zu entkommen. Vielleicht hätte ich eine geringe Chance, wenn ich ein Werkzeug oder etwas Ähnliches bei mir hätte.

Ja, mein Mann Manuel hatte immer etwas dabei. Damals hatte ich geschimpft, weil er so viel Geld für ein Leatherman Multitool ausgegeben hatte. Ein Werkzeug, an dem Schere, Feile, Messer und vieles andere dran war. Wenn er daran seine kleine Gabel ausklappte, um die Pommes Frites zu essen, dann hatte ich ihn immer belächelt. Doch was würde ich jetzt darum geben, wenn ich es jetzt hätte und mich damit aus diesem Loch hier befreien könnte.

Ach Manuel, wie vermisse ich dich. Wie konnte ich nur auf die Idee kommen, andere Menschen kennenlernen zu wollen? Und dann noch übers Internet! Warum hielt ich mich nicht einfach an alten Freundschaften und an meinem Mann fest? Er war beruflich viel unterwegs und hatte auch die ein oder andere Arbeit mit nach Hause genommen. Das hatte mich oft gestört, doch hatten wir so viel zusammen erlebt. Unsere Wochenendbeziehung während meines Studiums, unsere kleine Wohnung in einem Mehrfamilienhaus, in der wir alles um uns herum mitbekamen, weil es so hellhörig war, all das waren schöne Zeiten. Auch die Streitigkeiten, wenn es um die Farbe des neu zu kaufenden Sofas ging. Ich wollte gern das Liegesofa in tiefseeblau und er das puristische Sofa in grau. Er hatte gewonnen. Die Geburten unserer Kinder und die Sorgen, ob wir je das Haus, in das wir umgezogen waren, irgendwann mal abbezahlt haben würden, hatten wir zusammen gemeistert. Die großen Sorgen der kleinen Kinder, wenn z.B. der eine dem anderen das Essen vom Teller geklaut hatte, hatten uns oft zum Lachen gebracht. Ach ja, schön ist es, daran zu denken, doch ob ich sie je wiedersehen werde? Sogar ein Streit wäre jetzt toll. Hauptsache ich wäre hier nicht allein. Jetzt waren sie ja schon groß und kümmerten sich um ihre Freundinnen, Schule, Studium und Führerschein. Die Zeit war viel zu schnell vergangen. Ich war immer gern Mutter, auch wenn es das Anstrengendste in meinem Leben bisher war. So war es auch das Schönste. Das tägliche Butterbrote schmieren, damit sie etwas in ihren Schulpausen essen konnten, hatte mir immer das Gefühl gegeben, gebraucht zu werden. Jetzt bedienten sie sich eigenständig an dem Kühlschrank, wenn ihnen danach war. Ja, wir hatten es geschafft sie selbstständig werden zu lassen. Und doch waren Manuel und ich dabei auf der Strecke geblieben. Wir hatten verlernt, uns Zeit füreinander zu nehmen.

Das hatte ich aus der Freundschaft mit Anna gelernt. Mit ihr hatte ich alles nachholen wollen. Zu Anna hatte ich von Anfang an eine enge Bindung. So stark, dass ich den Eindruck hatte, wir hätten uns sterbensnah ineinander verliebt. Doch diese Nähe war auch gefährlich für mich. Als der Verdacht in mir wie der Sprössling einer Schlingpflanze zu keimen anfing, dass sie einen Mord begangen haben könnte, zerbrach unsere intensive Freundschaft. So war es nicht ihre bisexuelle Neigung, die sie zu einer Nachbarin gehabt hatte, obwohl sie, zurzeit immer noch, verheiratet ist. Nein, es war irgendetwas anderes gewesen, dass sie vor mir verheimlicht hatte. Am Ende hatte sich herausgestellt, dass alles anders kam, als ich es befürchtet hatte. Doch trotz mehrfacher Versuche, die Freundschaft zu retten, war das nicht möglich gewesen. Die Briefe und Anrufe waren für uns beide quälend und mit unausgesprochenen Vorwürfen belastet. Was soll´s, ich hatte mit Manuel viel darüber gesprochen und was uns in unserer Ehe gefehlt hatte, hatten wir versucht wieder neu zu erschaffen.

Das Wasser steigt immer höher. Ich fühle, wie die Kälte von unten nach oben in meinen Körper steigt. Das Gefühl für Zeit ist mit der anhaltenden Dunkelheit um mich herum verloren gegangen. Die Hoffnung, dass mich jemand durch die an der Decke installierte Kamera sieht und mir zur Hilfe kommt, habe ich aufgegeben. Entweder es schaut keiner zu, oder die Aufnahmen wurden alle paar Stunden, wie bei unseren Kameras an unserem Haus, gelöscht? Dann würde mein Ertrinken in diesem Raum nicht digital hinterlegt werden. Oder vielleicht würden Wochen später, wenn ich als Leiche aufgedunsen kaum noch zu identifizieren wäre, die Bilder doch ausgewertet werden? Möglicherweise ist es einfach ein Irrer, der mir beim Sterben zusehen will?

Die Schmerzen im Fuß und in meinem aufgerissenen Oberschenkel haben auch etwas Tröstliches. Denn sie erinnern mich daran, dass ich noch lebe. Doch wie lange noch?

Der kleine rot blinkende Lichtpunkt der Cam an der Decke des Raumes macht mich wahnsinnig, ich versuche, da nicht mehr hinzuschauen. Die Vorstellung, dass ein Verrückter an einem anderen Ende dieser Kamera sitzen könnte, und meinem Leiden zusieht, will ich verbannen.

Warum hatte ich ihn nur kennenlernen wollen? Oder war es eher umgekehrt gewesen? Es waren schöne Momente gewesen. So wie mit anderen auch. Warum täuschte ich mich nur so oft in den Menschen? „Hör auf dein Bauchgefühl" war sogar einmal der Titel einer Fortbildung gewesen. Ja, das hatte ich getan und was war dabei herausgekommen?

Durch den möglicherweise einzigen Fluchtweg, den der Lichtschacht darstellte, kann ich nicht entkommen. Das Wasser läuft ungehindert weiter durch das Ende eines Gartenschlauches in diesen nicht zu öffnenden Schacht des Kellerraumes. Ich bekomme einen Lachanfall, denn der Gedanke, dass es eher ein Wasser- als ein Lichtschacht ist, lässt mich über diese Wortschöpfung lachen. Werde ich unter diesen Umständen hier langsam verrückt, um das Sterben besser ertragen zu können?

Hätte ich es wissen müssen? Es hatte keinen Hinweis darauf gegeben, dass er ein Mörder hätte sein können. Vielleicht war er es ja auch gar nicht, sondern jemand anderes? Wie sieht ein Mörder aus? Allein das Aussehen lässt doch keinen Rückschluss darauf zu, dass ein Mensch ein Mörder ist? Auch sein Beruf oder seine Ausdrucksweise waren nicht typisch für einen Mörder. Doch er hat sicher bald nicht nur mich auf dem Gewissen. Das Wasser steigt mir inzwischen bis zur Brust. Der dünne Türspalt lässt kein Licht und vermutlich kaum noch Wasser durch. Vielleicht liegt von der anderen Seite jetzt etwas davor?

Wie lange würde es dauern? Sollte ich jetzt einfach untertauchen und mir den Rest geben? Wäre es ein Atemzug unter Wasser oder müsste ich mehrmals das Wasser in meine Lungen saugen? Würde es schmerzen oder könnte es eher die Panik sein, die mich umbringt? Vielleicht findet mich hier doch noch jemand rechtzeitig? Jedenfalls kann es sich nur noch um eine kurze Zeitspanne handeln, bis das Wasser über mir zusammenlaufen wird.

1. Kapitel

„Irgendwann treibst du es so weit, dass es böse für uns endet," hatte sie einmal zu mir gesagt.

„Wann war das?", fragte ich

„Ja… mal überlegen, ungefähr vor einem Jahr. Meine Ex hatte, während sie das gesagt hatte, das Abendessen für uns gekocht. Es gab Steaks und Salat, mein Lieblingsessen."

„Und warum? Ich meine, warum hat sie das gesagt?"

„Ich habe wie immer in mein Handy geguckt."

„Warum?,…" bohre ich weiter.

„Sonja,… du willst auch alles wissen… ja, wie immer halt, hab´ so geschaut, welche Nachrichten für mich da sind und ne´n bisschen, was so andere geschrieben haben. Gedanken halt, die man so hat. Getwittert eben, weißt doch, wie das so ist."

„Ja… weiß ich, guten Morgen und guten Abend oder will Einer Sex mit mir? Auch wenn das Wort oft umschrieben wird und doch hinter allem steht, oder? Aber wie meinte sie das denn? Es könnte böse für euch enden?"

„Na ja, weiß ich jetzt auch nicht, hab´ mir damals
nichts dabei gedacht. Und heute, siehst´e ja, mein
Scheidungstermin ist schon nächste Woche.“

„Meinte sie die Scheidung damit oder etwas anderes?

„Och, keine Ahnung, was sie damals damit gemeint
hat! Mensch Sonja… woher soll ich das wissen? Hab´
ja gar nicht richtig zugehört, wegen dieser ganzen
Tipperei auf meinem Handy. Ist mir nur so
eingefallen. Vielleicht hatte sie schon an eine
Trennung dabei gedacht. Mensch du fragst aber auch
immer!“

„Weißt du doch! Bin eben so! Ich bin nicht neugierig,
sondern will nur alles wissen. Dennoch, deine Ehe
war doch schon vorher zu Ende.“

„Wie meinst du das?“

„Na ja,… wenn es zwischen euch gestimmt hätte,
dann hättest du dich nicht in eine andere Welt
getwittert, um mit anderen Frauen zu flirten und
dann auch noch fremd zu gehen!“

„Das kann sein, Sonja. Aber das war mir ja gar nicht
bewusst.“

Sonja musste lachen und strich Daniel über seine
Haare.

„Ich finde es schön, dass du auf einen Kaffee
vorbeigekommen bist. Darüber freu´ ich mich sehr.

Ich bin ja erst seit ein paar Wochen in den Netzwerken unterwegs, ein Küken also. Seit der Frankfurter Buchmesse, als mir ein Autor sagte, dass ich den Verkauf meines Buches „sterbensNAH" durchs Netzwerken vorantreiben müsse, bin ich bei Twitter oder Insta unterwegs. Ich schreibe da unter Pseudonym, denn so ganz geheuer ist mir das nicht. Schließlich ist da ja jeder drin. Aber man muss sich zeigen und etwas über sich verraten, wenn man seine Bücher anpreisen möchte. Vorher kannte ich nur das Whatsappen mit Bekannten, Freunden oder der Familie."

Sie spürte, wie ihre Wangen leicht erröteten, und drehte sich deswegen ein wenig von ihm ab.

„Ja… ist schön, dich mal näher kennen zu lernen."

„Machst du das denn öfter, Daniel?"

„Was?"

„Ja, wenn du so Frauen im Netz schreibst, wie mir, dass du sie dann auch im realen Leben triffst?"

„Ja nee, eigentlich nicht, ist ja nicht mit allen so wie mit dir. Ein paar Frauen habe ich schon getroffen, um so dem Ganzen eine gewisse Realität zu verleihen. Ich habe mich schon immer mit Frauen am besten verstanden. Aber ja nee,… ich hatte mir dich auch anders vorgestellt."

„Ja, wie jetzt, dazu gehören ja vielleicht zwei, ich habe mir dich auch anders vorgestellt und mehr muss ja auch nicht daraus werden."

„Ja, äh… das mein' ich nicht, also na ja… ich mein' halt, so… Aber gut, wie du meinst, ich glaub' du hast mich falsch verstanden. Du siehst auf jeden Fall besser als auf den Fotos aus, die du eingestellt hast."

„Nein, ich hab' dich schon richtig verstanden, und ist ja auch kein Problem, ich bin ja verheiratet und du auch noch, wenn ich daran erinnern darf. Du hast sicher keine Lust dazu, dich in ein neues Abenteuer zu stürzen."

„Äh ja, das stimmt, aber ich glaub', du schätzt mich falsch ein, Sonja. Na ja, anderes Thema, wie schmeckt dein Kaffee?"

„Ja… danke gut, es ist eine Rösterei hier mit drin, da muss der Kaffee ja gut schmecken. Die Dinge müssen für mich so schmecken wie sie aussehen. So muss ein Kaffee für mich nach seinem guten Aroma und nicht nach verbrannten Kaffeebohnen aussehen und schmecken. Ich war mit meinem Mann früher schon öfter hier. Er heißt Manuel, wir sind fast 25 Jahre verheiratet."

Bilder von den gemeinsamen Kaffeestunden in dem Café kamen in ihr hoch. Endlich mal zwei Stunden allein, nur Manuel und sie. Es war immer wie ein kleiner Miniurlaub. Am besten schmeckte der Kaffee morgens, wenn sie auf dem Segelboot im Urlaub saßen, dem Sonnenaufgang zusahen und die Kinder noch schliefen. Ansonsten hechteten sie beide nach dem Aufstehen zu ihren Jobs. Er zur Polizei und sie früher in die Schule und jetzt in die Agentur. Auch an den Wochenenden brummten ihre Handys, um an die Termine zu erinnern. Es blieb immer der Blick auf die Uhr: Wann bringt wer die Kinder zum Sport, zu Verabredungen oder zur Musikschule? Die Tage waren immer durchgetaktet. Die Zeit war viel zu kurz.

„Was ist los?"

„Ach nichts, wenn du deinen Kaffee gleich ausgetrunken hast, dann können wir ja noch ein wenig hier rumlaufen und uns die Geschäfte in der Fußgängerzone angucken?"

„Ja gern, ich verschwinde nur mal eben zur Toilette, dann können wir los."

„Wenn ich gezahlt habe, warte ich dann draußen auf dich, ist das okay?" Gespannt auf seine Reaktion, schaute sie ihn an, aber es schien für ihn normal zu sein, dass sie zahlte.

Er nickte ihr zu und griff schon mal seine Lederjacke. Sie beobachtete ihn und überlegte, warum er es als selbstverständlich ansah, dass sie bezahlt hatte. Aber gut, sie hatte ja auch auf seine Frage geschrieben, dass sie sich mit ihm treffen wolle und dieses Café vorgeschlagen. Das war ja irgendwie als Einladung zu

verstehen. Es war weit genug von ihrem zu Hause
entfernt gewesen. Für das erste Treffen wollte sie
sicher gehen, dass er ihrem Wohnort und ihrer
Familie vorerst fernbleibt. Sie hatte schon viel
gelesen. Selbst wenn man sich gegenseitig nett
schrieb, hieß das noch lange nicht, dass diese
Menschen hinter den Accounts auch wirklich so sind,
wie sie sich in den Netzwerken geben. Da konnte sich
jeder hinter irgendwelchen Accounts verstecken. Das
Spektrum reicht vom Gefängnisinsassen, der
eigentlich kein Handy haben darf, bis hin zum
amerikanischen Präsidenten. Auch Schauspieler sind
darin vertreten. Jonny Depp folgt Sonja auf 13
verschiedenen Accounts, so dass davon auszugehen
ist, dass das auf jeden Fall Fake-Accounts sind.

Sie dachte vor der Tür des Cafés darüber nach und
ging dabei auf und ab. Es nieselte leicht. Wie kam sie
nur auf die Idee das Treffen noch weiter durch einen
Spaziergang durch diese Fußgängerzone in die Länge
zu ziehen? Wahrscheinlich war Manuel schon wieder
auf dem Heimweg oder wartete sogar zu Hause auf
sie, und sie hatte sich hier mit einem fremden Mann
verabredet. Ein Mann, der vor einer Scheidung stand,
weil er sich aus der Welt getwittert hatte und
offenbar fremd gegangen war.

Manuel und ich hatten manchmal über eine
Trennung gesprochen, aber einen Scheidungstermin
hatten wir nie. Im Moment war es eher wie in einer
gut funktionierenden Wohngemeinschaft zwischen
uns. Heute fühle ich das Leben in mir stärker als

sonst. Denn so aufgeregt wie heute vor dem Treffen mit Daniel, war ich lange nicht mehr gewesen.

Dann kam er endlich durch die Tür und zog sich dabei die Lederjacke über seine breiten Schultern. Er spannte einen schwarzen Schirm auf, reichte ihr seinen rechten Arm und nickte ihr zu. Sie merkte, wie sie ihn anlächelte und schaute ihrer Hand dabei zu, wie sie sich auf seinen Arm langsam wie eine Schlange wand.

„Okay mit hohen Absätzen würde es mit uns beiden vielleicht noch besser gehen, was meinst du Daniel?"

„Nächstes Mal, ich bin halt mit 1,95 sehr groß. Die meisten Frauen sind für mich zu klein."

Die Wörter „nächstes Mal" ließen sie lächeln. Doch dann funkten die Begriffe „zu klein" in ihr auf. Nein, das ist bestimmt nicht negativ gemeint, und sie versuchte, diesen Gedanken, aus ihrem Kopf zu verbannen. Sie schaute auf ihre Füße. Manchmal fand sie sogar sehr schöne Schuhe in ihrer Größe in der Kinderschuhabteilung. Für die restliche Kleidung hatte das bisher leider nicht funktioniert, denn die beiden Jungs, die sie zur Welt gebracht hatte, hatten sie körperlich viel gekostet. Ihre Konfektionsgröße war nicht mehr 34, sondern 38 und ihre Füße waren von Größe 36 auf 37 angewachsen. Klar sind hohe Schuhe schön und verwandeln den Gang einer Frau in eine wiegende Bewegung, doch sind Highheels für ältere Frauen heutzutage gar nicht mehr so modern.

Dennoch führt der Anblick von hohen Schuhen bei
Männern oft im Kopf zu einem Klick, und ihre
Hirnleistung rutscht in die Körpermitte. Vielleicht
gehörte Daniel ja nicht zu dieser Sorte? Wir gingen
die Fußgängerzone rauf. Keiner von uns beiden sagte
etwas.

Sie schauten sich die Geschäfte und Menschen an.
Manchmal blieben sie stehen und versuchten durch
die verdreckten Schaufensterscheiben zu sehen, ob
sich darin noch ein Ladengeschäft verbarg oder nicht.
Eine Bäckerei reihte sich an die andere. Viele
Geschäfte wirkten dunkelgrau oder hatten weiß
gekalkte Fensterscheiben, die sie wie trostlose Augen
anschauten. Die 1. Corona Krise hatte zu zusätzlichen
Geschäftsschließungen geführt. In vielen
Ruhrgebietsstädten sah es so ähnlich aus. Irgendwo
ein großes Center am Ende einer Fußgängerzone,
bestenfalls mit einem Supermarkt und teurem
Parkhaus darin und endlos vielen Schnäppchenläden
und Bäckereien.

Diese Fußgängerzone mochte im Frühling vielleicht
anders wirken, aber jetzt im Februar trugen die
wenigen Bäume kein Grün. Die Pflasterplatten waren
rissig und ein wenig Grün kämpfte sich durch die
Ritzen im Beton. Die Menschen gingen alle ihrer
Wege, als hätten sie jeweils ein Ziel, nur wir beide
nicht.

Sie überlegte, was sie wohl dazu getrieben haben
könnte, diesen Vorschlag zu machen und mit Daniel,

einem, ihr eigentlich fremden Mann, durch diese unansehnliche Fußgängerzone zu laufen. War sie ihm zu langweilig? Wenn ja, dann würde er sich jetzt vielleicht gar nicht mehr mit ihr treffen wollen?

2. Kapitel

„Warum triffst du dich denn mit so einem Typen?“

„Was meinst du damit? Ich twittere, instagramme
und facebooke seit der Buchmesse letztes Jahr, um
mein Buch zu vermarkten. Das weißt du doch
Manuel, du warst mit dabei, als wir den Autor
getroffen haben, der mir dazu geraten hatte. Da ist
doch klar, dass man auch mal die Menschen
kennenlernen möchte, mit denen man sich fast
täglich schreibt. Deswegen habe ich mich mit ihm
getroffen. Du musst nicht eifersüchtig sein. Wir
wollen uns nicht trennen, oder? Aber du musst mir
doch die Freiheit geben, mich mit anderen Menschen
treffen zu dürfen.“

„Ja und was will der?“

„Das Gleiche wie ich! Er will auch gucken, was das für
Menschen hinter den Accounts sind, mit denen man
fast täglich schreibt.“

„Aha, wahrscheinlich... sind das nicht alles eher
kostenlose Dating Plattformen?“

„Du musst mir schon vertrauen. Ich gehe dir nicht
fremd. Das war auch mit Anna nicht so, das weißt du.
Ich könnte ja oft, wenn du nicht da bist oder ich auf
Fortbildungen bin und du auch! Ich hab's bis jetzt
noch nicht getan, und du?“

„Weißt du doch! Ich verstehe trotzdem nicht, warum du dich mit so einem aus dem Netz triffst. Du kennst doch so viele andere Leute."

„Ja… kenne ich, und wo sind sie? Die Freunde? Warum melden sie sich nicht, wenn es mir schlecht geht, oder erkundigen sich nach mir, und fragen mal, wie es mir geht? Zu vielen Menschen in meinem Leben habe ich gar keine freundschaftlichen Verbindungen mehr. Sie sind eigentlich nur noch schöne Erinnerungen an eine Freundschaft geworden, die vielleicht mal zwischen uns bestand. Im Internet kann ich meinen Worten und Gefühlen freien Lauf lassen. Da gibt es Menschen, die mir sofort ihre Hilfe anbieten, obwohl sie mich noch nie gesehen haben. Sie fragen, wie es mir geht. Auch wenn sie mich nicht kennen, lesen sie meinen Text und verstehen mich. Ich bekomme Ratschläge für kniffelige Lebenssituationen von ihnen. So begrüßen mich diese fremden Menschen jeden Morgen und geben mir das Gefühl, nicht allein zu sein. Warum das meine Freunde nicht tun, weiß ich nicht. Und wer weiß das, vielleicht treffe ich sie ja auch mal alle persönlich bei einem großen Treffen? So wie ich Daniel jetzt bei einer kleinen Verabredung kennengelernt habe. Ich möchte darauf nicht mehr verzichten."

„Okay, wenn du meinst. Meine Freunde begrüßen mich auch nicht jeden Tag. Das wäre mir viel zu anstrengend. Und jeden Tag, dieses „schönen Tag" wünschen, ist so etwas von überflüssig. Sonja, du musst es wissen. Wenn du das brauchst, dann musst du das wohl machen. Ich vertraue dir ja, aber bitte pass gut auf dich auf. Manchmal gibt es Menschen im Netz, die dir einfach Böses wollen."

„Ja das kann sein, auch wenn ich mir nicht vorstellen kann, was das sein könnte. Ich hoffe, dass du Daniel mal kennen lernst. Dann bist du sicherlich nicht mehr so eifersüchtig. Ich liebe dich immer noch, trotz allem, was geschehen ist. Was sollte ich in meinem Leben ohne dich machen? Wen sollte ich anrufen und fragen, welche Bahn ich nehmen soll, oder wo ich bin, wenn ich mich verfahren habe? Du bist doch mein bester, einziger Freund und Ehemann. Du bist alles in einem."

Ein Lächeln huschte durch sein Gesicht. Sie gingen weiter im Wald nebeneinander. Jeder schien den Worten des anderen in Gedanken hinterher zu hinken und Satzfetzen wiederholten sich dabei in ihrem Kopf. Die Sonne strahlte durch die Äste und ein kleiner Ansatz vom Grün der Blätter vermischte sich mit den Farben des Mooses der Baumstämme. Es war eine gute Idee von Manuel gewesen, zum Reden einfach in den Wald zu gehen.

Sie spürte seine Hand an ihrer. Er umfasste sie mit seiner und schaute sie an. In seinen Augen spiegelte sich die Liebe der letzten Jahre wie ein flackerndes Kerzenlicht wider.

„Wie habt ihr euch denn im Netz gefunden, du und
dieser Daniel? Erzähl doch mal?"

„Na ja, du weißt doch, dass ich gern dichte, und das
Spiel mit den Worten mag. Manchmal schreibe ich
auch den ein oder anderen erotischen Text und stelle
ihn ins Netz. Manche Leser dieser kleinen Texte
rasten dann voll aus und onanieren oder wollen sich
mit mir treffen. Das will ich aber nicht. Also ich
meine, dass ich mich mit diesen Lesern nicht treffen
möchte. Trotzdem bin ich auch stolz darauf, wenn
meine Worte etwas in einem anderen Menschen
bewirken. Ich bin jedes Mal erstaunt darüber, wie
Wörter Menschen triggern können. Ich habe in
diesem Fall zum Beispiel nur einen Kuss in drei Sätzen
beschrieben. Du musst wissen, dass man bei Twitter
nicht viel Raum für die Anzahl der Buchstaben hat.
Früher waren es 140 Zeichen mittlerweile sind es ja
schon 280, die man zur Verfügung hat. Doch
trotzdem hat es dafür ausgereicht, dass Daniel kurz
darauf reagiert hat. Direkt, aber sympathisch, weißt
du, gar nicht aufdringlich wie manch´ andere. Da ist
es zu einem kleinen schriftlichen Flirt zwischen uns
gekommen. Aber weißt du eher spaßig, nicht wirklich
ernsthaft. Dann verlor das Geschriebene bald diese
Oberflächlichkeit und der Dialog wurde weniger
erotisch und sachlicher.

Ich fragte ihn nach seiner Familie, und da habe ich
erfahren, dass er sich gerade von seiner Frau trennt.
Der Scheidungstermin ist in ein paar Tagen. Ich habe
das alles gelesen, was er mir geschrieben hat. Es war

ein langes Geständnis. Er tut mir leid, weil er die
Trennung von seiner Frau nicht will, doch sie besteht
darauf. Es ist ihm gar nicht bewusst gewesen, dass er
nicht so glücklich in seiner Ehe war. Er hat aber nie
mit seiner Frau darüber gesprochen. Alles war immer
wichtiger z.B. die Verabredungen mit Nachbarn,
Tennismatches, Kinder oder die Hausaufgaben der
Kinder. Irgendwann fing er an zu twittern. Erst
manchmal, wenn ihn keiner sah. Ein Kumpel hatte
ihm erzählt, dass man dort nette Frauen
kennenlernen kann und auch geile Bilder sieht, wenn
man den Jugendschutzfilter rausnimmt. Er hatte bald
eine andere Frau im Netz kennen gelernt und mit ihr
erst ab und zu und dann täglich und schließlich
ständig geschrieben.

Hinzu kam, dass er prüde erzogen worden war und
die Bilder, die er in den Netzwerken sah, ihn innerlich
von sexuellen Zwängen befreit hatten. Dabei hat er
sich irgendwie aus der Ehe getwittert. Eine Zeit hat er
in einer Scheinwelt gelebt, die ihn auch begleitet hat,
als er sich mit dieser fremden Frau getroffen hatte.
Doch jetzt hat er festgestellt, dass er seine Frau
eigentlich immer noch liebt. Das Verhältnis hatte er
beendet. Sie hätten die Ehe retten können, wenn sie
miteinander geredet hätten. Er ist sich sicher, dass sie
jetzt noch verheiratet wären und alles sogar hätte
schöner sein können als zuvor. Aber es ist zu spät. Sie
kann ihm nicht verzeihen und das Vertrauen ist
zerstört, … traurig, oder?“

„So wie jetzt mit dir?“

„Wie jetzt? Verstehe ich nicht! Noch einmal, … ich habe nur von ihm erzählt. Was meinst du jetzt? Ja, ich habe mit ihm geschrieben, „Guten Morgen" und „guten Abend" „Wie geht es dir?". Wir haben auch keinen digitalen Sex, wie andere da in den Netzwerken. Er braucht jemanden, der ihm zuhört. Die Freundschaften, die er gemeinsam mit seiner Frau hatte, sind zerbrochen. Das wäre doch bei uns auch so, wenn wir uns getrennt hätten. Wir leben zwar im 21. Jahrhundert und jede 2. Ehe wird mittlerweile geschieden, aber einen Ehebrecher toleriert man immer noch nicht. Ja, vielleicht unterstellst du mir, dass er in mich verliebt ist. Das kann sein, dass er mich etwas mehr als andere Menschen mag. Ja, und möglicherweise liegt es auch daran, dass ich eine Frau bin und er einfach Frauen mag. Dennoch ist das normal, wenn da plötzlich jemand ist, der dir hilft. Ja, und du hast eventuell recht mit deinem Blick, vielleicht ist er deswegen wirklich in mich ein bisschen verliebt. Ich muss gestehen, dass mir das gefällt. Außerdem sehe ich ja auch nicht schlecht aus, oder?"

„Aha… mir bleibt ja nichts anderes übrig als dir zu vertrauen, oder?"

Nachlassen konnte Sonja jetzt nicht. So erzählte sie ihm, was sie alles im Netz fand und von ihren gegensätzlichen Erfahrungen, die sie jeden Tag machte. Sie halten sie gedanklich fit. Dabei freute sie sich darüber, dass Manuel sich nach 4 Monaten endlich dafür interessiert hat, was sie mit ihrem

Handy jeden Tag meistens dann macht, wenn er
neben ihr Dokumentar- oder Actionfilme guckt. Als
sie ihm von den 30 täglichen guten Morgen- und
Abendgrüßen, den Non-Mentions, den Gifs, Memes,
den Lebensweisheiten, die viele da einstellen,
erzählte, lächelte er.

Sie hörte nicht auf und berichtete ihm von der guten
Laune, die sie mit ihren Texten und selbsterstellten
Fotos verbreitete, und wie dankbar ihr die Menschen
darauf antworteten. Klar hätte sie mehr Follower mit
Fotos von Katzenbabys, Seelenstriptease oder
witzigen Memes bekommen können, aber die
inspirierten sie nicht. Auch wenn sie unter einem
Pseudonym schrieb, tat ihr die Anerkennung für das,
was sie da einstellte, gut. Auch der Austausch über
Gedichtformen oder die Natur gefiel ihr sehr.

Sie erklärte ihm, dass sie dort so sein könnte, wie sie
wirklich sei. Sie fühlte sich bereichert durch die
Kommentare und Posts anderer und ihre Welt schien
dadurch größer geworden zu sein.

„Weißt du, da sind Menschen auf anderen
Kontinenten, die ich nie persönlich treffen werde.
Auch diese Länder werde ich niemals bereisen
können. Selbst, wenn ich es wollte, so könnte ich es
nie schaffen. Wenn ich manche Beiträge nicht lesen
und verstehen kann, weil sie in einer mir
unverständlichen Sprache geschrieben sind, dann
kann ich sie mir im Handy übersetzen lassen,

verstehst du? Ich schaue durch die Welt der Texte und Bilder anderer Menschen in fremde Welten.“

„Achte bitte gut auf dich, Sonja! Jeder ist im Netz und kann sich hinter allem verstecken.“

Sie überlegte, was er wohl damit meinen könnte?

Daniel war echt nett und bisher hatte sie nur schöne Schreibdialoge mit anderen Menschen im Netz gehabt. Klar, waren da mal ein paar seltsame Vögel dabei, die sich vielleicht nicht trauten, jemanden im real life anzusprechen und die Netzwerke nur als dating base benutzten. Auch gab es immer wieder Verschwörer, die die Übernahme der Weltherrschaft befürchteten oder andere wilde Gedanken äußerten. Aber das war alles eher amüsant als beängstigend für sie. Aggressivität schlug ihr selten entgegen. Sie rief es ja auch nicht so ins Netzwerk hinein. Und wenn mal jemand ihr gegenüber grundlos aggressiv gewesen war, dann blockte und meldete sie diese Personen meist sofort. Erst bekamen diese Leute aber immer mindestens eine Chance. Denn schließlich konnte es sich immer um ein Missverständnis handeln. Wenn es zu Beleidigungen kam, und sie sich für ihre missachtenden Wörter nicht entschuldigten, dann waren sie raus. Das

Netzwerken soll ja Spaß machen, denn Sonja musste ihre Freizeit nicht mit solchen Menschen belasten.

23

3. Kapitel

Pling! „Hast du morgen Zeit? LG Daniel.“

„Ja hab´ ich, was sollen wir unternehmen?“ Fragte sie Daniel.

Vor dieser Nachricht hatte sie sich müde gefühlt. Sie hatte die Nacht schlecht geschlafen, vermutlich, weil sie Manuels Schnarchen manchmal nicht überhören konnte, aber genau wusste sie nicht, woran es gelegen hatte.

Es konnten auch unruhige Träume gewesen sein. Ihr ging es da so wie den meisten Menschen: Sie wollte versuchen, sich ihre Träume zu merken, aber letztlich waren sie immer schon nach dem Zähneputzen aus ihrem Kopf gelöscht.

Klar, konnte man getrennt schlafen, um nicht den anderen zu wecken, wenn man ihn im Schlaf versehentlich berührt hatte, aber ab und zu suchte sie Manuels Nähe. Diese Nacht war unruhig gewesen, was möglicherweise an den warnenden Worten Manuels beim Spaziergang am Tag zuvor gelegen hatte. Sie hatte sich von links nach rechts gedreht und war phasenweise aufgewacht und wieder in einen leichten Schlaf gesunken.

„Jeder ist im Netz und kann sich hinter allem verstecken,“ hatte er gesagt. Später würde Sonja einsehen müssen, dass sie diese Warnung Manuels hätte ernster nehmen sollen, als sie es getan hatte.

Durch Daniels Frage, ob sie morgen Zeit hätte, fühlte sie sich so wach, als hätte sie gerade einen doppelten Espresso getrunken. Denn diese Frage von ihm hatte nach einer Verabredung geklungen. Doch trotzdem wunderte sie sich über sich selbst. Was wusste sie eigentlich wirklich über ihn, doch nur das, was er ihr erzählt hatte. Konnte sie ihm glauben?

„Wenn du kein Vertrauen schenkst, dann kannst du auch keins ernten," hatte ihre liebe verstorbene Oma mal gesagt. Wie ein Geist tauchte sie vor ihr auf, aber Sonja wusste, dass es nur eine Einbildung war. Nach dem Tod ihrer Oma, hatte sie öfter diese scheinbaren Begegnungen mit ihrem Geist.

Also wollte sie sich mit Daniel doch treffen. Sie hatte ihm auch schon geschrieben, da konnte sie jetzt keinen Rückzieher mehr machen. Was hätte er dann von ihr gedacht, wenn sie das getan hätte?

Aufgeregt wie eine Sechszehnjährige fühlte es sich in ihr an, als sie innerlich ihren Kalender durchging. Aber für morgen hatte sie keinen Termin, der mit der Verabredung kollidiert wäre. Als sie noch Lehrerin war, hätte sie das nicht gekonnt, spontan Verabredungen anzunehmen. Die Zeiteinteilung von Lehrern richtet sich nach dem Rhythmus der Unterrichtsvorbereitungen, der Klassenarbeiten, Korrekturen, Nachbereitungen und Zeugnisnoten.

Hatte man zwei schriftliche Fächer, dann hatte man sich mit seinem Körper und seiner Lebenszeit ausschließlich der Schule verschrieben. Die Anzahl der Korrekturen ließ kaum noch Raum, zusammen mit anderen Menschen etwas zu unternehmen. Denn die einzigen Ferien beschränkten sich dann auf die Sommerferien. Ja und da blieb man auch noch besser zu Hause, da man ja an jedem Urlaubsort wieder Kollegen, Schüler oder Eltern traf, sodass dann auch fortwährend schulische Themen gewälzt wurden. In den übrigen Ferien war die Zeit mit Korrekturen belastet. Die steigende Respektlosigkeit, Gewalt an den Schulen, die Eltern, die ihre Kinder nicht erziehen wollten, oder die Helikoptereltern, die ihre Kleinen keine Erfahrungen machen lassen wollten, das tägliche Einerlei der vorgeschriebenen Themen, hatten sie nach den letzten Erlebnissen ins Grübeln gebracht.

Sie wollte schon immer Journalistin werden, hatte aber nach der Schule die Sicherheit gesucht. Doch das Leben war möglicherweise zu kurz, um nicht die Träume zu leben, die man hatte. So hatte sie sich beworben und letzten Endes zwischen 3 Stellenangeboten auswählen können.

Schon das erste Einstellungsgespräch bei der Agentur, bei der sie angestellt wurde, war beeindruckend. Es war ein Gespräch und nicht ein Abarbeiten eines Fragenkataloges. Sie hatte sich gleich im Gespräch mit der Auswahlkommission angenommen und schon in der Agentur willkommen gefühlt. Als Journalistin für eine Frauenzeitschrift konnte sie 3 Tage in der Woche auch von zu Hause ausarbeiten. Ihre Artikel schickte sie dann digital der Agentur zu.

Dabei liebte sie diese Home-Office Tage, auch wenn sie gern zwischendurch ins Büro fuhr, um sich mit den anderen Mitarbeitern auszutauschen. Sie waren zu zehnt. Bis auf zwei Männer waren es überwiegend Frauen. Die Männer, die dort arbeiteten, unterschieden sich kaum im Wesen von den Frauen. Sie waren von Anfang an ein Paar und hatten manchmal mehr Einfühlungsvermögen und verbale Finessen als so manche Frau bewiesen. Auch wenn sie sich mit allen gut verstand, fand sie es doch zu Hause am besten. Da konnte sie sich die Zeit selbst einteilen, sich Termine für Recherchen legen oder auch mal private Verabredungen zwischendurch wahrnehmen. Wenn sie tagsüber etwas anderes als Artikel oder Kolumnen zu schreiben vorhatte, dann konnte sie die Arbeitszeit abends nachholen.

Noch immer starrte sie auf ihr Display, als könnte sie so die Antwort auf ihre Frage durch ihren Blick allein hervorzaubern. Doch während ihr das auffiel, erschien oben im Display, „Daniel schreibt…". Sie wartete.

„Ich weiß nicht, das Wetter soll nicht so gut werden, aber ich habe morgen Urlaub. Die Maschinen werden gewartet. Sollen wir gemeinsam ins Museum gehen?"

„Ja gern, können wir machen. Was hältst du davon, wenn wir uns in Düsseldorf im K21 treffen?", tippt sie ein.

„Das machen wir. Da war ich noch nie. Dann bis morgen. Ich freu mich", las sie Daniels Antwort.

Sie war begeistert. Mit allem hatte sie gerechnet, ein Treffen im Café oder Restaurant, aber nicht damit. Er hatte einen Besuch in ein Museum vorgeschlagen.

Dabei ließ er sich auf ein Kunstmuseum ein und hatte kein technisches Museum vorgeschlagen. Welcher Mann geht schon gern in eine Kunstausstellung?

Sie war schon einmal im K21 gewesen, aber sie hatte keine Erinnerung an die Ausstellungsstücke, denn es ging damals nur um die Schüler. Sie war froh, dass es diesmal kein Schülerausflug war, indem sie nur Kinder auf die Vollständigkeit der Gruppe immer wieder durchzählen musste, um alle am Ende wieder ihren Eltern zuzuführen. Und sie musste auch diesmal nicht allein in ein Museum gehen, um die Kunstwerke auf sich wirken zu lassen und sich dabei einsam zu fühlen. Gerade die moderne Kunst ist ja keine abbildende Kunst, sondern sie regt zum Austausch von Gedanken und Gefühlen an. Sie freute sich darauf, das mit jemandem zu teilen und Daniel dadurch noch etwas besser kennenzulernen.

Abends erzählte sie Manuel von der Verabredung mit Daniel für den nächsten Tag und erntete nur einen kurzen Blick über seine Lesebrille hinweg und ein Schulterzucken.

Doch nun war er über ihr Vorhaben informiert, und sie fühlte sich selbst besser damit, da sie keine Geheimnisse vor ihm hatte. Danach konnte sie erst vor Aufregung nicht einschlafen, weil sie sich so auf den Besuch im Museum und auf Daniel freute. Aber dann gewann der Schlaf über ihre Vorfreude auf das Treffen.

Am nächsten Morgen sah sie besser aus. Die dunklen Schatten unter den Augen, die Zeichen des Schlafmangels gewesen waren, waren verschwunden. Dann schaute sie in ihren Kleiderschrank und überlegte, was sie anziehen sollte. Sie probierte dies und das an und packte es gar nicht wieder ordentlich zurück in den Schrank. Sie konnte sich einfach nicht entscheiden. Was ist für den Anlass, ein Museumsbesuch mit einem beinahe fremden Mann, angemessen?

Wieder dachte sie, dass das nur Frauen verstehen könnten, dass man überlegt, was man anzieht, bevor man zu einer Verabredung geht. Manuel hingegen konnte immer in der gleichen Jeans und dem üblichen Polo Shirt zur Arbeit gehen. Dabei konnte er dann 5 Stück von einer Farbe haben, wenn sie es nicht zu langweilig gefunden und ihm gelegentlich zu einem anderen Outfit geraten hätte. Sie entschied sich für eine graue, enganliegende Hose und einen schlichten Rollkragenpulli. Ihre Kleidung legte sie schon mal auf ihr Bett. Dabei hüpfte sie ein wenig auf und ab und drehte sich dabei immerzu.

Etwas durchgeschwitzt von ihren tanzenden Bewegungen ging sie wie jeden Morgen duschen. Jedes Mal schloss sie ihre Augen und genoss dabei das Gefühl, wenn das Wasser über ihre Haut floss, als würden viele Hände sie überall streicheln. Ihr Spiegelbild lächelte sie danach an. Dann legte sie noch ein wenig Make-up auf, bis sie sich selbst zunickte und mit einem leisen Lied auf den Lippen das Haus verließ.

4. Kapitel

Sie wartete. Daniel kam nicht. In ihren Ohren hörte sie wieder die mahnenden Worte ihrer bereits lange verstorbenen Oma. „Am Straßenrand stehen nur Bordsteinschwalben, die auf ihre Freier warten." Natürlich war sie in ihrem Businesslook nicht im Fangbereich vom Rotlichtmilieu, dennoch fühlte sie sich unbehaglich und lief ständig die Straße auf und ab, als habe sie einen wichtigen Termin und warte nur darauf. Dann hüpfte sie ein wenig verhalten und drehte sich vermeintlich unauffällig. Schließlich wollte sie niemandem unangenehm auffallen. Trotzdem überlegte sie, wie sie reagieren sollte, wenn ein Autofahrer nun neben ihr hielte und sie fragte, wie viel sie die Stunde nehme.

Sechzig Minuten Wartezeit auf Daniel waren fast rum. So lange hatte sie noch nie auf jemanden gewartet, schon gar nicht auf einen Mann. Sie hatte sich fest vorgenommen, nicht mehr länger nach ihm Ausschau zu halten, und dann allein ins Museum oder in die City zu gehen.

Ob Männer eigentlich wissen, wie blöd man sich als Frau fühlt, wenn man allein ist, und irgendwo auf sie wartet, wo man sich nicht richtig auskennt?

Auf sie musste keiner warten, nur wenn eine außerordentliche Situation, ein Unfall oder dergleichen dazwischenkommt. Selbst dann würde sie anrufen und ihr Zuspätkommen rechtzeitig entschuldigen.

Er hatte doch sicher eine Freisprecheinrichtung im Auto und könnte sie anrufen?

Gerade als sie den Entschluss fasste, nicht wieder sofort nach Hause zu fahren, sondern allein durch die City zu schlendern und dann vielleicht danach noch ins Museum zu gehen, ertönte der Laut einer eingehenden Nachricht in ihrem Handy, der sie aus ihren Gedanken riss.

Im Display:

„Wo bist du?"

„Wie verabredet am Museum!"

„Bin in 10 Minuten da, Daniel"

„Okay, ich warte."

Sie hasste es, wenn man sie warten ließ und ab jetzt noch einmal 10 Minuten länger, als sie ohnehin schon gewartet hatte. Würde sie zum jetzigen Zeitpunkt gehen, dann wäre er ärgerlich? Mit dem Gedanken, dass jemand auf sie böse sein könnte, kann sie schlecht leben. Zudem hatte sie sich ja so doll auf einen Museumsbesuch zu zweit gefreut. Warum hatte sie auch nur so schnell geantwortet? Vielleicht hätte sie ihn mal ein bisschen zappeln lassen sollen. Nun hatte kein Weg daran vorbeigeführt. Die Zeit wollte sie auch noch ausharren. Denn eigentlich war sie ein bisschen froh, dass er sie nicht vergessen hatte. Vielleicht konnte es doch noch ein schöner Tag werden?

„Ich seh´ dich!" erschien Daniels Nachricht in ihrem Handy.

Sie schaute sich um und sah, wie ihr ein Autofahrer zuwinkte. Doch dieser Typ fuhr nicht zu ihr, sondern bog in eine andere Richtung ab. Er kann es nicht gewesen sein. Suchend schaute sie sich immer wieder um. Ab und zu versuchte sie in die Autos zu schauen, die an ihr vorbeifuhren. Sie überlegte, was er damit gemeint haben könnte, dass er sie sieht.

Blöder Spruch, man könne meinen, dass er meine Seele meint, die er sieht. Aber die wäre vor Wut und Aufregung mittlerweile ein bisschen finster.

Inzwischen war die Sonne hinter den Wolken hervorgekommen und brannte nun auf ihrer hellen Haut. Hoffentlich holte sie sich keinen Sonnenbrand, denn die Frühjahrssonne war oft so intensiv, dass sie ihr in den letzten Jahren immer wieder, Sonnenbrände verursacht hatte. Die Reflexionen, die durch den schnellen Wechsel von Licht und Schatten auf den Autoscheiben entstanden, erschwerten ihr den Blick in die herannahenden Autos. Was hatte sie sich nur dabei gedacht? Sie kannte diesen Menschen doch eigentlich gar nicht richtig.

Von klein auf, war ihr immer beigebracht worden, sich nicht von fremden Männern ansprechen zu lassen, und jetzt wollte sie sich einfach mit einem Kerl treffen, mit dem sie vorher nur getwittert und den sie einmal gesehen hatte. Vielleicht war er, wie Manuel gesagt hatte, ja ganz anders als sie ihn eingeschätzt hatte und sogar gewalttätig? Die 10 Minuten waren schon längst vorbei und hatten sich wie Klebstoff gezogen. Sie schaute wieder auf die Uhr.

Jetzt entschloss sie sich endgültig, einfach zu gehen. Dann bliebe es eine verpasste Chance für eine eventuelle Freundschaft.

Vor ihr hielt plötzlich ein schwarzes Auto. Sie wollte sich schon abwenden, als sie doch den Fahrer erkannte. Es war Daniel. Wild winkte er und bedeutete ihr mit seiner Hand, dass sie einsteigen solle. Die Autofahrer hinter ihm hupten laut. Doch er zeigte sich davon unbeeindruckt. Sie überlegte nicht.

Dann stieg sie ein und wunderte sich über sich selbst. Er half ihr mit beiden Händen die Akten vom Beifahrersitz auf den Rücksitz nach hinten zu werfen, damit sie sich setzen konnte. Wenn es vorher schon unordentlich ausgesehen hatte, dann machten die durcheinander geratenen Papiere auf dem Rücksitz nun keinen besseren Eindruck auf sie. Doch als er mit seinen Händen das Steuerrad umfasste, lächelte er sie an. Die Autos fuhren hupend an ihnen vorbei. Manche Fahrer bedeuteten ihnen, mit dem Finger an ihre Stirn klopfend, dass sie Sonja und Daniel für verrückt hielten.

Er schaute sie ungestört davon an und lächelte.

„Okay, … wohin, Sonja?“, fragte er und beugte sich zu ihr rüber.

Trotz des Hupkonzertes um sie herum, nahm er sich die Zeit für eine leichte Umarmung und ein Küsschen auf ihre Wange. Sein Atem strich dabei über ihre Haut. Doch seine Haut roch nach gar nichts. Obwohl Menschen doch immer irgendwie riechen und jeder seinen eigenen Geruch hat. Als er wieder zurückwich, strich seine Hand über ihr Knie.

War das Absicht oder ein Versehen gewesen? Wollte ich es wieder allen recht machen, dass ich nicht einfach ohne ihn losgegangen war? Nein, die Neugierde auf ihn und das gemeinsame Erlebnis in diese Ausstellung zu gehen, war größer als mein verletzter Stolz.

„Hallo Daniel, na hier ins Parkhaus, eine andere Chance, in dieser Stadt einen Parkplatz zu finden, werden wir nicht haben, wenn du noch mit mir zusammen ins Museum gehen willst? Ein Stadtrundgang ist wahrscheinlich zeitlich nicht mehr drin.“

Neben ihrem Auto war ein Parkplatz leer geblieben, so als habe sie den Platz für Daniels Auto freigehalten. Das hatte sie natürlich nicht. Es war ein Zufall gewesen. Er parkte dort, und sie beide unterhielten sich auf dem Weg zum Museum über diesen Zufall, den Komfort ihrer BMWs und ihre gemeinsame Vorliebe für diese Autos, die sich äußerlich nur in den Farben unterschieden.

Daniel entschuldigte sich für seine Verspätung und den Papierkram in seinem Fahrzeug. Normalerweise wäre sein Auto innen aufgeräumter und gepflegter. Sie lächelte ihn an, und er verstand, dass sie seine Entschuldigung annahm.

Er erzählte, dass er Geschäftsführer in einem Sägewerk in der Eifel sei. Er sei die letzten Jahre oft zu Kunden rausgefahren, um ihnen persönlich ein Angebot zu unterbreiten. Dafür hätte er die Unterlagen in seinem Auto gehabt. Er berichtete außerdem von einem Arbeitsunfall, den es kürzlich in seiner Firma gegeben hatte.

Er hatte eine angenehme Stimme und sie hörte ihm gern zu.

Ein Kranführer war mit dem Kran umgekippt, da er zu viel Holz geladen hatte. Der Mitarbeiter lag im Krankenhaus, und es ging ihm bald darauf besser. Er hatte ihn auch schon besucht. Das Bein, das unter dem Kran eingeklemmt gewesen sei, konnte man retten und alles war weniger schlimm, als es erst den

Anschein gehabt hatte. Zum Glück war es die Schuld des Kranführers gewesen, ein Bedienungsfehler.

Doch erst mal hatte er als Geschäftsführer einen riesigen Schrecken bekommen und um seinen Arbeitsplatz gebangt. Aber es war nicht seine Schuld gewesen.

Sonja überlegte: konnte man da von Glück sprechen? Warum erzählte er ihr das? Denn es war ja keine Entschuldigung für sein Zuspätkommen. Wollte er Lob für sein Engagement für andere Menschen, weil er den Mitarbeiter im Krankenhaus besucht hatte? Oder möchte er sich rechtfertigen, weil er eigentlich doch etwas mit dem Unfall zu tun hatte? Bei dem Gedanken zitterte Sonja kurz von der gefühlten Kälte, die sie nun durchfloss.

Ansonsten erzählte er weiter, müsste er sich um die Sicherheit aller Mitarbeiter kümmern, sie zu Fortbildungen schicken und die Maschinen kontrollieren. Für alles wäre er verantwortlich von der Einlagerung des Holzes, über den Schnitt bis hin zum Verkauf und Abtransport.

Leider würden die Geschäfte im Moment nicht so gut laufen, da das Holz qualitativ so schlecht und durch die trockenen Sommer und zu milden Winter der letzten Jahre so geschädigt sei. Zudem habe der Borkenkäfer zur Zerstörung der hochwertigen Hölzer beigetragen, sodass die Preise für viele Kunden zu hoch seien, und die Kunden sich nach Alternativen umschauen würden.

Immer mehr Menschen würden vom Holz wegwollen und sich Kunststofflaminatböden oder sogar Fliesen mit Holzprägung darauf kaufen. Er hofft, dass sein Betrieb auch nächstes Jahr noch existieren wird.

Auch jetzt sei er gerade von einem Kunden gekommen und hatte die Erwartung den Auftrag zu bekommen, aber er hatte die Dichte des Straßenverkehrs unterschätzt und sei nun leider zu spät zur Verabredung erschienen. Das wäre ihm noch nie passiert. Es täte ihm so schrecklich leid.

Nun klang seine Entschuldigung plausibel und freundlich. Die Aussprache seiner Wörter war deutlich und ab und zu schwang ein Eifeler Akzent mit, den Sonja sehr sympathisch fand. Wenn er sich mit seiner Hand durch die grauen und kurz geschnittenen Haare strich, wirkte es, als tue er dies, um seine Verlegenheit zu vertuschen. Das weiße Hemd, das er zu seiner Bluejeans trug, hing lässig über seiner Hose und spannte an den breiten Oberarmen etwas. Wie ein Junge sah er aus, der einfach nur älter geworden war.

Er scheint recht selbstsicher und körperlich fit zu sein. Er wird das wohl schaffen, was ich mir für uns heute vorgenommen habe, überlegte sie.

An der Kasse des Museums zahlte sie den Eintritt für sie beide so schnell, dass er sie nur verwundert anschauen konnte. Aber sie ließ ihm keinen Raum für einen eventuellen Widerspruch. Schließlich war es ja ihre Idee gewesen hierher zu kommen. Die Dame hinter der Kasse reichte ihm statt Eintrittskarten zwei Satinbänder. Fragend schaute Daniel erst die Kassiererin und danach Sonja an. Sonja lächelte darüber und streckte ihm ihre Hand entgegen. Er blickte sie immer noch unverändert an. Dann tippte sie einfach auf das Bändchen in seiner Hand und danach auf ihr Handgelenk, als sei er jemand, der die deutsche Sprache nicht verstehen würde. Doch nun schien er zu verstehen, was er mit dem Band machen sollte. Bevor er ihr das Bändchen ums Handgelenk binden konnte, hielt er ihre Hand jedoch in seinen Händen fest. Dieser Augenblick tätowierte sich in ihr Gedächtnis ein. Mit seinem Daumen strich er über ihr Gelenk. Sie spürte, wie der Rhythmus ihres Pulses anstieg. Er schaute sie lächelnd an und hielt in seiner Bewegung inne. Nur mit dem Daumen und Zeigefinger umfasste er ihr Handgelenk und blickte sie nun mit großen Augen erstaunt an, da ihm vielleicht ihr Handgelenk so zart erschien.

Sie überspielte ihre Verlegenheit mit einem Lächeln und überlegte, ob sie ihm ihre Hand aus seiner reißen sollte. Er sollte nicht denken, dass sie schwach sei.

Aber sie genoss doch das Gefühl einer fremden Hand dieses Mannes auf ihrer Haut, warum nur?

Er hatte sehr gepflegte Hände, obwohl er aus einer handwerklichen Branche stammte, wie er erzählt hatte. Gepflegte Hände fand sie schon immer ansprechend.

Sie schaute zu, wie er ihr das weiße Bändchen um das Handgelenk band und genoss den Anblick seiner geschickten Hände. Gern hätte sie diese Szene immer wieder als Loop in ihrem Handy gucken wollen. Er vermittelte eine Sicherheit, in der man sich geborgen fühlen konnte. Insgesamt war er überall muskulös, wie fleißig arbeitende Handwerker üblicherweise sind, aber seine Hände waren sauber und seine Fingernägel geschnitten. Die Hände wirkten kräftig und dennoch sanft.

Sie erwischte sich bei dem Gedanken, wie diese Hände über ihren Körper glitten. Sie weiter ihren Arm hinauf und anschließend ihre ganze Haut erforschen sollten.

Kurz schüttelte sie sich und die Gedanken verschwanden aus ihrem Kopf. Wie konnte sie nur so etwas denken?

Fremdgehen fängt im Kopf an, oder? Und wer weiß, ob der Schein nicht doch trügt, und er doch etwas Böses im Schilde führt. Vielleicht sammelt er ja nur Frauenbekanntschaften so wie andere Likes ihrer Posts anhäufen, verführt mich dann, oder überredet mich dazu, mich vor der Kamera auszuziehen und erpresst mich dann?

„Was hast du? Ist dir kalt?"

„Nein, … äh doch ja, ich finde, es zieht hier."

„Möchtest du meine Jacke?"

„Nein danke. Nimm's mir nicht übel, aber an mir würde sie wahrscheinlich wie ein Mantel wirken", lachte sie.

„Soll ich dir auch das Bändchen um dein Handgelenk binden?" Aber er winkte ab, was sie einen kleinen Moment bedauerte.

„So…, okay, dieses Gebäude K21 ist an sich schon sehenswert, aber ich möchte gern mit dir in die Saraçeno Ausstellung gehen. Das ist eine begehbare Drahtseil-Installation ganz oben unter dem Glasdach. Ich weiß auch nicht, wie lange sie heute noch geöffnet hat. Deswegen sollten wir uns beeilen. Wenn wir dann noch Zeit haben, können wir uns ja noch die anderen Kunstwerke anschauen, okay?"

„Äh… okay geh mal vor, ich folge dir. Ich war in diesem Museum noch nie. Ist ja das erste Mal, dass ich hier bin. Also, ich meine, dass ich in Düsseldorf schon mal vorher war, aber eher dann im Kneipenviertel."

„Dann nehmen wir hier die Treppe nach oben. Wenn ich mit dir im Fahrstuhl stecken bleibe, dann weiß ich nicht, was passiert?"

Daniel lachte.

„Warum lachst du? Hör auf zu lachen!"

„Äh… ja, entschuldige."

Warum verbiete ich ihm, zu lachen? Und warum lässt er es sich von mir verbieten? Was hatte er gedacht, was ich damit meinte, ich wisse nicht, was dann passiert?

Sie ging vor und drehte sich nach ein paar Stufen zu ihm um, doch er ging direkt hinter ihr.

Die Vorstellung, dass er auf meinen von mir grundsätzlich zu dick empfundenem Po starren könnte, macht mich nervös.

Sie wartete, bis er sie eingeholt hatte. Er schaute sie fragend an. So ging sie weiter die Treppe rauf und passte sich seinem Tempo so an, dass sie nebeneinander gehen konnten.

Oben angekommen, zogen sie eine vom Museum bereitgestellte Schutzkleidung, ein Overall und Überschuhe, an und stiegen in ein Netz aus Drahtseilen. Jedes Drahtseil hatte einen Durchmesser eines dicken Daumens. Es sah stabil aus. Über ihnen war ein Glasdach, das den Ausblick auf den Himmel frei gab. An den Seiten waren Glaswände, so dass man seinen Blick über die Stadt rundum gleiten lassen konnte.

Der erste Schritt auf dem Drahtseil war wackelig und man musste sich erst mal daran gewöhnen, sein Gleichgewicht zu finden und sich an den anderen Seilen festzuhalten. Die Erschütterungen eines jeden Schritts auf den gespannten Drahtseilen waren im ganzen Körper zu spüren. Leicht vibrierten sie und leiteten diese zitternden Bewegungen durch den gesamten Körper.

Langsam tasteten sie sich durch die Drahtseile und genossen die Aussicht über die Stadt. Es waren noch fünf andere Leute in diesem Kunstwerk, die sich von Seil zu Seil hangelten. Die Bewegungen wirkten wie in Zeitlupe. Sie schienen alle einzeln unterwegs zu sein. Nur eine Frau, die auch etwa im Alter um die fünfundvierzig zu sein schien, schaute sie erst irritiert an und nickte ihnen zu.

„Kennst du die Frau?"

„Äh... welche Frau meinst du?"

„Na ja, ... guck, Daniel, dahinten! Da ist doch nur eine Frau. Die mit den mittellangen braunen Haaren, die so ein wenig pummelig aussieht. Sie hat uns zugenickt. Aber ich kenne sie nicht."

„Keine Ahnung, die kenn´ ich nicht."

Sonja schaute die Gitterfläche darunter an und hätte sich am liebsten auf das Netz gelegt. Einfach ihre Glieder ausstrecken und entspannen. Doch dabei blieb sie mit dem Fuß an einem Seil hängen und drohte beinahe hinzufallen. Doch Daniel griff ihr blitzschnell unter den Arm und zog sie hoch. Erschrocken schaute er ihr in die Augen.

„Danke! Entschuldige, ich wollte mich hier auf das Drahtseilnetz legen und bin gestolpert. Hier unkontrolliert hinzufallen und an den Drahtseilen entlang zu ratschen, könnte zu üblen Schürfwunden führen. Ich bin froh, dass du mich aufgefangen hast, dank´ dir.“

„Ja, Mensch, was machst du denn auch? Hier liegen auch Kissen, da können wir uns bestimmt darauflegen, aber langsam, Sonja.“

Vorsichtig kniete sie sich hin, denn die Seile unter ihr wackelten. Unter dieser Draht-Skulptur war ein transparenter Glasboden, aber sie hatte doch ein mulmiges Gefühl, dass sie fallen könnte. Optisch sah es abenteuerlich aus, da darunter der Blick ins Treppenhaus vier Geschosse tief frei gegeben war.

Wenn dieser Glasboden nicht wäre und man fiele, dann wäre man mit Sicherheit tot.

Als Sonja sich hingelegt hat, konnte sie doch den Blick der schnell vorüberziehenden Wolken durch das Glasdach über sich genießen. Das Dach wirkte so auf sie, als seien sie in einer Schneekugel, von der restlichen Welt abgeschlossen.

Daniel hatte sich neben sie gelegt, ohne dass sie es bemerkt hatte. Dennoch tat er es ihr nicht ganz nach, sondern stützte sich so auf seinen Arm, dass er sie anschaute.

Sie merkte, wie sein Blick über ihren Körper glitt, als würde er sie mit einem Laserlicht scannen. Sie versuchte seinen Blick auszuhalten. Dann drehte sie doch ihren Kopf zu ihm und schaute ihn an. Seine blauen Augen glänzten und das Blau wirkte so anziehend auf sie, als könne sie in diese zwei blauen Lichter reinspringen und darin baden.

„Wir sind doch Freunde?"

„Ja, sind wir, Sonja."

„Machen Freunde so etwas?"

„Was meinst du?"

„Na ja…, dass du mich so anguckst, als würdest du dir gerade vorstellen, dass ich hier nackt vor dir liege."

„Nein, das tu ich nicht. Da täuschst du dich. Ich hab´ dich nur angeschaut."

Sie schloss die Augen und überlegte, ob es ihr jetzt peinlich war, dass sie mit ihrer Frage falsch lag.

Ja, es war mir peinlich. Hoffentlich sah er es nicht? Ich entscheide mich dafür, dem Gespräch eine Pause zu gönnen und innerlich zu warten, bis das Gefühl in mir abklingt.

Ein Rufen drang an ihr Ohr und als sie die Augen öffnete, sah sie einen Museumswärter, der ihnen zuwinkte und damit vermitteln wollte, dass sie sich aus diesem begehbaren Kunstwerk rausbegeben sollten, da die Aufenthaltsdauer darin zeitlich begrenzt sei.

„Schade, dass die Zeit zu Ende ist!..., ist schön hier mit dir, Sonja.“

„Warst du schon mal klettern? Ich mag es, das können wir ja auch mal zusammen machen. Es ist wie ein Vertrauensspiel: hält das Seil, die Haken und der Partner dich? Kann man sich aufeinander verlassen?“

„Nein, habe ich noch nie gemacht. Ja, das würde ich auch gern einmal mit dir machen. Mit dir würde ich alles gern zusammen machen. Doch dafür fehlt uns heute die Zeit. Ein anderes Mal, Sonja.“

Sie schwiegen, kletterten aus dem Drahtkunstwerk und zogen ihre Overalls und die Überschuhe, die sie vom Museum gestellt bekommen hatten, aus.

Wieder meinte sie, die Blicke von Daniel zu fühlen und gab sich Mühe, sich möglichst graziös dieser Schutzkleidung zu entledigen. Doch sie blieb in dem einen Hosenbein fast hängen und wäre beinahe hingefallen. Rechtzeitig konnte sie sich an einer Bank abstützen, obwohl Daniels Hand wieder hilfsbereit ihren Arm gegriffen hatte.

Danach schlenderten sie noch durch die Räume der modernen Kunst und tauschten sich über ihre Eindrücke über die Kunstwerke aus.

Sie lernten, dass der Künstler der Drahtseilinstallation die Idee von den Spinnen gestohlen hatte, die so ihre Netze bauen, um Fliegen oder andere Insekten zu fangen. Dann umwickeln sie ihre Opfer mit dem Spinnfaden und essen sie, wenn ihnen danach ist. Sie lachten darüber, dass sie dem Tod im Spinnennetz gerade noch entkommen waren.

Auch die anderen Kunstwerke empfanden sie meistens lustig und unterhielten sich über ihr Unvermögen die moderne Kunst zu verstehen. Im Erdgeschoss sahen sie den Hinweis auf ein Café, nickten sich wortlos zu und suchten sich draußen auf der Terrasse einen Platz.

Die Sonne war inzwischen hinter den Wolken ganz hervorgekommen. Sie bestellten bei einer jungen Kellnerin jeweils einen Kaffee und ein Stück Kuchen. Die Sahne, die Sonja dann zu ihrem Kuchen auf dem Teller fand, löffelte sie nach einem zustimmenden Blick von Daniel auf seinen Teller rüber. Sie saßen draußen, schauten sich die extravagant gekleideten Leute an, die typisch für das Düsseldorfer Stadtbild sind, und lachten darüber. Die Sonne war nun inzwischen ganz hervorgekommen und wärmte ihre Gesichter. Die Gesprächsbrocken der anderen Gäste verschwammen mit dem Vogelgezwitscher scheinbar zu einem Lied.

Ein Lachen erklang von der Seite.

Als Sonja in die Richtung schaute, aus der das Lachen kam, nippte sie nur an ihrem Kaffee, weil er sich für sie noch zu heiß anfühlte. Wieder sah sie mit einem Blick über ihren Tassenrand hinaus, diese Frau, die vorhin in dem Kunstwerk offenbar versucht hatte, sie zu grüßen. Diesmal trug sie nicht den unförmigen Overall und die Überschuhe des Museums, sondern einen schwarzen Trenchcoat und farblich passend dazu hohe Stiefel, die ihr bis über die Knie reichten. Nur einmal schaute sie im Vorbeigehen rüber, aber immer noch meinte Sonja, dass sie sich so dabei bewegte, als suche sie Kontakt zu Daniel und ihr. Sonja versuchte zu winken. Vielleicht zu zaghaft, denn die Frau reagierte nicht und schaute wieder auf den Ausgang des Parks, der dem Café gegenüber lag.

Sonja blickte Daniel an.

Kennen sich die beiden?

Wenn ja, warum verheimlicht er es mir?

Hatte er sie gar nicht gesehen?

5. Kapitel

„Guten Morgen, Daniel, schau dir mal diesen Tweet an, den ich für dich fotografiert habe. Sieht die Frau in dem Profilfoto nicht genauso aus, wie die Frau, die wir letzte Woche im Museum gesehen haben?“

„Ich weiß nicht, wen du meinst, Sonja.“

„Hallo, bist du schon richtig wach? Ich meine die Frau, die wir erst in dem Stahlnetz im Kunstmuseum K21 gesehen haben und auch noch nachher draußen, als wir im Café saßen. Weißt du nicht mehr? Sie war ganz in schwarz gekleidet. Sie hatte einen schwarzen Trenchcoat und hohe Stiefel dazu an, das war schon sehr auffällig. Erinnerst du dich nicht mehr?“

„Nein, daran erinnere ich mich wirklich nicht mehr. Ich weiß wahrhaftig nicht, wen du meinst? Ja du hattest mich da schon auf diese Frau hingewiesen, aber ich hatte ja gar nicht richtig hingeguckt. Sonja, entschuldige, aber ich muss noch arbeiten. Heute ist viel zu tun, und die Verkaufszahlen verheißen nichts Gutes. Bis später mal, lass uns ein anderes Mal telefonieren.“

Das schlechte Gewissen meldete sich bei ihr. Wie konnte sie auf die Idee kommen, ihn einfach bei der Arbeit mit so einer Nachricht zu stören. Sie legte ihr Handy weg und räumte erst mal die Spülmaschine aus.

Heute hatte sie ein wenig mehr Zeit als sonst. Die Nacht hatte sie jedoch schlecht geschlafen. Und anstatt sich einfach von einer Seite auf die andere zu wälzen und zu grübeln, war sie aufgestanden und hatte an ihrer Kolumne über „Liebe - ihre Wege und Umwege" geschrieben. Sie lächelte, weil sie mit ihrem Artikel zufrieden war. Sie hatte ihn schon zur Redaktion gesendet und wartete nun nur noch auf eine Rückmeldung von der Agentur, ob er so gedruckt werden konnte, oder ob sie ihn noch einmal überarbeiten musste. Meist akzeptierten die Mitarbeiter ihre Artikel, aber manchmal hatte die Redaktion doch Änderungswünsche, wenn sie noch einen aktuellen Bezug zu einem Ereignis der letzten Tage einbauen, oder etwas zu Prominenten schreiben sollte. Manchmal kam es vor, dass der Redaktion manche provokativen Sätze inhaltlich nicht gefielen. Dann musste sie diese Zeilen löschen und den Rest des Textes wieder sinnvoll verknüpfen. Verbesserungsvorschläge ärgerten sie nicht, denn insgesamt liebte sie ihre Arbeit und lernte gern dazu. Nach dem Studium hatte sie als Lehrerin an verschiedenen Schulen gearbeitet, aber dann hatte sie in der Zeitschrift, die sie schon seit Jahren abonniert hatte, eine Stellenausschreibung für eine Kolumnistin gesehen. Natürlich hatten ihre Kolumnen nicht so ein hohes literarisches Niveau wie die Texte von Kollegen, die für „Die Welt" oder andere große Zeitungen schrieben. Aber nach dem Studium und dem Lehrerberuf hatte sie die wiedererlangte Zeit genossen endlich mal sogenannte leichte Literatur lesen zu können. Sie liebte Illustrierte und Liebesromane. Wenn es zwar digitale Zeitungen bereits gab, durch digitale Medien konnten die Hochglanzmagazine bis jetzt noch nicht abgelöst werden. So eine Illustrierte mit einem hochglänzenden Umschlag war einfach durch nichts zu ersetzen.

So kam ihr die Stellenausschreibung sehr gelegen und sie fand, dass es einen Versuch wert war, sich dort zu bewerben. Sie hatte nicht wirklich damit gerechnet, dass die Agentur sie einstellen würde, sich aber umso mehr gefreut, dass sie sie erst mal als freie Kolumnisten arbeiten lassen wollten.

Das erste Jahr hatte sie zwei Jobs, als Lehrerin und Kolumnistin. Auf Dauer war das zu stressig. Doch sie wollte sicher gehen. Erst wenn sie den Job bei der Agentur sicher hatte, konnte sie die Stelle im öffentlichen Dienst kündigen. Nachdem sie sich über ein Jahr bewährt hatte und ein Arbeitsplatz für sie frei geworden war, hatte man ihr einen unbefristeten Vertrag angeboten und sie fest in das Team aufgenommen. Sie war erleichtert, als sie ihre Kündigung an die Bezirksregierung schicken konnte.

Für sie war es von Anfang an, ein Traumjob bei der Agentur, der sie jeden Tag mit Glück erfüllte. Für manche Themen musste sie zwar viel recherchieren, aber auch das machte ihr viel Spaß. Viele Orte, wie z.B. Nachtclubs, die Stahlwerke, das „Schulmuseum" in Dortmund, oder auch interessante Personen hätte sie sonst nie besucht, wenn sie nicht mal einen Artikel dazu geschrieben hätte. Sicher konnte man zu diesen Orten auch eine Schulexkursion als Lehrerin begleiten. Aber dann zählt man nur ständig die Kinder durch und passt wie ein Hütehund auf seine Schafherde auf.

Bei dieser Überlegung auf etwas aufpassen zu müssen, fiel ihr wieder diese Frau ein, die sie im Museum gesehen hatte. Hatte sie diese schwarz gekleidete Frau da schon mal vorher wahrgenommen oder kannte sie die Frau eventuell aus der Schule? Vielleicht hatte sie nur ein Foto von ihr in den Netzwerken gesehen? Sie überlegte, wo sie zuletzt ihr Smartphone abgelegt haben könnte. Innerlich hörte sie die Stimme ihres Mannes, wie er jetzt wieder genervt gesagt hätte, dass sie es doch einfach immer an dieselbe Stelle legen müsste, um es nicht ständig suchen zu müssen. Sie lächelte über sich, denn sie suchte oft ihr Handy. Sie hatte es auch schon einmal mit so einer Cross-over Handy Tasche versucht und dachte, dass sie damit ja immer das Handy bei sich hätte, ohne Gefahr zu laufen, es aus einer Hosentasche zu verlieren und möglicherweise sogar unabsichtlich im Klo zu versenken. Aber auch das hatte sich nicht bewährt, denn überall stieß sie mit dieser Tasche an und riskierte einen Bruchstern auf ihrem Handy. Sie griff zum Festnetztelefon, das viele Menschen ja heutzutage gar nicht mehr haben. Da sie es aber auch für ihre Arbeit nutzte, konnte sie nun wieder ihr Handy anrufen und dem Geräusch folgen, um es wiederzufinden. Sonst hätte sie wieder auf einen ihrer Jungs oder Manuel warten müssen, bis sie es mit ihrem Handy hätte anrufen können.

Hoffentlich hatte sie es nicht auf stumm geschaltet. Dann würde es dauern, es zu finden. Sie zuckte mit den Schultern und lachte, als es laut die Miss Marple Filmmusik abspielte, und sie ihr Handy auf der Fensterbank zwischen zwei Blumentöpfen wiederfand.

Als sie das Handy einschaltete, ploppte gleich die Timeline von Twitter auf. „Im Kopf läuft ein anderer Film, als der, den das Leben schreibt." las sie den Tweet der Frau, die der Frau so ähnlich sah, die sie in Düsseldorf gesehen hatte. Das war wieder so eine Non-Mention, von denen das Netz nur so wimmelt. Sprüche, die vielsagend sind, weil jeder Leser sich darin wiederfinden kann.

Ein Blick auf die Zeitangabe, zu der diese Nachricht eingestellt worden ist, zeigt 3t an.

Sie klickte auf ihr Profil und sah, dass diese Frau jeden Tag 2-3 Gifs oder Non-Mention eingestellt hatte, bis vor 3 Tagen. Das musste letzten Samstag gewesen sein.

Vielleicht ist sie ja im Urlaub und hat dort keine Netzverbindung, um irgendetwas einstellen zu können? Sie scrollte durch ihre Nachrichten. Aber nichts deutete darauf hin, dass sie vorhatte, in den Urlaub zu fahren.

Ich dachte an die Diskussionen mit meinen Jungs, als es darum ging, was man ins Internet einstellt, und was auf gar keinen Fall. Beide waren sich in dem Punkt einig, dass man keinesfalls einstellen dürfe, ob man zu Hause sei oder nicht, da im Fall eines Einbruchs eventuell die Versicherung nicht zahlen würde. Dennoch schaute sie weiter, sie musste einfach mehr wissen.

Ihre Follower Zahlen waren niedrig. Mit 49 hatte sie eine verschwindend geringe Zahl an Followern, obwohl sie laut ihren Angaben schon seit 2017, diesen Account hatte. Etwa 20.000 Bilder hatte sie bisher eingestellt. Alles düstere Aufnahmen von Häuserschluchten. Auf ihrem Profilbild war sie nur von der Seite zu sehen. Sie hatte eine blasse Haut und braune, schulterlange Haare, die einen leicht roten Schimmer hatten, als seien sie gefärbt. Ihre Wangen wirkten rund und ihre Nase klein.

Dennoch überlegte Sonja, ob diese Frau am Museum nicht dicker auf sie gewirkt hatte. Sie scrollte die Bilder durch, die diese Frau eingestellt hatte, aber nur ein Foto ganz am Anfang könnte sie selbst zeigen. Doch es wirkte ein wenig unscharf. Das Foto zeigte ein Gesicht mit runderen Wangen. Auch da schien sie diesen dunklen Trenchcoat zu tragen. Ihre Augen schauten den Betrachter keck an und wirkten auf dem Foto dunkelbraun. Sicher war sie mit 18 Jahren mal eine Schönheit gewesen, denn ihr Lächeln zauberte dieses Selbstbewusstsein bezüglich ihres Aussehens, noch heute in ihr Gesicht.

Sonja klickte ihre Follower Liste an und sah darin Daniel.

Beim Lesen dieses Namens wurde Sonjas Körper ganz steif. Ihre Finger rutschten über das Display und sie schaute sich die Nachrichten an, die Daniel und diese Frau ausgetauscht hatten.

Er hatte doch behauptet, dass er sie nicht kenne!

Das Adrenalin schien in ihr kochen zu wollen. Warum log er sie an?

Bis vor 3 Tagen nannte sich diese Frau Lena, dann keine Nachricht mehr von ihr.

Als Sonja versuchte ihre Wut auszuatmen, merkte sie, dass sie anscheinend die ganze Zeit die Luft angehalten hatte, während sie den Account von dieser Lena durchstöbert hatte.

Daniel und Lena hatten sich fast jeden Tag geschrieben. Der Tag begann mit einem gegenseitigen Gutenmorgengruß.

Es folgten mehrere beiderseitige Likes den Tag über, bis hin zu einem routinemäßigen Gutenabendgruß.

Nichts Tiefsinniges, aber ein täglicher Kontakt. Dann hatten die Dialoge eine leicht erotische Note bekommen. Die Tweets waren mit Herzchen und auch mit Kosenamen, wie z.B. Liebes versehen.

Was hatte das zu bedeuten? Sonja machte einen Screenshot von Lenas letztem Tweet und stellte ihn mit der Frage in alle Netzwerke ein, ob jemand vielleicht etwas über die Frau wisse? Dann legte sie das Handy mit dem Gedanken weg, dass die Beantwortung ihrer Frage nun eine Weile dauern würde. Diese Zeit musste sie nun abwarten.

Warum hatte Daniel mich belogen?, fragte Sonja sich. Er kannte mich doch, oder vielleicht doch nicht so gut?

Zumindest hatten sie sich täglich geschrieben. Mit wie vielen Frauen hatte er ein Verhältnis gehabt? Vielleicht stimmte die ganze Geschichte gar nicht, die er mir von seinem Ehebruch erzählt hatte, den er doch so bereut?

Ich hasse es, wenn jemand versucht, mich anzulügen. Lügen haben kurze Beine, höre ich die Stimme meiner Oma sagen. Ja, das ist so, antworte ich ihr in Gedanken, denn vor ihrer Enttarnung können Lügner gar nicht schnell genug weglaufen.

Die Wut wurde in einem beinahe unmerklichen Moment durch Traurigkeit abgelöst. Sie saß ihr im Hals, wollte sich in ihr mehr Raum verschaffen, weil sie sich offenbar in Daniel getäuscht hatte. Tränen sammelten sich in ihren Augen.

Er war ihr gegenüber so sympathisch und ehrlich aufgetreten. Sollte sie ihn anrufen und fragen, warum er es abstreitet sie zu kennen? Sie könnte ihm eine WhatsApp schreiben. Doch der Gedanke daran, dass sie ihn wieder bei der Arbeit stören könnte, ist ihr zuwider.

Ist es das? Oder ist es eher, dass ich nicht noch einmal so verletzt werden möchte? Zumal er den Eindruck haben muss, als laufe ich hinter ihm her. Ich nehme mir vor, bis 18:00 Uhr zu warten, dann müsste er zu Hause angekommen und für mich erreichbar sein.

Sonja überlegt weiter, dass sie ihn danach immer noch fragen könnte und vielleicht hätte sich diese Lena dann auch wieder gemeldet. Oder jemand schreibt ihr, dass diese Frau momentan auf einem Kreuzfahrtschiff ist, auf dem sie keinen Empfang hat. Dann bräuchte sie sich gar keine Sorgen mehr zu machen.

Mittlerweile hat man doch überall eine gute Netzverbindung. Vielleicht wollte sie nur mal eine Netzwerkpause einlegen? So etwas kam vor, aber wenn jemand sich digital detoxen will, indem man sich mal von den Netzwerken fernhält, dann verabschiedet sich derjenige mit dieser Begründung für kurze Zeit oder fehlt für immer in diesen Communities.

Wenn jemand einfach so nichts mehr schrieb und niemand von Lena etwas wusste, war das ungewöhnlich. Allerdings fiel so etwas bisher selten auf, vor allem bei Menschen, die wenig Follower hatten. Dennoch kam dann doch irgendwann manchmal eine Frage, so wie Sonja sie jetzt gestellt hatte, ob jemand etwas über diese Person wisse. Manchmal lagen sogar Wochen und Monate zwischen der letzten Nachricht und der Frage nach dieser Person.

Egal, es blieb ihr nichts anderes übrig, als erst mal abzuwarten.

6. Kapitel

Eine weitere Woche war vergangen. Sonja hatte
Daniel nicht angerufen. In den vergangenen Tagen
hatte sie viel zu tun gehabt, doch ab und zu musste
sie an das Leugnen Daniels, dass er diese Frau nicht
kennen würde, denken. Sie hatten zwar
zwischendurch ein „huhu" und ähnliche Grüße
gesendet, aber mehr auch nicht. In diesem Moment
tauchte aber die Mitteilung im Display auf, dass er
sich gern mit ihr in einem Café treffen würde.

Möchte ich mich mit einem Menschen treffen, der
mich offenbar angelogen hat? Dennoch würde ich
gern noch einmal den Versuch wagen wollen, mehr
über mich und ihn zu erfahren. Warum hatte ich mich
so in ihm täuschen können?

Meine Frage zu Lena, ob jemand etwas über sie
wisse, war zwar durch Likes und Retweets zur
Kenntnis genommen worden, aber niemand hatte
mir in dieser Woche eine Antwort auf diese Frage
geben können. Ich versuchte mir die Frage zu
beantworten, warum ich ihn überhaupt noch treffen
möchte. Nein, ärgerlich fühlt es sich nicht an. Ich
merke eher eine Fröhlichkeit in mir, und freue mich
auf ein Wiedersehen mit ihm. Er sieht gut aus und
schaut mir in die Augen, wenn wir uns unterhalten.
Ja, dieses Blau in seinen Augen hat eine
Anziehungskraft wie ein Magnet auf mich. Ich kann es

nicht erklären, irgendwie mag ich ihn. Deswegen möchte ich mich gern mit ihm treffen.

Sonja hoffte, dass er vielleicht die Frau auf dem Profilbild nicht wiedererkannt hatte, und es keine absichtliche Lüge war: Es gibt ja Menschen, die sich Gesichter nicht richtig merken können.

Sie verabredeten sich für 16:00 Uhr im Ruhr-Park Einkaufszentrum im Kaffee „Zuckersüß". Sonja nahm sich vor, erst noch an einem Artikel zu schreiben und bügelte dann die Wäsche der Familie. Dabei überlegte sie, was sie anziehen könnte. Ein Kleid würde ihre schönen Beine betonen, eine durchsichtige Bluse darüber wäre aber zu viel.

Ich muss auf jeden Fall hohe Schuhe tragen, denn in den Bildern, die er einstellt, erscheinen manchmal Frauen mit High Heels und außerdem ist er ja groß. Ach, … quatsch… warum will ich ihm gefallen?

Sie entschied sich für eine enge Bluejeans und eine geeignete Bluse dazu, die ihrem Teint schmeichelte. Nach einigem Suchen fand sie auch den passenden orangefarbenen Lippenstift dazu und zog mit ihrem roten Lipliner die Konturen ihrer Lippen nach. Die mittellangen braunen Haare bürstete sie glatt, bis sie glänzten. Abschließend zwinkerte sie ihrem Spiegelbild zu und griff ihre Handtasche. Sie sprang ins Auto und fuhr los. Im Rückspiegel schaute sie sich noch einmal an und fand, dass ihr Make-up keine weitere Korrektur brauchte.

Ein Blick auf die Uhr zeigte ihr, dass sie um 16:00 Uhr, wie verabredet, da sein sollte.

Einen Parkplatz fand sie schnell und ging mit großen Schritten zum Café. Der Kellner bedeutete ihr mit einem Nicken seines Kopfes, an einem leeren Tisch in einer fensterlosen Ecke Platz zu nehmen. Ihr Blick durch den Raum zeigte ihr, dass sie vor Daniel da war. Achselzuckend setzte sie sich auf einen Stuhl in der ihr zugewiesenen Ecke. Sie guckte noch einmal in den Chatverlauf, aber Ort und Zeit stimmten. Vor der Glastür des Cafés gingen die Leute hin und her und schauten in die Schaufenster. Wenige hatten Einkaufstaschen dabei.

Hätte ich selbst besser draußen vor der Tür warten sollen? Meine Oma hat sich als Frau nie allein ins Café gesetzt, aber ich bin froh, dass sich die Zeiten für Frauen geändert haben. Nun kann ich hier sitzen, den Leuten bei ihrem Einkaufsbummel zusehen, ohne Gefahr zu laufen, für eine Prostituierte gehalten zu werden. Hoffentlich hatte Daniel keinen Unfall. Dann würde er mir sicherlich Nachricht geben, wenn er es dann kann. Dieses Mal würde er mich nicht einfach warten lassen!

Als eine Kellnerin Sonja fragend anschaut, bestellt sie einen Kaffee American. Zeitgleich pingt es in ihrer Handtasche.

„Ich komme 10 Minuten später.“

Wieder zu spät. Das schien zu seiner Persönlichkeit zu gehören, dass er stets zu spät kommt. Es war ihm also nichts Schlimmes widerfahren, und er würde kommen, wenn auch wieder verspätet. Dennoch ärgerte sie sich. Erneut blickte sie raus.

Wer zu spät kommt, ist unzuverlässig, hat meine Oma immer wieder gesagt. Na ja, wenn schon, schließlich ist es im rheinischen Raum und im Ruhrgebiet nicht einfach, durch die vielen Staus zu fahren, um an seinem Zielort pünktlich zu erscheinen.

Die Menschen draußen sind zum Teil schlicht gekleidet und sehen gleichgültig aus. Wie das Pendel von einer Wanduhr laufen sie von links nach rechts. Es sind zwar immer andere Leute, aber ihrem Aussehen nach austauschbar. Warum kauften alle hier nur immer so viel Kleidung? Neben ein paar Fresstempeln gab es an diesem Ort nur billige Klamotten zu kaufen, nichts extravagantes, alles konformes Zeug. Doch so viel braucht man gar nicht.

Klar hatte sie selbst Kostüme für Besprechungen oder die Büroarbeit, aber zu Hause reichten ihr 2 Jeans und ein bequemes Sweatshirt.

„Äh… hallo, da bin ich, die Straßen waren voller als ich dachte, aber ich kann nicht lange bleiben, nur eine Stunde. Dann ist meine Pause zu Ende und ich muss zum nächsten Termin.“

„Ach schön, Daniel, dass du da bist. Ist doch egal, das
Zuspätkommen gehört irgendwie zu dir! Das muss ich
wohl akzeptieren. Wir wollen uns aber nicht die Zeit
mit Streitigkeiten darüber versauern. So haben wir
wenigstens eine Stunde, die wir nun genießen
können. Ich war so frei und habe mir schon etwas
bestellt.“

„Das Gleiche nehm´ ich auch.“ Sagte er dem Kellner,
der an uns vorbeiging und zeigte auf meine bereits
leer getrunkene Kaffeetasse.“

Ich lächle zwar, aber insgeheim bin ich enttäuscht,
dass er so wenig Zeit für mich hat. Zu spät kommen
und dann noch so ein Zeitlimit setzen, finde ich
unhöflich. Ich habe zwar versucht seine Verspätung
runter zu spielen, aber sie ärgert mich doch, so dass
ich ihn genauer anschaue. Selbstsicher sitzt er mir
gegenüber. Erst jetzt fällt mir seine großporige Haut
auf, die leicht glänzt. Ein paar Poren am Hals scheinen
auf eine Akne, die er in Jugendjahren mal hatte,
hinzudeuten. Ich zwinge mich nicht mehr weiter
dahin zu blicken, um nicht noch mehr Unangenehmes
an ihm festzustellen. So bestelle ich für mich auch
noch einmal den gleichen Kaffee, den ich zuvor hatte.

Daniel erzählte von seinen Terminen und Aufträgen
und Sonja hörte ihm zu. Doch irgendwie flossen seine

Worte wie Wasser durch ihren Kopf. Bei dem Wort Beerdigungsinstitut horchte sie allerdings auf.

„Ist jemand verstorben, den du näher kennst, oder warum erzählst du, dass du heute Abend noch zu einem Bestattungsinstitut musst?"

„Ach… Sonja, wir beliefern dieses Institut mit unserem Holz, hatte ich das nicht erzählt? Sie haben eine eigene Schreinerei und stellen selbst Särge her. Es sind Kunden von uns."

„Ach so, … okay jetzt weiß ich, dass es dir beruflich ganz gut geht und sonst so?"

„Ja… wie meinst´e? Privat jetzt?"

„Ja genau… es interessiert mich, wie es dir persönlich geht. Du siehst so müde oder traurig aus, kann das sein?"

Ein Kellner brachte die beiden schwarzen Kaffees und sie unterbrachen kurz das Gespräch.

„Ja, bin ich vermutlich schon irgendwie. Hab´ schlecht geschlafen. Meine Scheidung ist ja bald und ich hab´ meine Ex gestern zufällig im Supermarkt gesehen.“

„Ja und? Besteht die Chance, dass ihr euch wieder vertragt?“

„Ach… Sonja! Wo denkst du hin? Davon sind wir weit entfernt. Das will sie auf keinen Fall. Ich hatte gedacht, dass wir wenigstens Freunde sein könnten. Schließlich haben wir ja eine lange Zeit alles geteilt. Doch sie wollte gestern einfach an mir vorbei gehen, ohne mich zu grüßen. Da hab´ ich sie angesprochen. Sie sah abgemagert und krank aus.“

„Das hast du ihr gesagt, dass sie krank aussieht?“

„Nein, das erzähl ich dir, Sonja!

Es hat mich berührt, dass sie so schlecht aussah, und außerdem waren wir über 30 Jahre verheiratet und da sagt man sich doch wenigstens guten Tag. Aber sie wich mir aus und meinte, dass sie nur den Scheidungstermin übermorgen wahrnehmen wolle und sonst keinen Kontakt mehr mit mir haben möchte. Ihre Eltern und Freunde hätten ihr auch dazu geraten, mit mir gar keine Verbindung mehr zu haben. So könne sie leichter darüber hinwegkommen, dass ich sie betrogen habe. Was mich dann besonders geärgert hat, dass sie meinte, sie hätten ihr gesagt, sie wäre sicherlich nicht die einzige Frau gewesen, denn ich wäre ja beruflich viel unterwegs und hätte wie ein Seemann in jedem Hafen, so in jeder Stadt, wahrscheinlich eine Geliebte."

„Und hast du?" frage ich.

„Nein! Natürlich nicht. Ich bin gar nicht der Typ dafür, Sonja! Du müsstest mich kennen. Ich spreche auch nur mit dir darüber."

Jeder rührte in seinem Kaffee, damit er ein wenig abkühlen konnte. Keiner sprach. Man hörte nur die Gesprächsfetzen der anderen Gäste, und wie die Kaffeebohnen im Mahlwerk hinter der Theke zerkleinert wurden.

„Sag mal, wie ist sie eigentlich dahintergekommen, dass du ein Verhältnis hattest oder hast du ihr das irgendwann mal gesagt?"

„Sie hat einfach mal mein Handy genommen, als ich
es zu Hause vergessen hatte. Da hat sie nachgeschaut
und Fotos und Texte von uns darin gefunden. Ich
hatte es vielleicht darauf angelegt und da extra liegen
lassen. Ich weiß es nicht mehr.

Es hat mich ja auch belastet, dass ich mich heimlich
mit einer anderen Frau traf. Sie war halt das absolute
Gegenteil von meiner bald Ex und machte alles mit.
Auch der Sex mit ihr war super.“

„War?“

„Ja, wir sind nicht mehr zusammen, sie hat so viele
Probleme. Ich durch sie dann auch irgendwann. Das
war für mich zu viel.“

„Also suchst du eine leichte Beziehung zu einer
Frau?“

„Ach… Sonja, im Moment such´ ich gar nichts, nur
den Austausch, das ist mir wichtig.

So wie jetzt mit dir! Ist einfach schön, mit dir hier
zwischen den Terminen eine Pause machen zu

können, zu sitzen und zu reden. Für alles andere hab´ ich eh keine Zeit.“

„Was ist mit Lena?“ Sonja hielt die Luft an und überlegte, ob sie zu weit gegangen war?

Er reagierte erst gar nicht und die Zeit kam ihr vor, als hätte einer sie gestoppt.

„Welche Lena meinst du?“ Seine Stirn zog durch die hochgezogenen Augenbrauen Falten.

„Na ja, die Lena, mit der du bis vor ein paar Tagen fast jeden Tag geschrieben hast. Ich weiß nicht, woher sie kommt, aber ich vermute aus dem Kölner Raum. Sie hatte dir ein Foto von ihren nackten Füßen darauf gesendet und eine kleine graue Katze mit gelben Augen saß davor.

Ich stalke dich nicht, aber ich stöbere gern mal in den Accounts anderer, um zu schauen, mit wem ich es zu tun habe.“

„Ja nee, schon klar, die Lena meinst du. Weiß nicht,
hab´ mit ihr manchmal geschrieben. Weißt du? So
das Übliche, nichts Besonderes. Sie lebt auch allein
und scheint ganz nett zu sein.“

„Weißt du denn, warum sie seit ein paar Tagen nichts
mehr schreibt?“

„Nö… ist mir gar nicht aufgefallen. Sie schrieb mir
nicht mehr, da hatte ich gedacht, dass sie das
Interesse an mir irgendwie verloren hat, aber dass sie
gar nichts mehr schreibt, ist mir entgangen.“

„Daniel, das ist aber doch dieselbe Frau, die wir im
Museum gesehen haben. Die Frau, die im Stahlnetz
mit uns zusammen war und die nachher draußen an
dem Café vorbei gegangen ist. Sie hatte uns immer in
ihrem Blick und uns einmal sogar kurz gegrüßt.“

„Wenn du meinst…, aber ich habe keine Frau
gesehen. Hab´ ich dir ja gesagt und wenn, dann wärst
du vermutlich beleidigt. Wenn ich mit dir etwas
unternehme und mir dann dabei andere Frauen
anschaue, oder?“ Sein Lachen klang warm durch den
Raum.

„Das stimmt, da würde ich mich wahrscheinlich nicht
so gut fühlen. Dennoch hatte ich dich gefragt, ob du
die Frau kennst, und sie dir im Museum und im Park
gezeigt. Dann sehe ich später, dass du fast jeden Tag
mit ihr geschrieben hast. Du musst verstehen, dass
das bei mir Irritationen hervorruft. Ich würde gern
wissen, warum sie nicht mehr schreibt?"

Ein lautes Klirren hatte sie beide erschreckt und in die
Richtung schauen lassen, aus der das Geräusch
gekommen war. Der Kellner hatte ein Tablett mit
Gläsern darauf fallen gelassen und war bemüht die
Scherben alle so schnell wie möglich
zusammenzufegen. Sie warteten mit dem Gespräch,
bis das Klirren beim Zusammenfegen der Glassplitter
aufhörte und jeder schaute dabei vor sich in seine
Tasse.

„Tut mir leid. War schön mit dir einen Kaffee zu
trinken, aber ich muss wieder weiter. Du weißt ja, der
nächste Termin ruft nach mir."

„Ja... Tschüss Daniel, war schön, dass es geklappt hat,
sich zu treffen und der digitalen Welt mehr Realität
geben zu können. Vielleicht klappt es ja noch einmal,
nächste Woche?"

Er nickte ihr zu, legte das Geld für seinen Kaffee auf den Tisch und ging.

Wie komme ich nur darauf, ihn zu fragen, ob so ein Treffen sich wiederholen ließe?

Ich schüttele den Kopf.

Hat er doch nur von seiner Arbeit und anderen Frauen gesprochen. Er hatte mich auch nicht gefragt, wie es mir geht.

Sie bezahlte ihre Kaffees und nahm sich vor, ihn nicht wieder zu treffen.

Was habe ich überhaupt mit diesem Menschen gemeinsam?

7. Kapitel

Wieder keine Nachricht von dieser Lena, und niemand wusste etwas von ihr. Seltsam war allerdings, dass jetzt auch andere nach ihr fragten und keiner wusste, wo sie abgeblieben war. Sonja schaute bei Daniel im Profil nach, und er schrieb mit vielen anderen Frauen, die ihr bisher noch nie aufgefallen waren. Offenbar hatte er viel Zeit.

Es schien, als seien auch ein paar Prostituierte darunter, die mit ihren Fotos von ihrem nackten Hintern oder anderen Körperteilen besonders einladend auf sich aufmerksam machen wollten. Sie spürte ein leichtes Druckgefühl in ihrem Bauch. Konnte das Eifersucht sein? Sie überlegte, dass sie kein Recht dazu hatte, eifersüchtig zu sein. Daraufhin legte sie ihr Handy erst mal zur Seite und goss sich einen Kaffee aus der Thermoskanne ein. Statt Zucker füllte sie sich noch einen Löffel Nesquik dazu ein. Sie war der Meinung, dass ihre Gehirnsäfte dann besser flossen, wenn ihr Körper Schokolade bekam. Der Schokokaffee war noch zu heiß, und so rührte sie erst mal darin und schaute, welche kreisförmigen Muster sich auf der Oberfläche bildeten.

Wie kann ich herausfinden, was mit dieser Lena wirklich passiert ist? Und warum interessiert mich das?

Ja, ich traue Daniel nicht richtig.

Irgendwie habe ich das Gefühl, dass mit ihm etwas nicht stimmt, und er mir Informationen verheimlicht. Er hat sich aus der Welt getwittert und hat seine Frau betrogen. Er steht kurz vor der Scheidung. Warum schreibt er immer noch mit so vielen Frauen, wenn es ihm doch angeblich so leidtut, und er doch gemerkt hat, dass diese Scheinwelt ihm sein bisheriges und offenbar so schönes Leben zerstört hatte? Warum hatte er mich hinsichtlich dieser Lena angelogen?

So viele Fragen, warum sollte ich ihn als meinen Freund in mein Herz lassen, wenn er mich doch angelogen hatte?

Doch ich schaue mir auch nicht immer jedes Profilbild von den Menschen an, die mir täglich schreiben, und überprüfe ihren Wahrheitsgehalt. Manchmal ändern sie auch ihre Bilder, aber dennoch nicht den Nickname. So muss man doch auch irgendwie Vertrauen haben.

Die Neugierde, was hinter dieser Lüge stecken mochte, fraß sich wie eine Raupe in ihr Hirn.

Soll ich noch einmal eine Frage ins Netz stellen, wo diese Lena wohnt? Nein, wahrscheinlich würde mir keiner antworten. Anonymität war ein ungeschriebenes Gesetz in den Netzwerken. Es bleibt mir nur eins übrig. Ich muss Daniel selbst noch einmal fragen.

Sie überlegte, unter welchem Vorwand sie das machen könnte. Wieder rührte sie in ihrem Kaffee rum und versuchte diesmal die Flüssigkeit andersherum drehen zu lassen, da das angeblich zu innerer Harmonie in ihr führen sollte. Das hatte sie mal in einem Artikel ihrer Kollegin gelesen. Doch wahrscheinlich musste man daran fest glauben, denn sie spürte nichts von dieser inneren Ausgeglichenheit! Die Zeit floss dahin, das Sklönkern des Löffels in ihrer Tasse unterbrach die Stille, aber in ihrem Kopf war Leere, bis ihr die Idee kam.

Ein Interview! Ja, das ist es! Ein Interview für meine Kolumne! Warum sollte ich das nicht vorgeben? Doch zu welchem Thema?

Wieder schlug der Löffel minutenlang in ihrer Tasse gegen das Porzellan. Frisuren oder das neue Frühjahrs-Make-up? Das ist zu klischeehaft. Freizeit, ... es könnte damit zu tun haben, wie Frauen ihre Freizeit real verbringen, und ob das mit dem übereinstimmt, wovon sie träumen. Also was sie insgeheim wünschen, in ihrer Freizeit zu machen?

Je mehr sie darüber nachdachte, desto mehr gefiel ihr die Idee.

Selbst wenn ich nichts weiter über Lena in Erfahrung bringe, könnte ich dieses Thema durch die Befragungen anderer Frauen sicherlich mit Inhalt füllen und für meine Arbeit verwenden.

Sie überlegte noch kurz, wie sie es formulieren musste, dann tippten ihre Finger folgenden Satz ins Handy.

„Huhu Daniel, kannst du mir bitte Lenas Adresse und vielleicht noch die von anderen Frauen aus dem Netz geben? Weißt du die Lena, über die wir letztens gesprochen hatten. Ich möchte sie und die anderen Frauen gern bitten, mir ein Interview zu geben.“

Erst einmal passierte nichts. Sie trank ihren Kaffee und schaute dabei immer wieder auf ihr Handy. Aber es erschien keine Nachricht im Display. Die Zeit zog sich wie rohes Eiweiß. Die Überprüfung der Funktionen zeigte, dass das Handy nicht abgestürzt war. Die Mischung aus Kaffeesatz und Kakao, die sich inzwischen auf dem Boden der Kaffeetasse abgesetzt hatte, kratzte sie vom Boden ihrer Tasse und genoss den intensiven Geschmack des nicht aufgelösten Pulvers auf ihrer Zunge.

„Warum?“

Aha… also hat er die Adresse, sonst hätte er doch geschrieben, dass er sie nicht hat, oder?

Sie schrieb ihm, dass sie plane, Interviews zu dem Thema zu sammeln, was Frauen in ihrer Freizeit mit Vorliebe unternehmen würden, und was sie stattdessen tatsächlich machen, um herauszufinden, ob es da eine Diskrepanz gebe. Sie würde gern Frauen unterschiedlichen Alters befragen wollen, da sie dies für ein frauenspezifisches Thema halte. Andere Themen ließen sich vielleicht aus den Ergebnissen noch später für weitere Interviews ableiten.

Sie las noch einmal laut ihren WhatsApp-Text durch und sendete ihn dann. Ob er ihr das glauben würde? Sie selbst fühlte sich überzeugt, insbesondere, nachdem sie sich den Text jetzt laut vorgelesen hatte. Sie wusste nicht recht warum, aber sie hielt die Luft an, während sie auf seine nächste Antwort wartete.

Wie gut hatte er Lena tatsächlich gekannt?

Wieder passierte nichts, aber von ihrem Handy konnte sie sich nicht lösen. Sie schaute auf das Display, als könnte sie mit ihrem Blick die gewünschte Nachricht dort hinein zaubern. Nach einer gefühlt langen Zeit erschien die nächste Nachricht, obwohl nur 2 Minuten seit der letzten vergangen waren.

Pling: „Wieso gerade Lena?"

Weicht er mir aus?

„Na kannst du dir doch denken, wir haben sie doch auch im Stahlnetz gesehen. Sie war also wie wir an einem Tag in ihrer Freizeit im Kunstmuseum. Klar, wir waren auch da, aber ich kann mich ja nicht selbst interviewen. Das verstehst du doch?"

„Ja…, wenn es dir hilft? Heinrich Esser Str. 40 Brühl. Die anderen Daten der Frauen sende ich dir noch, okay?

„Ja, … Wie heißt Lena denn mit Nachnamen? Das weißt du doch auch bestimmt, sonst müsste ich jetzt ihren Namen übers Internet suchen und die Zeit kann ich mir doch ersparen, oder?"

Pling: „Müller"

„Woher weißt du das alles? Hast du sie mal getroffen?"

„ja“

„Was heißt, ja?“

„Ja heißt eben ja, was sonst? War mal auf'n Kaffee
da, zwischen 2 Terminen, nur so. Nicht was du
vielleicht denkst.“

„Ich denke mir nichts dabei, wird schon stimmen,
wenn du mir das schreibst. Gibst du mir auch bitte
ihre Telefonnummer. Viele Nummern sind im Netz ja
nicht vorhanden, insbesondere, wenn sie eine
Handynummer haben.“

„02232 252728“

„Weißt du noch mehr über sie?“

„Nein“

„Danke dir, ich werd´ ihr schöne Grüße von dir
ausrichten, dann wundert sie sich nicht so sehr, wie
ich auf ihre Nummer gekommen bin.“

Lena, … er hatte einen Kaffee mit ihr getrunken, …
wie mit mir, und doch nicht, was ich denke…. Das
Gedankenkarussell drehte sich unaufhörlich in ihrem
Kopf.

Sie musste versuchen, an etwas anderes zu denken,
räumte ihre Kaffeetasse in die Spülmaschine und
wartete nicht mehr auf eine Antwort von Daniel.

Dann wählte sie die Nummer, aber sie hörte nur das
Freizeichen - immer wieder. Ungeduldig schaute sie
auf die Uhr. Es war zu spät, um dahin zu fahren. Für
die Strecke brauchte sie sicherlich zwei Stunden.

Dennoch schaute sie in ihren Kalender und suchte
nach leeren Stellen darin. Da und dort hatte sie einen
telefonischen Termin mit ihrer Redaktion. So nahm
sie sich fest vor, es am nächsten Tag noch einmal zu
versuchen.

Als Manuel nach Hause kam, erzählte sie ihm von
ihrer Skepsis Daniel gegenüber, und dass sie gern
überprüfen wollte, ob er ihr die Wahrheit gesagt
hatte.

Manuel schaute sie nur von der Seite an und fragte sie, ob sie daran gedacht hatte, das Geschenk für die Nachbarin zu kaufen, die sie für heute Abend zu einer Party eingeladen hatte. Mit Schrecken stellte sie fest, dass sie das ganz vergessen hatte. Sie versuchte ihr schlechtes Gewissen vor ihm zu verbergen. Insgeheim dachte sie:

Der Gedanke, dass ich morgen eine weite Fahrt vor mir habe, führt dazu, dass ich jetzt keine Lust mehr dazu habe, noch einmal loszufahren und einen Blumenstrauß zu kaufen. Er hätte sich auch um ein Mitbringsel kümmern können.

„Wir können doch zwei Flaschen Rotwein aus der letzten Weinlieferung verschenken, oder?"

„Ja, wenn du meinst. Ist aber ein teures Geschenk, was soll´s!"

„Ja, ist doch sinnvoller, als ein Strauß abgeschnittener Blumen!"

Auf eine Antwort wartete sie nicht.

Sie machte sich für die Party chic.

Was wird mich wohl morgen in Brühl bei Lena
erwarten?

Dieser Gedanke überlagerte den Ärger, dass der
Abend langweilig war, und Manuel kein Wort über ihr
gelungenes Styling verloren hatte.

„Hallo, ich bin Sonja Lichtenmeer, … Fragen, ….
Interview, … Thema Freizeit, … Wünsche, … typisch“
und schlage mich mit Wörtern durch die Nacht bis
zum nächsten Morgen. Ich fühle mich als hätten die
Wörter und Satzversuche der Nacht auf mich
eingeprügelt, doch bin ich gespannt, was ich in
Erfahrung bringen kann?

8. Kapitel

Irgendetwas schien sich da am Fenster über ihr zu bewegen, aber sie konnte es nicht richtig erkennen. Offenbar war es kein Mensch, der da hinter dem Fenster war. Sie klingelte noch einmal und trat wieder einen Schritt zurück, damit diese Lena sehen sollte, wer vor ihrer Tür stand. Sonja beschloss zu warten.

Es war ein einfaches kleines Haus, aus den 60er-Jahren. Solche Häuser sind, wie es sie in jeder Stadt gibt, sicherlich nicht so schön wie Fachwerkhäuser, aber zweckmäßig. Ohne Firlefanz, keine schnörkeligen Geländer oder übergroßen Balkone, ein einfaches Wohnhaus eben.

Aus diesen Gedanken wurde sie gerissen, als eine Frau aus dem Nebenhaus kam und sie begrüßte.

Kurz überlegte sie, aber dann fragte sie doch:

„Hallo, ich möchte gern zu Lena, Lena Müller. Ich habe versucht sie anzurufen, aber sie ist nicht dran gegangen und öffnet auch jetzt nicht die Tür, wissen sie etwas über Lena?"

„Nein, aber jetzt, wo sie es sagen, fällt mir auf, dass ich sie schon länger nicht gesehen hab´. Merkwürdig ist das schon, dass ich ihr nicht wie sonst begegnet bin. Sie ist ja eine so nette Person, wissen sie? Woher kennen sie denn Frau Müller? Sind sie hier neu hinzugezogen? Ich kenn´ sie ja gar nicht, wissen sie."

„Sie sagten merkwürdig. Was meinen sie? "

„Na ja, ihr Auto steht da drüben am Straßenrand, schon eine Weile. Sie müsste also zu Hause sein. Zumal sie krank ist. Wegen ihres Burn-outs, oder wie sich diese neue Krankheit so nennt. Hat ja jeder Zweite im Moment. Aber was das ist, weiß ich gar nicht. Sie ist nicht arbeitsfähig oder so.

Wissen sie? … Eigentlich ist sie Chefsekretärin in einer Firma. Bis vor ein paar Wochen habe ich sie öfter gesehen. Mal so beim Einkaufen im Supermarkt getroffen oder bei den Blumen hier im Vorgarten. Sie liebt es, sich um Blumen zu kümmern. Die meisten hier im Vorgarten des Hauses hat sie gepflanzt. Sie ist die Einzige hier in der Straße, die mal Unkraut zupft. Die anderen interessiert so etwas ja heute gar nicht mehr, wissen sie?

Aber da oben am Fenster, scheinen ja jetzt Fliegen zu sitzen, oder? Na ja, die entstehen ja schnell, wenn

man Lebensmittel liegen lässt, oder eine neue
Topfblume hat, wissen sie?

Na ja, wie eine Dame wirkte sie nie, verstehen sie?!
Aber ungepflegt wirkt sie auch nicht. Was das aber da
mit den Fliegen jetzt soll, weiß ich auch nicht. Das ist
ja kein Zustand, so etwas! Ich kann es von meiner
Wohnung aus sehen. Ich hatte das auch letztens, da
kamen die alle aus der Blumenerde… “

„Ja, ich weiß,“… unterbrach Sonja sie genervt.

Die Stimme der scheinbar ständig sagenden „wissen
sie“ - Nachbarin verschwamm zu einem
unverständlichen Gebrabbel. Langsam ging sie für
Sonja in ein Hintergrundgemurmel über. Sonja wand
sich mit einer Entschuldigung von der Frau ab und
ließ sie einfach da stehen und weitersprechen. Die
Frau redete unaufhörlich. Doch ihr Gemurmel wurde
leiser, weil sie weiter ging. Ab und zu klangen noch
echoartig die Wörter „wissen sie“ an ihr Ohr. Jetzt vor
sich hinredend, lief die Frau zu ihrem Auto und
schaute dabei immer wieder auf das Fenster über
Sonja. Sonja schaute ihr nach und nahm sich vor, nie
so zu werden.

Tatsächlich könnten es Fliegen an der Scheibe sein,
die ihr das Gefühl vermittelt hatten, dass sich dort

etwas bewegt. Trotzdem wirkte diese Nachbarin auch ein wenig so, als sei sie neben der Spur. Sonja setzte sich in ihr Auto. Ihr Rücken schmerzte, besonders die Schultern.

Was soll ich machen? Manuel war nicht im Notruf-Bereich tätig. Den brauchte ich nicht zu anzurufen. Wenn ich ihn jetzt um Rat fragen würde, würde er mich sicher auf die Notrufnummer hinweisen und mich dann fragen, was ich hier überhaupt mache? Auf solche Fragen von ihm hatte ich keine Lust. Ich wähle die 110.

Nachdem Sonja der Polizistin am Telefon ihre Daten, den Standort und den Grund ihres Anrufes durchgegeben hatte, antwortete diese mit klarer Stimme am Telefon, sie solle am Ort bleiben und bitte dort auf die Polizei warten. Die ununterbrochen sprechende Frau war mit ihrem Auto inzwischen davongefahren. Die Straße war jetzt wieder leer.

Wahrscheinlich sitzen alle Leute hinter den Gardinen und warten ab, was passiert. Hier kennt doch jeder den anderen. Und alle wissen, was in so einem Örtchen passiert. Aber niemand ruft mal einfach so die Polizei, weil keiner mit dem Nachbarn Ärger haben will. Sie legte ihre Hände auf das Lenkrad und ließ ihren Kopf vorn zwischen ihren Armen durchhängen. Die Wirbel in ihrem Rücken schienen sich zu dehnen und der so stark empfundene Schmerz ließ allmählich nach.

War es übertrieben? Vielleicht war diese Lena doch nur einfach im Urlaub oder in einer Klinik? Ich kenne die Frau ja gar nicht! Jetzt ist es eh zu spät.

Schließlich hatte Sonja ein ungutes Gefühl im Bauch und die Fliegen am Fenster könnten ein Zeichen dafür sein, dass die Frau möglicherweise nicht mehr lebt. Oder hatte sie vielleicht zu viele Krimis gelesen und ihre Fantasie spielte ihr jetzt einen Streich?

Soll ich die Polizei noch einmal anrufen und ihnen sagen, dass ich mich geirrt habe? Vielleicht hätte ich noch weitere Nachbarn fragen sollen, bevor ich so einen Verdacht bei der Polizei vorbringe. Wie kam ich überhaupt auf die Idee zu einer völlig fremden Frau zu fahren und die Polizei anzurufen? Und dann äußere ich noch den Verdacht, dass diese Frau die Tür nicht öffnet, weil sie vielleicht tot ist. Ich sollte einfach fahren und so tun, als wäre ich nie hier gewesen.

Aber die Polizei würde mich dann wahrscheinlich zu Hause aufsuchen. Sie hatten ja meine Daten. Egal!

Gerade in dem Moment als sie sich entschloss doch nach Hause zu fahren und den Motor startete, klopfte es laut an ihre linke Autoscheibe. Das Geräusch ließ sie hochschrecken, und sie schaute gegen eine kräftige Hand, die gegen die Scheibe hämmerte.

„Wollten sie gerade fahren? Geht es ihnen gut?"

Sie lächelte, und staunte über den Anblick, als stünde, ein bekannter Schauspieler, Armin Rohde, vor ihrem Auto. Sie stieg aus. Der Polizist stand ihr gegenüber. Er war viel größer als sie. „Steinberg" las sie in weiß gestickter Schrift auf ihrer Augenhöhe, auf seiner linken Brust. Sie schaute zu ihm auf und blickte in ein besorgtes Gesicht. Zwischen grauen Bartstoppeln war ein schmallippiger Mund auszumachen. Sie schätzte diesen Steinberg auf 50 Jahre, der das Essen, Trinken und vor dem Fernseher in der Freizeit abhängen, offenbar liebte.

„Ja, mir geht es gut, ich hatte nur Nackenschmerzen, danke. Ich hatte die Polizei angerufen. Aber ich weiß nicht, ob es richtig war. Erst habe ich hier gestanden, dann tat mir der Rücken so weh, und anschließend habe ich mich in mein Auto gesetzt, um mich zu entspannen. Darüber habe ich ein wenig die Zeit vergessen.

Ja, ich weiß nicht, ob ich mich jetzt freuen soll, dass sie da sind. Irgendwie habe ich das Gefühl, dass mit dieser Lena Müller etwas nicht stimmt, und eine Nachbarin meinte, dass dort oben am Fenster Fliegen sein könnten. Vielleicht sind sie völlig unnötig gekommen, und es ist alles in Ordnung?

Da hab´ ich gedacht, ich kann ja wieder nach Hause fahren, weil möglicherweise nichts ist.“

„Werden wir sehen. Meine Kollegin hat schon geklingelt, und es hat keiner geöffnet. Ich habe gerade telefoniert. Wir warten hier auf den Schlüsseldienst, der uns die Tür öffnen wird. Woher kennen sie diese Frau Müller?“

„Ich kenne sie gar nicht.“

„Das versteh´ ich nicht, was machen sie dann hier?“

In dem Moment wurde ihr klar, wie blöd es von ihr war, aufgrund eines wahrscheinlich völlig unsinnigen Verdachts, dass diese Frau sich in einem Netzwerk nicht mehr meldete, hier hin zu fahren. Nur weil sie dachte, dass ihr etwas zugestoßen sein könnte. Dafür war sie ca. 200km an einem Tag gefahren. Doch die eigentliche Angst, dass Daniel damit etwas zu tun haben könnte, versuchte sie mit einem tiefen Seufzer weg zu atmen.

Sonja erklärte dem Polizisten, wie sie selbst einen
Account bei Twitter eröffnet hatte, und dass sie dort
auf eine offene Community gestoßen war, mit denen
sie gern im Plauderton schrieb. So erzählte sie von
gegenseitigen täglichen Grüßen und einzelnen Non-
Mentions, und dass ihr aufgefallen war, dass diese
Lena aus dem Netzwerk verschwunden war. Sie
schrieb nichts mehr, aber keiner wusste etwas über
ihr Verschwinden.

Erneut überlegte sie, ob sie ihm von Daniel erzählen
sollte. Aber sie ließ es besser.

Doch der Polizist wollte gern wissen, woher Sonja die
Adresse hatte. Sie wich ihm aus und sagte, dass sie
danach allgemein bei Twitter gefragt hätte und einer
ihr die Adresse geschrieben hatte. Aber sie wüsste
nicht mehr, wer das gewesen war. Dabei spürte sie,
wie ihr die Röte ins Gesicht steigen wollte, und sie
versuchte das zu vertuschen, indem sie mit beiden
Händen über ihre Augen und ihr Gesicht rieb.

Warum sollte ich Daniel da mit reinziehen? Vielleicht
hatte er ja tatsächlich nur mit ihr Kaffee getrunken?

Sonja betonte, dass sie sehr müde gewesen sei, da sie
die Nacht aufgrund des Vollmondes schlecht
geschlafen hatte. Das war sogar richtig. Die Nacht
war hell vom Mondlicht erleuchtet gewesen, aber das
hatte bisher nie ihren Schlaf gestört. Dennoch musste
der Steinberg das nicht unbedingt wissen. Oft hatte
sie kein Verständnis dafür gehabt, dass viele

Menschen vorgaben bei Vollmond nicht schlafen zu können und unter schlechter Laune am darauffolgenden Tag litten. Doch jetzt konnte sie sich das Gerede vom Mond zunutze machen.

„Ah, der Schlüsseldienst ist da. Warten sie bitte, hier. Bis wir wieder aus der Wohnung kommen. Wir möchten dann gern noch einmal mit ihnen reden."

Er drehte sich um und ließ sie einfach stehen.

Soll ich mich jetzt umdrehen und doch einfach fahren? Nein, aus der Nummer komme ich nicht mehr raus.

Sie schaute zu, wie ein Mann mit einem dunklen Overall mit der Aufschrift „Schlüsseldienst Hörmanns" sich an der Tür zu schaffen machte. Eine Polizistin stand daneben. Sie sah gut aus. Sie wirkte wie 20, hatte blonde Haare, die zu einem langen Zopf nach hinten gebunden waren. Sonjas Blick war auf die Hände des Mannes vom Schlüsseldienst gerichtet. Der Polizist stellte sich nun davor und versperrte seiner Kollegin die Sicht. Sie hörte ein Klacken und die Tür öffnete sich.

Ja, ich soll hier warten, ich weiß das ja, aber ein Gedanke, zieht mich an. Was ist hinter dieser Tür?

Ein paar Schritte und Sonja stand so nah hinter dem Polizisten, dass sie den Schweißgeruch seiner Achselhöhlen in ihrer Nase hatte.

Doch dieser Geruch wurde bald übertönt. Ein süßlich fauliger Gestank schlug Sonja entgegen. Der Mann vom Schlüsseldienst drehte sich zu seinem Auto um. Er winkte nur mit der linken Hand ab, und rief beim Weggehen, dass er die Rechnung zur Polizei schicken werde. Die beiden Polizisten schauten dem Mann vom Schlüsseldienst nicht nach und riefen laut in den Flur: „Hallo, jemand da?"

Niemand antwortete. Warten… und doch nur Stille. Wieder das Rufen des Namens „Lena Müller" und erneut nichts, kein Laut. Dann doch leise Geräusche, die der Druckknopf am Holster von Steinberg verursachte. Mit gezogener Waffe gingen beide Polizisten rein.

Nach mir schauten sie sich nicht um.

Immer noch ist es still, zu still. Ein dunkler und schmaler Flur vor ihnen. Steinberg drehte sich um und schaute sie an.

„Ich hab´ ihnen doch gesagt, dass sie da warten sollen, dort hinten am Auto und nicht hier, haben sie das verstanden?"

„Ja ich weiß… ", antwortete Sonja. Dabei schaute sie zum Boden und wandte sich leicht ab.

Soll ich gehen? Zumal der Geruch nicht gerade einladend auf mich wirkt.

Mit polternden Schritten stürmten die beiden Polizisten die Treppe nach oben. Dann war es mit einem Mal wieder ruhig.

Sonja lauschte, … Nichts, wieder war nichts zu hören. Ein Winseln oder ein Keuchen? Nein… kein Geräusch.

Nur mein Atmen ist für mich zu hören, oder? Kurz halte ich die Luft an, doch es war nur mein Atem.

Sie wandte sich wieder der Haustür zu und ging langsam flach atmend, auf die Tür zu. Der Gestank wurde immer intensiver und ging ins Unerträgliche über. Je weiter sie in den Hausflur gelangte, umso schlimmer roch es. Vor ihr tat sich die Treppe, die beide Polizisten eben noch rauf gerannt waren, wie der Schlund eines Monsters auf.

Warum war kein Geräusch mehr zu hören? Was war da oben?

Stufe für Stufe ging sie langsam nach oben. Sie hörte wieder ein Rumpeln. Ihre rechte Hand verkrallte sich in dem Geländer.

Wer weiß, was sich da oben abspielt? Sicher hätte ich besser am Auto warten sollen, wie der Polizist mich angewiesen hatte. Sollte ich mich umdrehen und einfach im Auto warten? Was war mit den Polizisten passiert? Diese Stille!

Das Knarren einer Treppenstufe unter ihren Füßen ließ sie zusammenfahren, doch sie konnte das Geräusch nicht rückgängig machen. Sie blieb stehen und hielt sich mit aller Kraft am Geländer fest. So spürte sie das lackierte Holz in ihrer Handinnenfläche. Für einen kurzen Augenblick hörte sie die Stille nicht mehr. Dennoch wollte sie keinen weiteren Ärger mit Steinberg riskieren, weil sie sich seiner Anweisung widersetzt hatte. Gerade in dem Moment, als sie sich umdrehen wollte, um zurück zum Auto zu gehen, rannte eine Gestalt von oben auf sie zu. Sie versuchte, sich an die Wand zu drücken.

Mit einem Arm ruderte jemand wild um sich. Die dunkle Gestalt stürzte sich in ihre Richtung. Die andere Hand hielt die Person vor ihr Gesicht. Sie drückte sie zur Seite an die Wand und rannte mit würgendem Geräusch an Sonja vorbei.

Es war die Polizistin.

Sonja schaute ihr kurz nach und wartete, bis es wieder ruhig wurde. Dann ging sie weiter die Treppe rauf. Die Stufen knarrten unter ihren Füßen. Diese Geräusche hatten schon beinahe etwas Tröstliches.

Von draußen drangen die Würgelaute der Polizistin zu ihr. Als sie oben ankam, schaute sie langsam, wie in Slowmotion, in den Raum vor ihr. Etwas lag auf dem Boden.

Könnte es ein Mensch sein? Der Polizist stand daneben und starrte darauf. Jetzt zog er sein Handy aus der Hosentasche. Schwarze Schwaden zogen surrend durch den Raum. Das Bild schien vor ihren Augen vor lauter schwarzer Fliegen zu flirren.

Sie hielt ihre Hände so vor ihr Gesicht, sodass ihre Augen frei blieben. Am Fenster flogen die Fliegen und bildeten immer neue und verschiedene Muster. Jetzt wurde ihr klar, dass das die Bewegung gewesen war, die sie am Fenster gesehen hatte, als sie vor dem Haus gestanden hatte.

Schritt für Schritt näherte sie sich langsam dem Polizisten. Den Fliegen schienen ihre Bewegungen egal zu sein. Der Geruch war so unerträglich, dass auch sie dachte, dass ihr gleich schlecht werden würde. Langsam griff sie mit der Hand in ihren Ausschnitt, um einen Teil des Pullis über ihre Nase zu ziehen. Das Waschmittel des letzten Waschgangs durchdrang ihre Nase und für einen kurzen Augenblick verschwand der süßlich faulige Geruch. Doch dieser Gestank ließ sich nicht lange durch den Pullover abhalten. Wieder drang er, nur jetzt noch stärker als zuvor, durch den Stoff ihres Pullis in ihre Nase. Sie versuchte an duftende Rosen oder rote Astern zu denken. Doch gegen den Anblick, der sich vor ihr auftat, half auch kein Gedanke an Blumen. Sie wusste kein Mittel dagegen.

Vor mir lag ein Mensch, der aufgrund der Figur und Kleidung einmal eine Frau gewesen sein musste. Der Kopf schien unförmig zu wabern. Die Haare lagen wie vertrocknete Algen um ihren Schädel. Ihr Hals und ihr Gesicht wimmelten vor Fliegen und weißen Maden. Ihr Mund war leicht geöffnet und die Augen oder das, was noch davon übrig zu sein schien, stierten gen Zimmerdecke. Insbesondere an diesen Stellen tummelten sich dicke schwarze Fliegen, als seien dort die Quellen, aus denen diese schwarzen Fächer aus Fliegen im Raum entstehen konnten.

„Ich hab´ ihnen doch gesagt, dass sie draußen warten sollen!“, schrie Steinberg mich an. Mit dem Handy in der Hand ging er auf sie zu. Sie versuchte zurück zu gehen. Doch er packte sie an ihrem Handgelenk und hielt sie fest. Sie schaute in sein dickes Gesicht und suchte seine Augen darin.

„Das fehlt mir noch, dass sie jetzt hier rumtapern, auch noch kotzen oder die Treppe rückwärts runterfallen! Was wollen sie hier? Sie verwischen hier mögliche Spuren, wenn sie hier rumlaufen! Ich habe die Spusi angerufen. Gehen sie jetzt! Oder ich packe sie und bringe sie persönlich raus!“

Sie wich einen Schritt zurück und entwand sich seinem Griff. Dann nickte sie nur. Ein Moment des gegenseitigen Schweigens entstand. Nur das Surren der Fliegen war zu hören.

Ein Blick rundum: Eine alte Küche, die im richtigen Licht und mit ein paar Blumen auf dem Tisch, sicherlich hätte wohnlich aussehen können. Blaue Keramik - Kaffeetassen stehen auf dem Tisch, zwei! Ansonsten nichts Besonderes.

Sie ging rückwärts. Dabei setzte sie einen Fuß dicht hinter den anderen. Steinberg behielt sie im Blick. Jetzt machte er seinem Nachnamen alle Ehre. Ein Knarren hinter mir ließ meinen Körper steif werden.

Sie spürte etwas an ihrer Seite unten am Bein. Das Bedürfnis laut zu schreien, versuchte sie runter zu schlucken. Steinberg hatte sich inzwischen vor ihr umgedreht und wieder auf die Leiche geschaut. Sein erneuter Blick zu ihr signalisierte ihr, dass er das Geräusch auch gehört hatte. Beide lauschten sie dem leisen Knarren. Doch es war fast nichts zu hören. Nur das Surren der Fliegen drang an ihre Ohren. Jetzt strich etwas spürbar um ihre Beine. Langsam schaute sie an sich nach unten.

Eine kleine graue Katze! Sonja atmete erleichtert aus und bückte sich, um das kleine Haustier auf den Arm zu nehmen. Der Polizist fuhr erschrocken um, und starrte sie an. Sein Blick wurde weich, als er sah, wie sie die Katze auf den Arm nahm. Leise miaute sie, als riefe sie um Hilfe.

Sonja schaute Steinberg an, als hätte sie dieses Miauen von sich gegeben. Er nickte ihr stillschweigend zu und wies ihr mit einer ausladenden Bewegung seiner rechten Hand den Weg zur Treppe.

Die Katze fühlte sich in ihren Armen ganz warm an. Doch unter ihren Fingern spürte sie ihre Rippen und die Unruhe durch das Fell. Leise mit ihr sprechend ging sie vorsichtig jede Stufe mit den Füßen ertastend die Treppe hinunter und wartete vor der Tür.

Die Polizistin stand bleich an einem Busch am Straßenrand. Daneben befanden sich etliche Pfützen ihres Erbrochenen.

Sonja versuchte abzuwägen, wer ihr mehr leidtat, die Katze oder die Polizistin?

„Wollen sie die kleine Katze mal streicheln?" Dabei hielt sie ihr das Kätzchen hin, als würde sie ihr ein Handtuch reichen wollen.

„Nein danke, bitte bleiben sie mit dem Vieh weg. Ich habe eine Tierhaarallergie! Gegen alle Tiere glaube ich, gegen Hausstaub und ach noch gegen viel mehr. Ich hab´ gedacht, ich schaff das mit dem Job. Es wird besser, wenn man öfter mal eine Leiche sieht, hatte ich mir immer wieder gesagt. Aber wird es nicht."

„Nein, das befürchte ich auch, entweder sie wechseln in einen anderen Job oder in den inneren Dienst, aber so etwas hier ist offenbar nichts für sie.“

Die Polizistin nickte wie ein junges Schulmädchen, das gerade erfahren hatte, dass ihre beste Freundin nie wieder mit ihr sprechen möchte.

Sonja schaute sie an, aber eine weitere Reaktion war heute wohl nicht mehr von dieser Polizeibeamtin zu erwarten.

Was stecken sie auch so junge Dinger in den Außendienst der Polizei?

Sonja hörte Schritte auf der Treppe hinter sich, drehte sich um, und blickte Steinberg an.

„Okay ich nehm´ jetzt ihre Aussage auf. Wenn sie möchten, können sie die Katze, die sie ja offenbar ins Herz geschlossen haben, erst mal mitnehmen, bis wir wissen, ob es jemanden gibt, der Anspruch darauf erhebt. Ansonsten müssten wir jetzt das Tierheim anrufen.“

Sie hielt die Katze so fest in ihrem Arm, als würde sie
ihr halt geben.

„In ein Tierheim soll sie nicht kommen. Pepe, unser
Hund, wird sich schon daran gewöhnen.“

Zum ersten Mal verzog Steinberg seinen Mund so,
dass man denken konnte, es sei ein Lächeln. Sie
erzählte ihm noch einmal alles und er schrieb mit.
Wieder war sie kurz versucht, ihm von Daniel zu
berichten, aber aus irgendeinem ihr unerfindlichen
Grund tat sie es nicht, als wäre er ihr persönlicher
Schatz, von dem nur sie etwas wissen durfte.

9. Kapitel

Den Autoschlüssel drehte sie in ihrer Hand. Das klickernde Geräusch, wenn der Haustürschlüssel über den Autoschlüssel rieb, hörte sie immer gern. Es war das Gefühl für Unabhängigkeit.

Sollte sie nun mit dem Kätzchen direkt wieder nach Hause fahren, oder erst mal irgendwohin einen Kaffee trinken gehen? Etwas stupste sie von der Seite an. Sie schaute nach dem Grund der Berührung auf ihren linken Ellenbogen. Vor Schreck zuckte sie zusammen. Eine fremde Hand hatte sie angestoßen. Es war eine männliche Hand. Sie gehörte zu einem besonders gutaussehenden Mann, der neben ihr stand.

„Hey, alles gut? Sie sind ganz in Gedanken versunken und weiß wie eine Wand. Möchten sie einen Schluck Kaffee aus meiner Thermoskanne?"

Sie nickte nur und griff nach dem Becher, den der Mann, der sie offenbar mit dem Ellenbogen angestupst haben musste, ihr hinhielt. Zu Zeiten hoher Corona-Ansteckungsgefahr wäre das nicht möglich gewesen. Aber im Moment bestand keine große Gefahr der Ansteckung. Die Wärme des Getränkes drang durch den Becher in ihre

Handinnenflächen und der Schluck Kaffee
durchflutete ihren Körper warm.

„Haben Sie die Leiche gefunden?“

Bei dem Wort „Leiche“ spürte sie, wie ihr Körper sich
wieder anspannte und die Rückenschmerzen erneut
auftauchten. Doch die Wärme des Kaffeebechers
zwischen ihren Händen bildete einen Gegenpol dazu
und setzte sich durch. Sie erzählte dem Mann von
ihrem Schriftwechsel bei Twitter, und dass sie diese
Frau vermisst hatte. Keiner wusste etwas über sie. Sie
hatte dann ihre Telefonnummer ausfindig machen
können, aber es war keiner dran gegangen, als sie
versucht hatte, sie anzurufen. Dafür hatte sie den
heutigen Tag genutzt. Weil keine Termine anstanden,
war sie hierhin gefahren. Doch mit dem Anblick der
toten Frau hatte sie nicht gerechnet.

Es tat gut, noch einmal alles zu erzählen. Denn
dadurch schien das Erlebte leichter auf ihren
Schultern zu lasten.

„Ja, das ist blöd, wenn man so etwas das erste Mal
sieht, aber die meisten gewöhnen sich daran. Sie
haben das doch ganz tapfer genommen, oder? Doch

es gibt auch immer welche, die sich nie daran gewöhnen werden.“

Dabei schaute er auf die Polizistin, die sich immer noch an einem Baumstamm im Vorgarten abstützte.

„Ich möchte das mal so sagen,… für mich sind das keine Menschen mehr. Vielleicht mache ich es mir damit zu einfach, kann sein. Aber ich sehe solche Leichen als Objekt an, wie z.B. ihren Autoschlüssel hier. Nur das man das meiste über das Metall schon weiß. Dann gilt es Fingerabdrücke, Hautschuppen oder andere Stoffe daran zu finden. Bei einer Leiche ist es so ähnlich. Ja, der Untersuchungsbereich ist nur vielschichtiger.“

Sonja schaute ihn an. Seine Stimme klang in diesem schulmeisterlichen Ton so beruhigend. Mit ihren beiden Händen führte sie den Kaffeebecher zu ihrem Mund und schlürfte den heißen Kaffee. Dabei versuchte sie über den Becherrand den Mann im Auge zu behalten. Es gefiel ihr, was ihre Augen sahen.

„Entschuldigen sie… ich habe mich gar nicht vorgestellt. Ich bin Kai Ohnesorg, Gerichtsmediziner und ein Experte auf dem Gebiet Fliegen.“

„Fliegen? Was haben denn nun Flugzeuge damit zu tun?"

Er schaute sie mit aufgerissenen Augen an und seine Mundwinkel zogen augenblicklich nach oben. Ein Lachen wollte ihm entschlüpfen, aber durch einen Hustenanfall versuchte er das Lachen zu verstecken, und es endete in einem Prusten, über das sie nun wiederum lachen musste.

In diesem Moment merkte Sonja erst, wie dumm ihre Frage gewesen war. Mit Fliegen waren die Insekten gemeint. Sie spürte, wie sie im Gesicht rot anlief und sich vor Lachen an dem Kaffee verschluckte. Einige Kaffeespritzer trafen dabei ihr Gesicht und nun konnte er das Gelächter nicht mehr zurückhalten. Er lachte aus vollem Hals.

Erst wollte sich Sonja gern in ein anderes Zeitalter beamen, doch dann schaute sie ihn an und beide lachten.

„Jetzt geht es ihnen besser, oder?"

„Ja, der Kaffee hat Wunder bei mir bewirkt." Mit diesen Worten gab sie ihm den Kaffeebecher wieder zurück. Seine Hand strich dabei zufällig über ihre.

Er verschloss mit dem Becher die Thermosflasche und legte den Kopf zur Seite.

„Hättest du? Oder sollen wir uns weiter siezen? Noch einmal den Mut mit mir zusammen da rein zu gehen? Oder trauen sie sich das jetzt nicht mehr? Ich kann ihnen einen kleinen Einblick in meine Arbeit geben, oder wollen sie hier draußen auf mich warten?"

Mitgehen oder warten? In beiden Fällen würde er Wert auf meine Anwesenheit legen. Ein kleines Glücksgefühl durchströmt mich. Doch der Gedanke, den Geruch noch einmal aushalten zu müssen, widert mich an.

Die Möglichkeit einem so gut aussenden Mann, einem Gerichtsmediziner, der Spezialist für Fliegen ist, bei der Arbeit zusehen zu können, wirkt vielversprechend. Zumal sie ja auch darüber mal einen Artikel schreiben könnte.

„Ich komme mit. Übrigens, ich bin Sonja, Sonja Lichtenmeer, wir können also „du" zueinander sagen."

Die Katze setzte sie auf ihren Beifahrersitz ins Auto und ließ einen kleinen Fensterspalt für sie offen, bevor sie ihr Fahrzeug verschloss. Kai Ohnesorg mochte vielleicht etwas jünger als sie sein. Seine Gesichtszüge wirkten durch das kantige Kinn männlich. Er schien einen Kopf größer als sie zu sein und seine Augen glänzten in dieser braun gebrannten Haut so tiefbraun, wie zwei glänzende Kastanien. Es war schwer, ihn nicht anzugucken. Er hatte ein sympathisches Lächeln, das ein wenig schief im Gesicht erschien. Ein Mundwinkel ging leicht nach rechts oben und der andere nach links unten. So hatte er bestimmt schon als kleiner Junge immer keck ausgesehen, insbesondere wenn er etwas ausgefressen hatte. Sicher war es für Erwachsene schwer gewesen mit ihm zu schimpfen, wenn er sie so angesehen hatte.

Er nickte ihr zu, und sie folgte ihm zuerst zögerlich, aber dann doch schneller werdend wieder zurück zum Haus. Dort angekommen hielt er ihr die Haustür auf.

Eine Geste, die in dieser Welt, in der Männer und Frauen gleichberechtigt sind, selten geworden war, streifte es durch ihre Gedanken. Trotz der zu erwartenden Situation verspürte sie ein kleines Hochgefühl über diese Aufmerksamkeit.

Sonja nickte ihm zu und schaute noch einmal zu der Polizistin zurück. Aber ihr Blick verriet ihr, dass die Polizistin um keinen Preis dieser Welt mehr einen Fuß in dieses Haus setzen würde.

Da die Beamtin nicht mehr hinter ihr durch den Eingang gehen wird, ließ sie die Tür los und diesmal fiel sie hinter ihr laut ins Schloss. Schlagartig verdunkelte sich der Flur und sie blieb stehen. Eine kleine Taschenlampe, die Kai Ohnesorg an seinem Schlüsselbund hatte, leuchtete ihm den Weg zur Treppe hinauf. Er griff nach hinten und tastete nach ihrer Hand, bis er sie fest umschloss.

Wie selbstverständlich ging sie hinter ihm her. Seine Hände fühlten sich trocken und fest an.

Meine Handinnenflächen sind bestimmt schwitzig. Ich hätte sie vorher abputzen sollen. Ich streiche mir mit der freien Hand durch meine Haare, und steige den Geruch ignorierend noch einmal die Treppe hinauf. Diesmal erscheint mir die Szene, die ich jetzt vor mir sehe, weniger real. Dieses Bild kommt mir vor, als sei ich in einen Krimi einer Abendsendung gerutscht und nun Teil eines Films, in der eine Leiche auf dem Boden liegt.

Steinberg stand immer noch da und machte sich Notizen auf einen kleinen Block. Von digitalen Medien hatte er vermutlich noch nichts mitbekommen.

„Ach, schon wieder da?“ Mit großen Augen schaute er sie an.

Sie blickte den Gerichtsmediziner Kai Ohnesorg an, der inzwischen ihre Hand losgelassen hatte. Kai sah sie nicht an, aber vielleicht spürte er ihren Blick?

„Ich habe sie eingeladen, bei meiner Untersuchung
dabei zu sein.“

Steinberg schüttelte nur den Kopf und schaute
wieder auf seine Notizen.

Kai Ohnesorg gab ihr mit einer Handbewegung zu
verstehen, dass sie dort, wo sie jetzt stand, bleiben
soll. Er selbst stand vor der Leiche. Dann, nach
einigen Minuten umkreiste er die Leiche mit seinen
langen Schritten. Dabei wandte er den Blick nicht von
der Leiche ab. Vor der Toten blieb er stehen und
zückte sein Handy. Von einem Fleck, der vor lauter
Fliegen schwarz wimmelte, machte er viele Fotos. Das
war vermutlich die todbringende Wunde am Hals des
Opfers. Danach war der Rest des Körpers dran.

Sonja stand still da und beobachtete ihn. Er bewegte
sich wie ein Tiger, der um seine Beute schleicht. Seine
Muskeln spielten unter der engen Jeans und den
Ärmeln seines weißen Hemdes. Auf das wechselnde
Spiel der Muskeln starrend, merkte sie, dass sie den
Blick nicht von ihm abwenden mochte.

„Die tote Frau ist circa vierzig Jahre alt. Blaue
Calliphora-Schmeißfliegen haben die Stichwunde am
Hals der Toten bereits besiedelt. Fliegen sind Zeugen
von Toten. Ihre Maden haben sich durch die
Stichwunde ins Körperinnere gefressen. Sie arbeiten
sich in das Fleisch von meist toten Lebewesen rein

und speicheln das Gewebe mit Enzymen ein, damit es für sie leichter zu verdauen ist. Schließlich guckt nur noch ihr Hinterleib aus dem Gewebe heraus, so wie hier. Sie haben ihre Atmungsorgane nicht vorne, sondern hinten. Da sich die Schmeißfliegen Larven noch nicht verpuppt haben, müssen wir bei diesen Temperaturen davon ausgehen, dass die Leiche hier ca. eine Woche liegt.

Würde die Tote hier länger liegen, dann gäbe es hier noch andere Fliegenarten und weitaus mehr in ihrer Anzahl."

Steinberg drehte sich zu ihr um und schaute sie an:

„Eine Fliegenart zu bestimmen, ist eine Kunst. Ich habe extra die Fenster noch nicht geöffnet, damit sie nicht entweichen können. Bei der Bestimmung der Fliegen geben der Augenabstand, die Anordnung der Antennen und die Farbe der Bäckchen Auskunft, um welche Fliegenart es sich handelt.

Unser Gerichtsmediziner, Herr Ohnesorg, ist ein Experte auf dem Gebiet, ansonsten würden die Ermittlungen verzögert werden, da erst wieder aufwendige DNA-Untersuchungen angestellt werden müssten. Je weniger Zeit verstreicht, desto höher ist die Wahrscheinlichkeit den Täter oder die Täterin zu finden.

Die Tote ist offenbar die von ihnen vermisste Person Lena, denn inzwischen habe ich den Personalausweis

in der Schublade der Kommode hier in der
Wohnküche gefunden.

Wahrscheinlich lebte sie allein und ist den Unterlagen
zu Folge, seit circa einem Jahr geschieden. Den Ex-
Mann werde ich benachrichtigen müssen."

Warum war er jetzt so freundlich zu mir? Sollte das
nun zu einem Wettstreit der Informationen zum
Thema Schmeißfliegen werden?

„Da stehen zwei Tassen. Sie muss vor ihrem Tod
Besuch gehabt haben. Vielleicht hatte sie mit dem
Täter zusammen Kaffee getrunken?"

„Das haben sie richtig bemerkt", sagte der Polizist
und blickte sie dabei anerkennend an."

Sie nickte nur, wandte sich zum Gehen ab und fragte
sich, was sie überhaupt hier machte? Sie sollte
schleunigst nach Hause fahren und sich um ihre
eigenen Angelegenheiten kümmern.

Kai Ohnesorg besprach mit dem Polizisten, dass das
Spusiteam noch einmal die Wohnung auf Spuren
untersuchen sollte. Ansonsten war die Sache insofern
klar, da sie wohl jemanden in die Wohnung gelassen

hatte, den sie ja vielleicht auch kannte. Denn es wären ja keine Einbruchsspuren da.

Dieser Jemand wollte etwas mit ihr zusammen aus den Kaffeetassen trinken. Doch die stehen hier offenbar unberührt. Irgendwann musste der Täter dann ein Messer, eventuell ein scharfes Küchenmesser genommen haben. Er hatte ihr von hinten mit der rechten Hand die Kehle so durchstochen, dass die Hauptschlagader durchtrennt worden war. Sie war verblutet und in relativ kurzer Zeit verstorben. Den Rest wollte Kai in der Pathologie untersuchen.

Sie fühlte, wie sich ein Unwohlsein in ihr breitmachen wollte. Wen hatte sie selbst schon in ihre Wohnung gelassen? Der Gedanke, dass man jemandem die Tür öffnete, dem man vertraute, und der einen dann umbrachte, ließ sie erzittern. Zudem gab es jetzt vielleicht Menschen, die diese Lena vermissen würden, eventuell hatte sie Angehörige, Freunde oder sogar bereits schon ältere Kinder?

„Hast du schon heute Abend etwas vor? Komm mit, ich lade dich einfach so zum Essen ein, ist das okay?

„Ja, gern. Ich bin ziemlich hungrig. Aber fein essen gehen können wir bei meinem Outfit nicht. Und es muss ja auch eigentlich nicht sein.“

„Doch ich möchte es gern so.“

Warum will er mit mir zusammen etwas unternehmen? Wird es wohl bei einem einfachen Essen mit Kai bleiben?

10. Kapitel

Während sie nach Hause fuhr, dachte Sonja an das gemeinsame Essen mit Kai Ohnesorg, dem Pathologen und Spezialisten für Fliegen.

Eine warme Welle durchfuhr ihren Körper bei dem Gedanken an ihn. Bis ein Hupen sie aus diesen Gefühlen aufschreckte. Ein Blick in den Rückspiegel ihres Autos zeigte ihr, dass der Hintermann doch nicht so nah aufgefahren war, wie sie es gerade noch gedacht hatte. Doch er hatte bestimmt ihretwegen gehupt.

Vielleicht war ich ja auch mit dem Auto ein wenig geschlingert. Das passiert mir schon manchmal, wenn ich bei der Autofahrt in Gedanken versunken bin und meine Hände das Lenkrad unkontrolliert festhalten.

Durch einen erneuten Blick in den Rückspiegel sah sie, wie ihre Augen lachten. Ja, das Mittagessen mit Kai im Fischrestaurant war exquisit gewesen. Hätte ihr morgens jemand gesagt, dass sie noch am selben Tag mit einem Pathologen Fisch essen gehen würde, sie hätte denjenigen ausgelacht. In Krimis waren ihr diese Menschen immer suspekt. Doch Kai war ganz anders, als sie gedacht hatte. Er hat sie mit seinem Wissen, Aussehen und seiner höflichen Art sehr beeindruckt.

Er ist auch bei Twitter, aber sie hatten bisher keinen Kontakt gehabt. Er nennt sich dort Fatum-1. Bis jetzt hatte er wenig Follower und folgte auch selbst sonst nur kleinen Accounts. Auf ihre Frage danach meinte er, dass er zu wenig Zeit zum Netzwerken habe. Darüber hatten sie viel geredet.

Am Ende des Essens wollte sie ihre Speisen und Getränke selbst zahlen, aber er hatte sich während des Essens entschuldigt, und sie dachte, dass er zur Toilette gegangen sei. Da musste er die Gelegenheit genutzt haben, heimlich die Rechnung zu bezahlen. So war sie dann verwundert, als auf ihre Bitte, die Rechnung zu begleichen, der Kellner und Kai sie so nett anlächelten und meinten, dass alles erledigt sei.

Inzwischen hatte sich die kleine graue Katze, die Sonja vom Tatort mitgenommen hatte, bei ihr auf dem Beifahrersitz ein gekringelt. Mit einer Hand streichelte sie das Fell bei der Fahrt nach Hause. Es schien sie beide zu beruhigen.

Mit Manuel hatte sie es sich nie gegönnt in so ein feines Restaurant zu gehen. Schon gar nicht in ein Fischrestaurant, er mochte keinen Fisch. Grundsätzlich ließ er sich nur mit großer Anstrengung überreden, sich auf Neues einzulassen. So war er eben. Als wir uns kennengelernt hatten, hatten wir beide nicht viel Geld gehabt. Trotzdem war es eine schöne Zeit gewesen. Erst hatten sie gespart, um sich kleine Autos und später sogar ein Haus leisten zu können. In den letzten Jahren hatte der Alltag sie so vereinnahmt, dass vieles untergegangen war. So ein Tag wie heute, war auf jeden Fall mal etwas ganz anderes!

Vielleicht hatte sie auch deswegen ein wenig ihre Richtung in den Netzwerken verloren. Es ging ihr oft nicht mehr allein nur um die Werbung für ihr Buch.

Sie hatte Spaß daran gefunden mit Menschen zu schreiben und zu erahnen, wie sie hinter ihren Worten tatsächlich sind. Daniel war ihr dabei besonders aufgefallen. Er hatte viele sehr ästhetische Fotos aus Fotoportalen eingestellt, und sie mit geistreichen oder witzigen Sprüchen versehen. Sicher, manche Bilder hatten eine erotische Note und andere Fotos gingen ihr auch zu weit in den pornografischen Bereich, aber viele Sprüche waren sehr treffend, und sprachen sie an.

Wie war es nur dazu gekommen, dass sie sich persönlich kennengelernt hatten?

Dabei versuchte sie die nächste Abfahrt auf die andere Autobahn nicht zu verpassen.

Innerlich scrollte Sonja während der Fahrt die Erlebnisse und Tweets mit Daniel zurück. Es fing damit an, dass sie Twitter als ein Trainingsgelände ihrer Schreibübungen versucht hatte zu entdecken. Durch irgendeinen Tweet: „Jetzt! Küss mich," hatte sie sich herausgefordert gefühlt und versucht ihm einen heißen Kuss in drei kurzen Sätzen zu schreiben.

„Deine Lippen berühren meine, erst sanft und dann heftiger werdend. Dabei umspielen sich unsere Zungen. Während deine Hand ihren Weg zu meiner Brust findet.“

Bei dem Gedanken, wie sie an den Worten gebastelt hatte, bis es in den begrenzten Textraum passte, grinste sie immer noch. Er hatte ihr sofort darauf geantwortet, wie sehr ihm das gefallen hatte. Doch am nächsten Tag schien es so, als hätten sie sich noch nie geschrieben. Sie war deswegen schlecht gelaunt gewesen, weil kein Gruß von ihm gekommen war. Ja, sie fühlte sich richtig beleidigt und hatte ihm das morgens auch geschrieben. Bis mittags war keine Nachricht von ihm bei ihr eingegangen. Als sie später am Tag noch einmal nach seinen Nachrichten geschaut hatte, war wider Erwarten doch eine message von ihm gekommen. Er hatte sich entschuldigt, seitdem schrieben sie sich täglich ein paar Worte. Ein Gruß „wie geht es dir?“ Oder nur ein lachendes Emoji.

Doch die Regelmäßigkeit der Nachrichten und die gelegentlichen Treffen, hatten sie immer mehr denken lassen, dass sie einen Freund in ihm gefunden hatte. Dennoch hatte sie oft das Gefühl, dass er sich auf ihre neugierigen Fragen hin rausredete oder ihr zumindest nicht alles erzählte.

Er war nicht glücklich über seine Scheidung, aber hatte sie ja dennoch durch seinen Seitensprung hervorgerufen. So trug er die Schuld daran - aber irgendwie auch nicht. Denn er hatte ja einen Grund gehabt, dass er sich von seiner Frau innerlich schon getrennt hatte. Der Seitensprung, war keine kleine Aktion, sondern ein Verhältnis geworden, das ein halbes Jahr gedauert hatte.

Kennt man nicht seinen Partner im Laufe der Jahre so gut, dass man weiß, was man ihm da antut? Sicher gibt es Ehen, die einen Seitensprung aushalten, aber das erfordert viel Kraft und Gespräche, die beide gleichermaßen leisten müssen, um das Vertrauen wiederherzustellen, das einmal gebrochen ist. Bei einem länger andauernden Verhältnis, in dem der Mann die Ehefrau fortwährend belügt, ist es wahrscheinlich schlimmer. Kommt bestimmt selten vor, dass man eine Ehe reparieren kann, besonders wenn es über längere Zeit geht, und es wird wahrscheinlich nie wieder so unbelastet sein, wie vor dem Fremdgehen.

Jetzt hatte die kleine Katze Sonja mit ihrer Pfote gekratzt.

Vielleicht sollte ich beide Hände am Lenkrad halten und mich doch mehr auf den Straßenverkehr konzentrieren?

Doch ihre Gedanken schweiften wieder ab.

„Ach der hat doch in jeder Stadt Frauen, wie ein Seemann in jedem Hafen," hatte sein Ex-Schwiegervater geschrien, als er davon erfahren hatte, dass seine einzige Tochter so hintergangen worden war. Daniel hatte ihr das erzählt. Das vom Ärger verzogene Gesicht Daniels tauchte vor ihrem inneren Auge auf, als er ihr das gesagt hatte.

Dennoch…, hatte der Ex-Schwiegervater vielleicht doch recht? Wenn sie in Daniels Tweets guckte, dann fanden sich da ständig andere Namen, fast nur Namen von Frauen. Oft waren es Frauen mit kleinen Accounts. Demnach Frauen, die noch nicht lange im Netzwerk unterwegs sind und eine geringe Anzahl von Follower hatten. Er hatte vielleicht ein leichtes Spiel mit ihnen, weil sie so unerfahren im Netzwerk sind und viel von sich preisgaben.

Er schien auch diese Frauen allesamt gut zu kennen. Denn wenn sie ihn fragte, was er am Wochenende vorhatte, dann war er ständig bei einer anderen Frau. Dafür fuhr er sogar an einem Wochenende circa tausend Kilometer. Mal war er dann in Berlin, Magdeburg oder Hamburg.

Letztes Mal hatte sie ihn gefragt, in welche er denn nun verschossen sei? Er hatte ihr am Telefon gesagt, dass er in keine verliebt sei. Alle Bekanntschaften seien eine schöne Unterhaltung und ein Zeitvertreib für ihn am Wochenende, vergleichbar mit einem kleinen Kurzurlaub.

Sicher konnte man das so sehen, dennoch beschlich sie bei diesem Gedanken das Gefühl, dass das vielleicht nicht stimmte. Was waren das auch für Frauen, die ihn dann nur für eine so kurze Zeit sahen und danach erst mal wieder lange nicht? So viele bindungsunfähige Weiber konnte es ja nicht geben! Sicher gab es da auch mal den ein oder anderen Ärger, von dem er ihr nur nichts erzählte.

Doch sie mussten ja auch an seinen Einstellungen im Netz sehen, dass er überall, nur nicht bei ihnen, war. Aber von Eifersüchteleien hatte er gar nichts erzählt.

„Mist, jetzt habe ich mich verfahren. Wo bin ich nur?"

Sonja fuhr an eine Ausweiche am Straßenrand und startete ihre Kartenapp im Handy. Ihre Heimatadresse leuchtete auf und sie klickte sie an.

Einmal hier abfahren und neu dort wieder auffahren, las sie sich die Anweisung laut vor. Die Route zeigte noch eine Stunde Fahrt an. Das sollte ja kein Problem mehr sein.

Wieder nahm sie sich vor, sich mehr auf die Autofahrt zu konzentrieren. Doch die eine Stunde erschien ihr so lang, dass sie meinte, die Hinfahrt sei doch wesentlich schneller gewesen. Mittlerweile drohten ihre Augen immer wieder zu zufallen. Sie kämpfte mit dem Schlaf.

Eigentlich müsste sie an den Rand fahren und etwas
schlafen. Mit einer Hand, immer abwechselnd,
klopfte sie ihre Wangen und Schläfen. Ein Blick zur
Katze zeigte ihr, dass sie sich ein gerollt hatte und fest
schlief.

Wirklich wach hält mich nichts. Wenn jetzt eine
Tankstelle käme, könnte ich etwas Koffeinhaltiges
trinken. Doch es kommt keine. Aber anhalten will ich
auch nicht, dann bin ich noch später zu Hause. Der
Tag war ja so schön, aber solche Abenteuer wie heute
bin ich gar nicht mehr gewohnt. Jetzt kneife ich mich
mal in das eine Bein oder mal in den Arm, um wach
zu bleiben. Ich bilde mir ein, dass es mir gegen den
Schlaf hilft. Hoffentlich schlafe ich nicht ein!

Nach 1,5 Stunden komme ich abends an. Ich räume
meinen Kofferraum mit den Lebensmitteln aus, die
ich noch eben schnell eingekauft hatte.

Manuel kommt aus der Haustür und fragt mit einem
Blick, der mein Herz erweichen lässt.:

„Schatz soll ich dir tragen helfen? Ich habe schon
Essen für uns gemacht. Du kommst gerade
rechtzeitig."

Seine Worte umschlossen ihr Herz wie ein
Zuckerguss, der sich über einen Berliner Ballen

ergießt. Nein, sie wollte ihn nicht enttäuschen und ihm sagen, dass sie schon mittags ein hervorragendes Essen in einem ausgezeichneten Fischrestaurant genossen hatte. Sie drückte ihm das graue Kätzchen in die Hände, und er schaute sie mit großen Augen an.

„Sie ist mir zugelaufen. Ich habe gerufen und an den umliegenden Haustüren geklingelt, aber keiner wusste, wem die Katze gehört. Ich möchte sie gern behalten, wenn du damit einverstanden bist?"

Sie wartete seine Antwort gar nicht ab, wuchtete die Lebensmittel in die Wohnung und verteilte sie im Kühlschrank und in den übrigen Schränken. Dass sie nur vorgegeben hatte, dass sie nach dem Besitzer der Katze gefragt hatte, hatte er durch die Beschäftigung mit dem Einräumen der Lebensmittel nicht bemerkt.

Der Geruch von panierten Schnitzeln, die Manuel danach in der Pfanne briet, weckte doch wieder ein Hungergefühl in ihr.

Was ist denn heute los mit mir, dass ich so einen unstillbaren Hunger habe?

Pepe begrüßte Sonja und sprang an ihr hoch, obwohl sie immer versuchte ihm das abzugewöhnen. Aber leichtes Schimpfen empfand er wohl eher als Zeichen der Liebe. An der kleinen Katze schnupperte er vorsichtig. Leicht legte er seine Pfote auf ihren Rücken und sie duckte sich nur darunter und hielt still. Die Rangordnung war von Anfang an klar, sie schienen sich gut zu verstehen.

„Die Kinder sollen sich einen Namen für die kleine Katze ausdenken.“

Der Tisch war schon gedeckt und Sonja setzte sich und hörte den Erzählungen ihrer Familie am Tisch zu. Bis die Worte nur noch in ein gleichmäßiges Rauschen übergingen, zu dem sie ab und zu nickte. Die Münder, auf die sie schaute, bewegten sich unentwegt. Aber mittlerweile konnte sie nicht mehr sagen, worum es in den Gesprächen überhaupt ging. Doch das fiel niemandem auf. Danach räumte sie den Tisch ab und Manuel schaute sie an und fragte, wie ihr Tag war.

„Anstrengend, ich bin mit meiner Recherche nicht richtig vorangekommen. Da bin ich nun so weit gefahren, aber die Frau, die ich zu meinem Thema interviewen wollte, war gar nicht da, obwohl wir einen Termin vereinbart hatten. So bin ich unverrichteter Arbeit wieder nach Hause gefahren. Na ja, vielleicht finde ich jemand anderen für mein Interview.“

Warum lüge ich und erzähle ihm nicht, was eigentlich passiert ist? Hatten wir uns nicht früher darauf mal geeinigt, die Wahrheit zu sagen und uns immer alles gegenseitig zu erzählen? Doch das schlechte Gewissen verschwindet bei dem Gedanken, dass Manuel sicherlich kein Verständnis dafür hat, dass ich zu einer fremden Frau heute gefahren bin. Und alles nur, weil ich sie im Netzwerk Twitter vermisst hatte. Er war immer gegen dieses Twittern gewesen. Und jetzt würde er ja nur noch darin bestätigt werden, weil diese Frau ermordet worden ist.

Außerdem hätte ich ihm dann vielleicht auch noch von Kai Ohnesorg erzählen müssen und das wollte ich auf keinen Fall. Sicher hätte er mir angesehen, dass er mir gut gefiel. Warum sollte ich ihn unnötig eifersüchtig machen wollen?

Nein, es war schon besser so, es nur bei der Information zu belassen, dass ich meine Interviewpartnerin nicht getroffen hatte.

Die Müdigkeit kehrte mit aller Gewalt zurück. Sie drohte Sonja die Füße unter ihrem Körper wegzuziehen. Eigentlich wollte sie nur noch in ihr Bett. Während sie sich auf dem Weg schon ins Schlafzimmer auszog, machte ihr Handy,…

…ein Pling: „Hallo Sonjalein habe Feierabend, wie geht es Dir?"

„Daniel, ich bin sehr müde, weil ich heute zu dieser Frau gefahren bin, deren Adresse du mir gegeben hast. Sie ist tot! Bis bald.“ sendete sie ihm.

Etwa eine Minute wartete sie noch auf eine Reaktion, doch es kam keine.

Auch Kai meldete sich noch per WhatsApp bei ihr und fragte, ob sie gut zu Hause angekommen sei. Sie musste lächeln, als sie seine Frage gelesen hatte und antwortete ihm nur kurz, wenn auch freundlich, dass sie endlich schlafen wollte. Seine Worte hatten die Bilder des Tages in ihr aufklappen lassen, so dass sie in einen unruhigen Schlaf versank.

11. Kapitel

„Du hast so fest geschlafen, dass ich dich nicht wecken wollte. Ich habe dich zugedeckt und zusammen mit der Katze, die wohl an deinem Fußende die Nacht verbracht hatte, schlafen lassen. Willst du sie echt behalten?“,

las Sonja am nächsten Morgen auf einem kleinen Zettel an ihrem Nachtisch. Das kleine Blatt Papier musste Manuel irgendwo aus einer Illustrierten abgerissen und in der Eile morgens bekritzelt haben. Sie schob die Decke zurück, um sich aufzusetzen. Sofort strich die Katze an ihren Beinen entlang, als hätte sie auf eine Antwort auf die Frage von Manuel gewartet. Sie nahm die Katze in ihren Arm. Leise maunzte die Katze. Ihr Fell war so weich, dass man es kaum unter der Hand spürte.

Natürlich werde ich die Kleine behalten, was für eine Frage!

Sonja schaute in ihren digitalen Kalender im Handy und fand nur einen telefonischen Termin für den aktuellen Tag. Mit einem tiefen Seufzer stand sie auf, und die Katze sprang ihr hinterher. Sie lief bis zur Kaffeemaschine mit und ließ sich von Pepe, der nur kurz brummte, nicht irritieren.

Wie jeden Morgen kochte Sonja sich einen Kaffee. Dann schaute sie im Netz nach, was Katzen gewöhnlich fressen und trinken und zu welcher Art diese Katze überhaupt gehören könnte. Sie nahm sich fest vor, gleich das Futter zu kaufen, denn die Milch, die sie der Katze bis jetzt hingestellt hatte, war bereits weg. Dabei erinnerte sie sich an die Nachricht an Daniel gestern und schaute nach, ob er vielleicht doch noch etwas auf ihre Information, dass die Frau tot war, geschrieben hatte. Aber sie musste feststellen, dass keine Nachricht von ihm im Display erschienen war. Sie schüttele den Kopf und antwortete erst mal auf den guten Morgen Gruß ihres Mannes über WhatsApp.

„Guten Morgen Manuel, ja danke, dass du mich hast schlafen lassen. Das tat mir gut. Die Katze ist heimatlos und müsste sonst in ein Tierheim, aber ich finde sie so niedlich, dass ich sie gern behalten würde, wenn du damit einverstanden bist?"

„Ja hatte ich mir schon gedacht, hab dir eine Liste geschickt von Sachen, die man für eine Katze braucht. Ich muss heute länger arbeiten, ansonsten könnten wir das Zubehör für die Katze ja gemeinsam kaufen. Die Kinder haben bis jetzt keinen Namen für sie gefunden. Vielleicht sollten wir sie einfach „Katze" nennen?"

„Danke für die Liste, mach´ ich schon, ich weiß ihren Namen nicht, ich denke, dass ich sie „Witness" nennen werde."

Es folgte nur ein Smiley von Manuel, den ich als Zeichen deutete, dass er damit einverstanden war. Sicher, er wusste nichts von dem Mord an der Frau, aber er kannte meine Erinnerung, dass ich immer mit der Katze von meiner Oma gespielt hatte, als ich noch klein war. Eigentlich war es keine Katze, sondern ein Kater, aber den Unterschied kannte ich damals noch nicht. Er war ein mächtiger sieben Kilo Kater gewesen, mit rotem Fell, der mir auch, wie die kleine Katze hier, wie ein Schatten überall hin gefolgt war. Der Kater damals hieß auch „Witness". Wie meine Oma damals auf den Namen gekommen war, weiß ich gar nicht. Aber im Fall der kleinen grauen Katze, passte der Name nur zu gut. Schließlich war dieses kleine graue Fellknäuel vermutlich die Zeugin des Mordes an Lena gewesen.

Sie schaute die Katze an, doch ein auffälliges Verhalten ließ sich nicht feststellen.

Selbst wenn die Katze den Täter wieder treffen würde, wie würde sich eine Katze dann gegenüber einem Mörder verhalten? Sie beobachtete, wie das kleine Tier um die Tischbeine des Couchtisches striff. Dabei schlürfte sie ihren heißen Kaffee und fühlte, wie ihre Energie mit jedem Schluck in ihrem Körper wuchs. Mit dem Gefühl der wieder erwachten inneren Kraft konnte sie aufspringen, ins Bad laufen, ja sogar tanzen und sich anziehen. Auch der Gedanke an Kai beflügelte sie.

Schnell war der Termin für den Tag, das geplante Telefonat, erledigt, und Sonja blickte innerlich auf freie 24 Stunden in ihrem Kalender. Mit einem kleinen Hopser griff sie nach dem Autoschlüssel und schloss so vorsichtig hinter ihr die Tür, dass die kleine Katze mit dem neuen Namen „Witness" und Pepe unbeschadet hinter der Tür in der Wohnung bleiben konnten. Sie trällerte ein Lied, und war froh, dass es niemand hörte, da sie sich für völlig unmusikalisch hielt. Aber das Singen beflügelte sie immer wieder. Als sie gut gelaunt zum Auto hüpfte, fiel ihr erst auf, dass es die Filmmelodie von Pippi Langstrumpf war.

Im Rückspiegel sah sie ihre glänzenden Augen. Sie wollte schon immer Haustiere haben, aber der Rest der Familie war stets dagegen gewesen. Jetzt war ihr Kindheitswunsch in Erfüllung gegangen. Nun hatte sie endlich eine Katze und einen Hund.

Angekommen im Tierfutterladen staunte Sonja darüber, was es alles für Tiere gab. Sonst hatte immer Manuel die Sachen für Pepe im Futterladen gekauft. Sie versuchte sich von den bunten Farben, Bekleidungen und Spielzeugen nicht irritieren zu lassen und kaufte nur das von der Verkäuferin empfohlene Katzenfutter und die Sachen, die auf der Liste standen. Gerade als sie das Rückgeld in ihr Portemonnaie zurückstecken wollte, machte es wieder „pling" in ihrer Jackentasche. Aber sie bezahlte erst und bedankte sich bei der Verkäuferin noch einmal für die gute Beratung. Anschließend ging sie zu ihrem Auto und kramte ihr Handy aus der Innentasche ihrer Jacke.

„Guten Morgen liebe Sonja, zwar verspätet, aber besser jetzt als nie. Was machst du?"

„Guten Morgen Daniel, ich habe gerade Katzenfutter für die Katze gekauft, die ich gestern bei der Toten gefunden hatte. Sie ist bei mir, und ich kümmere mich von nun an um sie. Warum meldest du dich so spät?"

„Ach ich musste heute Morgen früh zu einem Termin fahren, da hatte ich versäumt, dir zu schreiben. Katze? Die kleine graue Edelkatze? Ein schönes Tier."

Sie spürte, wie sie auf diese Frage starrte, die in ihrem Handy stand. Schnell scrollte sie die Nachrichten nach oben, fand aber keine Nachrichten von Daniel, die darauf hinwiesen, dass er wusste, was das für eine Katze war.

Wieder legte sich ein Gefühl der Schwere in ihren Magen und breitete sich in ihr aus. Wie sollte sie darauf reagieren? Auch auf die Gefahr hin, dass er ärgerlich sein könnte, schrieb sie:

„Daniel! Woher weißt du, dass es eine Edelkatze ist? Ja, es ist eine Kartäuser Katze"

Sie schaute oben auf die Leiste, aber der Empfang müsste ausreichend sein. Vielleicht steckte er in einem Funkloch? Oder er fühlte sich ertappt.

Sie wartete noch ein wenig, aber keine Antwort erschien von ihm in ihrem Display. Das Handy steckte sie vorerst in ihre Hosentasche.

Dann rieb sie ihre Fingerspitzen aneinander und fragte sich, ob das richtig war, ihn direkt nach der Edelkatze zu fragen. Er musste also bei ihr zu Hause gewesen sein. Sonst wüsste er ja nicht von der Katze. Oder sie hatte die Katze zu einem Treffen an der Leine mitgenommen, wie das manche mit ihren Adventurecats machen. Sie wollte unbedingt wissen, ob er bei ihr gewesen war.

Hatte für ihn die zweite Tasse auf dem Küchentisch in der Wohnküche des Opfers gestanden? Aber nein, dazu war er doch nicht fähig, oder?

Es fiel ihr ein, dass er ja keinen freien Tag wie sie hatte und sicherlich etwas Wichtiges dazwischen gekommen war, was ihn daran gehindert hatte, ihr auf ihre Frage zu antworten. Doch während sie nach

Hause fuhr, verließ sie nicht dieses ungute Gefühl, dass sich in ihr ausgebreitet hatte.

An einer Ampel, die rot zeigte, musste sie warten. Die Angst, dass er etwas mit dem Tod Lenas zu tun haben könnte, stieg ihr bis zum Hals. Wieder griff sie nach dem Handy und schaute, ob inzwischen eine Antwort von ihm eingegangen war.

Aber ihr Handy zeigte nichts an. Sie überlegte weiter, was Daniel eigentlich mit dieser Lena außer dem Twittern verbunden haben könnte.

Hinter ihr ein Hupen. Ja, die Ampel zeigte grün an, und sie musste weiterfahren.

Immer noch kreisten ihre Gedanken um Daniel, Lena und die Katze. Bis sie zu dem Ursprung kam, warum sie eigentlich angefangen hatte, mit Daniel zu schreiben.

Ich bin nur eine der vielen Frauen, die er kennt. Er muss viel über mich wissen, denn ich gebe viel Preis über mich an ihn und auch anderen Menschen gegenüber in den Netzwerken. Aber er selbst ist sehr zurückhaltend mit seinen Informationen. Er meinte, dass es seine Art sei, und er insgesamt wenig rede. Oft wirkte er schüchterner als Menschen, die ich sonst kenne. Durch die Trennung von seiner Frau hat er erst mal gelernt, wenigstens über sich zu schreiben und über manche Gefühle sprechen zu können. Er hat sicher Angst davor, etwas Negatives von sich zu erzählen, weil er Angriffspunkte für andere Leute liefern könnte, die ihn dann vielleicht verletzen könnten.

Solche Menschen sind eine Herausforderung für mich. Man muss sich viel mit ihnen beschäftigen, wenn man sie verstehen möchte, aber das hat mich schon immer gelockt.

Bei Daniel kam hinzu, dass er Lena gekannt hatte und vielleicht sogar etwas mit ihrem Tod zu tun hatte.

Bei dem Gedanken, dass Daniel eventuell der Mörder von Lena sein könnte, zieht eine Gänsehaut, von den Schultern angefangen über ihren ganzen Körper.

12. Kapitel

Eine schwarze Spinne, mit langen Beinen, etwa 5cm groß, lief über Sonjas Schreibtisch.

Sie schrie auf, doch die Spinne lief unbeirrt davon weiter.

„Eine Spinne am Morgen bringt Kummer und Sorgen", hatte meine Oma immer früher gesagt.

Viele Sprüche von ihr beinhalteten eine tiefe innere Wahrheit. Doch abergläubisch war sie nicht. So wunderte Sonja sich, dass ihr der Spruch jetzt wieder einfiel. Aus einem inneren Trotz heraus und mit dem festen Glauben daran, stets selbst für sein eigenes Schicksal verantwortlich zu sein, fing sie die Spinne mit einem Trinkglas und einem Papier ein und schenkte ihr draußen an der Haustür ein neues Leben.

Dennoch sollte Sonja in der nächsten Zeit an diesen Spruch noch einmal mehr denken müssen, als ihr lieb sein sollte.

„Lass uns nachher telefonieren, wenn ich auf dem Weg nach Hause bin", schrieb Daniel.

Bis dahin versuchte Sonja, an ihrem Artikel für die Zeitschrift weiterzuarbeiten. Doch sie ertappte sich immer wieder dabei, wie sie sich von den Geräuschen, die von draußen zu ihr drangen, ablenken ließ. Ein Nachbar hatte beschlossen, seinen Garten auf Vordermann zu bringen. Nach dem Laubblasen, Reinigen der Terrasse, war das Rasenkanten schneiden und anschließend das Schreddern einiger Äste angesagt gewesen. Die ganze Familie des Nachbarn half mit und alle gaben sich auch noch lautstark gegenseitig Tipps und Kommandos, wie es am besten zu machen sei.

Immer wieder musste sie das Schreiben ihres Textes unterbrechen.

„Halt nein…, wie kannst du nur?…" schallte es an ihr Ohr.

Wieder versuchte sie, das bisher Geschriebene für den Artikel Korrektur zu lesen und sich kürzer und sachlicher zu fassen. Als die Geräusche abnahmen, hörte sie ein „Prost" und das Aneinander klingen von Flaschen. Für heute war es das mit der Gartenarbeit.

Mit einem Seufzer schaute sie wieder in den Text ihres Bildschirmes und probierte weiterzuschreiben, denn Disziplin hatte sie. Nun strich ihr die kleine Katze um die Beine, aber Sonja bemühte sich auch sie zu ignorieren. Dann klingelte ihr Handy.

„Ja, hallo… ich bin's Daniel. Wie geht es dir?"

„Danke ja,… ganz gut, bist du jetzt auf dem Rückweg und wir können nun in Ruhe telefonieren?"

„Ja… klar, was ist denn los?"

„Ja, ich teile dir mit, dass diese Lena tot ist und du reagierst gar nicht darauf. Ich möchte gern wissen, woher du sie gekannt hast. Wieso weißt du, dass sie eine Kartäuser Katze hatte. Was verschweigst du mir?"

Stille,… Sonja hielt die Luft an und überlegte, ob ihr Tonfall unangemessen gewesen sein könnte. War sie jetzt zu weit gegangen?

„Sonja… Lena ist diese Frau."

„Verstehe ich nicht. Diese Frau? Was meinst du damit?"

„Na ja,… die Frau, mit der ich meine Frau betrogen hatte. Mein Verhältnis, wenn du so willst. Aber es ist

zwischen uns beiden schon lange Schluss gewesen.
Wir hatten uns bereits länger nicht mehr
geschrieben, und uns sogar gegenseitig bei Twitter
und den anderen Netzwerken blockiert. "

„Also war sie doch die Frau im Museum, die ich
gesehen hatte? Sie kannte dich und hatte versucht,
dir zuzuwinken, aber du hast bewusst nicht reagiert.
Warum sagst du mir das denn nicht?"

„Sonja… vielleicht, weil ich diese Frau vergessen
möchte? Außerdem wollte ich keinen Ärger mit dir!
Wie hättest du reagiert, wenn ich mit dir etwas
zusammen unternehme und andere Frauen grüße?

Ich weiß es nicht. Wir hatten uns über Twitter
geschrieben, erst war es nur ein gegenseitiges
Grüßen, dann wurden die Tweets aber schnell
anzüglicher, na ja… eher auszüglicher und erotischer.
Irgendwann schickten wir uns sogar gegenseitig Fotos
von uns."

„Was für Fotos?"

„So Fotos eben,… wie wir aussehen, erst von unseren Gesichtern, dann wurde es aber schnell intimer. Sie hat, na ja,… jetzt ja wohl eher hatte, eine echt tolle Figur,… bis hin zu kleinen Filmchen, wie wir uns selbst über unsere Haut streicheln."

„Wie, jetzt echt? Warum das denn?"

„Ach Sonja, hast du so etwas noch nie gemacht? Das ist sehr schön und es macht einen richtig heiß darauf, sich zu treffen."

„Ja und? Habt ihr?"

„Ja… Sonja, haben wir! Und mir wurde dadurch klar, was mir in meiner Ehe bisher gefehlt hatte. Lena ging auf meine Wünsche ein und wir erfüllten uns gegenseitig unsere Bedürfnisse. Der Sex war echt klasse mit ihr. So etwas hätte ich gern mit meiner Frau zusammen erlebt. Aber Sex ist nicht alles im Leben. Mir fehlte noch mehr. Wir passten einfach sonst nicht so gut zueinander. Sie wusste immer noch nicht, ob sie erneut mit ihrem Ex-Mann und ihrer Familie Kontakt aufnehmen soll oder nicht. Das war mir echt zu viel, verstehst du? Dieses Hin und Her. Ich hing bei ihr so dazwischen. So was kann ich jetzt gar nicht gebrauchen. Weißt du, ich denke, ich muss selbst erst mal mit mir ins Reine kommen. Wir haben uns dann nicht mehr getroffen. Sie hat mich auch nicht mehr angeschrieben. Ich denke, dass sie das kapiert hat.“

„Aber, was ist, wenn sie dich gestalkt hat, Daniel? Sie war die Frau, die ich im Museum gesehen hatte. Vielleicht war sie dir ja gefolgt, um dich zu kontrollieren? Oder wollte dich wieder zurückgewinnen?“

„Nein, das glaube ich nicht, Sonja. Ich meine, dass sie auch schon wieder einen anderen Freund hat. Wahrscheinlich war es im Museum ein Zufall. Sie war schon immer sehr kunstinteressiert, und ich habe sie wirklich nicht gesehen, auch wenn du mir das nicht glaubst. Vielleicht hast du dich ja vertan, und sie verwechselt?“

„Nein, Daniel… das glaube ich nicht. Dennoch müsstest du ja zur Polizei gehen und ihnen sagen, dass du sie kanntest.“

„Sonja… warum sollte ich das tun? Es tut mir leid, dass sie nun offenbar tot ist. Aber ich habe doch gar nichts damit zu tun. Es war ja schon vor ungefähr einem halben Jahr vorbei zwischen uns. Warum sollte ich mich jetzt dadurch unnötig in Schwierigkeiten bringen, indem ich zur Polizei gehe? Das kann ich jetzt überhaupt nicht gebrauchen.“

„Du kannst ihnen ja sagen, dass ich dich geschickt habe!“

„Ja,… und was soll das bringen? Ich kann gar nichts groß über sie erzählen. Über meinen Sex mit ihr wollen sie sicher nichts wissen. Das wirft nur unnötig Fragen auf. Wie gesagt, wir haben seit einem halben Jahr keinen Kontakt mehr gehabt.“

„Ja… kann sein, aber sie ist schließlich umgebracht worden! Da ist doch jedes Detail und jede Spur entscheidend, um etwas über den Mörder herauszufinden.“

„Oh je… das tut mir leid, wie denn?“

„Das darf ich dir nicht sagen. Die Polizei hat mir das auferlegt. Könntest du dir denn vorstellen, wer das getan haben könnte?" frage ich mit leiser werdender Stimme.

„Nein… Sonja, kann ich nicht. Wir hatten Sex miteinander. Nur an den Wochenenden, wenn sie ihre Kinder nicht sah. In der Woche hätten wir keine Zeit dafür gehabt. Zu ihrem Ex-Mann hatte sie keinen Kontakt, schon lange nicht mehr. Und ein anderer Mann oder eine Frau war meines Wissens nicht ernsthaft im Spiel. Aber geredet haben wir nicht viel über uns. Wie gesagt, es ist auch schon länger her. Eine Andere bei Twitter hatte sie mal auf eine Bekanntschaft mit einem anderen Mann angesprochen, den sie wohl mal am Wochenende kennengelernt hatte. Vielleicht war der meine Ablösung, verstehst du? Aber ich weiß nicht, wer das sein könnte? Mit ihrer Familie hat sie sich ganz gut verstanden. Wie gesagt, sie überlegte ja wieder mit ihnen zusammenzuziehen. Vielleicht wollte sie ein Agreement mit ihrem Ex-Mann treffen, keine Ahnung ehrlich. Jetzt muss ich dich mal `was fragen. Warum interessiert dich das Ganze eigentlich so?"

Seine Frage traf sie wie eine eiskalte Dusche. Ihr stockte der Atem und ihre Hände fühlten sich wie betäubt an.

Mit der Frage hatte ich nicht gerechnet. Was soll ich darauf antworten? Sicher, wir waren irgendwie befreundet, aber würde jetzt nicht der Kontakt ganz abbrechen, wenn ich ihm gestehe, dass ich ihn in Verdacht hatte, Lena umgebracht zu haben. So ein Verdacht hält keine Freundschaft aus. Und wenn es ja auch gar nicht stimmt, dann habe ich einen guten Freund unwiderruflich verletzt. Dann würde er auch sicher keine Freundschaft mehr mit mir haben wollen.

„Ach,… ich war nur neugierig. Du weißt ja, dass sie mir im Museum aufgefallen war, und da hatte ich sie in den Netzwerken versucht zu finden. Doch ab einem bestimmten Tag letzte Woche hatte sie nichts mehr eingestellt. Da hatte ich nach ihr gefragt und keiner wusste ja etwas über sie. Aber du ja schon. Du kanntest ja sogar ihre Katze, die nun zu unserer Familie gehört.

Ich schreibe gerade an einem Artikel für den Zeitschriftenverlag, und ich dachte, dass ich sie interviewen könnte. Da war ich zu ihr hingefahren. Sie öffnete nicht die Tür und eine Nachbarin meinte, sie schon länger nicht mehr gesehen zu haben, obwohl ihr Auto vor dem Haus geparkt war. Zudem meinte sie, Fliegen an ihrem Fenster gesehen zu haben. Das kam mir seltsam vor, und ich hatte die Polizei angerufen. Sie brachen die Tür auf, und wir fanden sie tot in der Wohnküche liegend. Es war ein grausiger Anblick. Alles war voller Fliegen, echt ekelig. Das Bild von ihr, wie sie überall von Fliegen übersäht war, werde ich nie vergessen. Auch den Gestank hatte ich noch lange in der Nase. Ihre Katze strich um mich herum und mit Einverständnis der Polizei habe ich sie mit nach Hause genommen. Sie heißt jetzt Witness oder kennst du ihren richtigen Namen?“

„Nein, kenn ich nicht. Hatte sie mir sicher einmal gesagt, aber wenn, dann habe ich mir den Namen nicht gemerkt. Das tut mir leid.“

„Was tut dir leid?“

„Na ja…, dass Lena tot ist, und du sagtest umgebracht?“

„Wann hast du sie denn das letzte Mal gesehen?“

„Wie jetzt? Du stellst Fragen, als wärst du von der Polizei. Verdächtigst du mich? Da hört's aber auf! Das muss ich mir nicht länger anhören."

Sie schaute auf ihr Handy. Was war das nun? Er hatte einfach aufgelegt. Sprach das jetzt für oder gegen ihn?

Ich hatte ihn doch nur gefragt, wann er sie das letzte Mal gesehen hatte und mehr nicht. Dennoch ist er nicht dumm, sicherlich hatte er meinen Verdacht gegen ihn hinter meinen Worten erraten. Jetzt ist er wahrscheinlich beleidigt. Aber schließlich, hätte ihn die Polizei das auch gefragt, wenn ich ihnen von Daniel erzählt hätte.

Bin ich jetzt traurig oder enttäuscht? Lässt sich da überhaupt eine Grenze ziehen? Irgendwie habe ich das Gefühl einen Freund verloren zu haben. Aber was wusste ich eigentlich über Daniel? Ja, er hatte mittlerweile seinen Scheidungstermin gehabt, aber er war nicht glücklich damit. Doch er hatte es ja darauf angelegt. Keiner konnte doch Frauen heutzutage für so dumm halten, nicht mitzukriegen, wenn man sie betrügt. Und anders als früher müssen Frauen das nicht mehr aushalten, nur um sich vom Mann finanziell versorgt zu wissen. Die wenigsten Frauen erdulden so etwas heute still und warten, bis der

Mann vor ihnen verstirbt. Manche Ehen arrangieren sich, so dass man verheiratet bleibt und jeder machen kann, was er will. Welchen Grund könnte es also heutzutage noch geben jemanden umzubringen?

Während sich diese Gedanken in ihrem Kopf abwechselten, scrollte sie mit ihrem Handy, die Nachrichten von Daniel durch. Immer noch viele Frauen mit kleinen Accounts, die ihm auf seine erotischen Bilder und Sprüche antworteten.

Wann hatte er mit Lena, das letzte Mal geschrieben? Ja da,… okay vor circa einer Woche… da lebte sie noch. Aber er hatte doch gesagt, dass sie sich nicht mehr geschrieben hatten!

Warum log Daniel sie an? Dafür konnte es nur den Grund geben, dass alles von ihm gelogen war und er doch etwas mit dem Tod von Lena zu tun hatte. Sie sollte ihre Gedanken der Polizei mitteilen. Ja und dann? Beweise hatte sie nicht, sondern nur Verdächtigungen gegen ihn. Hatte sich der Spruch über die kleine Spinne von morgens, die ihr Kummer und Sorgen bereiten sollte, nun schon bewahrheitet oder sollte da noch mehr kommen?

Jetzt ging sie auf Lenas Seite. Ah, sie wollte zur Nordsee, um dort eine Kur zu machen. Da war sie vielleicht nie angekommen. Wie sollte sie das herausfinden? Es stand keine Adresse dabei, wo sie die Kur machen wollte.

Ach was beschäftigt mich das überhaupt noch? Ich sollte mich besser auf meine Arbeit konzentrieren.

„Bin im Ruhrgebiet. Hast du Zeit für einen Kaffee?", leuchtet es in Sonjas Display auf.

Sie schaute auf ihr Handy, und ein Lächeln huschte ihr jetzt doch durchs Gesicht und frischte ihre Laune augenblicklich auf. Die Nachricht war von Kai Ohnesorg, dem Fliegenmann. Ein Blick in ihren Terminkalender zeigte ihr, dass sie Zeit hatte.

Was für eine angenehme Abwechslung. Sie konnte in den nächsten Tagen zur Polizei gehen und ihr von Daniel erzählen. Auf die Zeit kam es nicht an. Schließlich machte das Lena auch nicht wieder lebendig, wenn sie den Mörder finden würden.

„Ja, hab´ ich, heute Nachmittag, vielleicht, im Kaffee Möpschen in Witten, so gegen 16:00 Uhr oder eher?" Man sollte sich als Frau nie so ganz festlegen, sondern den anderen privat ein wenig im Ungewissen lassen. Das erhalte das Kribbeln in der Luft zwischen zwei Menschen, hatte ihre Oma ihr immer wieder gesagt. Beruflich ging so etwas natürlich nicht, sonst würde man schnell als unzuverlässig gelten.

„Ja, gern 15:00 Uhr, was ist das für ein lustiger Name
für ein Café?

„Wirst du schon sehen!“

Sie rieb sich die Hände dabei und meinte, dass sie mit
dem Namen des Cafés ihrer Verabredung etwas
Anzügliches gegeben hätte. Ob er bei dem Gedanken
an den Namen des Cafés dabei an die Hunde dachte,
die so heißen? Daniel hätte, wie wahrscheinlich jeder
andere Mann, sicher an Frauenbrüste gedacht. Sie
schaute auf die Uhr und stellte fest, dass sie noch bis
zum Treffen vier Stunden Zeit hatte, in denen sie es
sicherlich schaffen würde, ihren Artikel zu Ende zu
schreiben und abzusenden.

Nach getaner Arbeit schaute sie auf ihren Text. Sie
war zufrieden. Klick,… und sendete ihn zur Agentur.
Dann blickte sie wieder auf ihr Handy.

Ich sollte das lassen. Drei Stunden am Tag ONLINE,
sendet mir der Wochenbericht meines Handys. Das
ist zu viel! Dabei sehe ich, dass von Daniel immer
noch keine Nachricht eingegangen war. Er scheint
wirklich böse auf mich zu sein. Dabei hatte ich doch
Grund böse auf ihn zu sein. Schließlich hat er mich die
ganze Zeit belogen. Angeblich aus Rücksicht auf mich,
dass ich nicht lache!

Verärgert kämmte sie sich die Haare und steckte sie sich hoch. Ein paar Fransen zog sie aus der Steckfrisur raus, damit sie ihr Gesicht umschmeichelten. Dann schminkte sie sich und schlüpfte in eine enge Jeans und eine luftige Bluse. Ein abschließender Blick in den bodenlangen Spiegel im Flur bestätigte ihr, dass sie sich gefiel. Sie schnappte ihren Autoschlüssel und fuhr los. Im Auto fühlte sie in ihrer Gesäßtasche nach dem Handy und war erleichtert darüber, dass sie es mit dabei hatte. Sie kreiste mit dem Auto ein paarmal durch die Einbahnstraßen um das Café herum und überlegte schon in ein weiter entferntes Parkhaus zu fahren. Doch dann würde sie definitiv zu spät kommen. Zuspätkommen hasste sie. Wider Erwarten fand sie in der Nachbarschaft des Cafés einen Parkplatz für ihr Auto. Ein Blick auf die Uhr zeigte ihr, dass sie sogar zehn Minuten zu früh war. Sie atmete auf.

Zu früh ging auch nicht. Nichts war peinlicher, als zu früh zu einer Verabredung zu kommen. Sie schlenderte die restliche Zeit durch eine Straße und schaute in die Schaufenster. Witten hatte keine einladende City, da sie zu wenig grüne Plätze zum Entspannen hatte, keine gemütlichen Straßencafés und Häuser. Nichts passte wirklich zueinander. Trotzdem war es ihre Stadt, in der sie aufgewachsen und zur Schule gegangen war.

Viele Geschäfte waren mittlerweile leer und die Straßen wirkten wie Durchgangsstraßen ohne die Möglichkeit zu bieten länger zu verweilen. Vor Covid-

19 gab es schon einige Leerstände, aber nach dem 1. Covid shut down, hatten viele Geschäfte trotz finanzieller Förderungen, die es vom Staat für Unternehmer gegeben hatte, doch geschlossen. Drei Monate waren einfach zu lange gewesen. Der Handel im Internet hatte sich in dieser Zeit etabliert. Wer keine Miete zu zahlen hatte, weil ihm z.B. das Haus gehörte, konnte sich eher über die Krise retten. So auch die Besitzerin des Café Möpschens. Ihr Café hatte überlebt.

Wenn man das Café betrat, wusste man sofort, warum das Café so heißt. Ein kleiner schwarzer und ein weißer Mops lagen stets zusammen gekuschelt auf einem roten Samtkissen und bewachten den Eingang. Kam jemand rein, dann bellten die Hunde zur Begrüßung und schnüffelten an einem, bis die Inhaberin sie zurückrief, und man als Gast ganz in das kleine Café treten durfte.

So auch heute. Links war die Theke, in der die selbst gebackenen Torten und Kuchen zur Auswahl standen. Geradeaus reihten sich kleine Tische mit passenden Stühlen dazu, wie in einem engen Schlauch, hintereinander.

Die Dekoration wirkte auf sie immer etwas schwülstig. Das mochte an der roten Farbe liegen, die überall dominant war. Kleine viereckige Tischdecken lagen auf den Tischen und eine Kellnerin putzte die Tische mit einem scharf riechenden Reinigungsmittel ab. Auch das war der Covid - Krise zu verdanken, dachte sie.

Dabei liebte sie solche kleinen Cafés, die ihren eigenen Duft nach Selbstgebackenem haben. Sie haben ein eigenes Flair und wirkten nicht so austauschbar, wie die Bäckereien und Stehcafés im Eingang von Supermärkten.

Wieder schaute sie auf ihre Uhr und sah, dass es fünf nach drei war.

Erst als sie erneut aufblickte, bemerkte sie das Winken einer Person am hinteren Ende des Cafés. Sie fühlte sich, als ginge sie durch einen roten engen Schlauch.

Ein Darmbakterium in der Hoffnung darauf, das Tageslicht kurz zu sehen, fühlt sich vielleicht auch so, wenn es etwas in dieser Art spüren könnte?

Der Gedanke ließ sie schmunzeln und den Weg leichter gehen. Links und rechts hingen kleine Bilder an den Wänden. Die Motive waren nicht klar zu erkennen.

Vielleicht war es keine gute Entscheidung, sich hier zu treffen? Die rote Farbe der Teppiche, Vasen und Tischdecken wirkte zwar heimelig, aber auch bedrückend auf sie. Ja, da saß Kai. Er hat schon eine große halb leere Tasse mit Milchkaffee vor sich stehen.

„Das ist ja eine schöne Überraschung, dass du hier im Ruhrgebiet bist!“

„Ja, find ich auch, Sonja schön, dich wieder zu sehen und toll, dass du Zeit für mich hast. Du siehst klasse aus!“

Sie musste lächeln und hielt sich dabei die Hand vor den Mund, obwohl sie das als erwachsene Frau nicht mehr tun wollte, doch sie freute sich, ihn zu sehen. Gleichzeitig war es ihr peinlich. Irgendwie hatte sie das Gefühl, als würde sie Manuel betrügen, auch wenn sie sich hier mit einem Mann traf, nur um mit ihm einen Kaffee zu trinken. Die Kellnerin unterbrach ihre Gedanken, indem sie Sonja aufforderte ihr ihre Bestellung abzugeben.

„Einen doppelten Espresso, bitte.“

Kai stand auf und nahm Sonja den Mantel ab. Er hängte ihn an die Garderobe und umarmte sie leicht. Dann setzten sie sich so gegenüber, dass sie sich direkt anschauen konnten.

Er trug einen hellgrauen Anzug und ein weißes Hemd dazu. Obwohl er so konservativ gekleidet war, wirkte er doch auch sehr sportlich. Das mochte an den teuren Doc Turnschuhen liegen, die er dazu trug. Seine grau melierten Haare lagen perfekt und sein

Pony stand ein wenig hoch, was nicht am Haar Gel lag, sondern an dem natürlichen Wirbel in seinen Haaren. Seine Lachfältchen um die Augen mochte sie am liebsten, denn sie umspielten so spitzbübisch das klare Blau seiner Augen.

„Ja, was machst du hier?"

„Na ja, ich hatte hier in der Nähe einen Fall. Du weißt ja, dass ich, als Experte für Leichen dazu gerufen werden kann, der „Fliegenmann" du erinnerst dich?"

„Ja, klar… was ist das denn für ein Fall?"

Natürlich erzählte er ihr liebend gern von dem Fall und sie hörte ihm, gebannt von seinem Tonfall, der Stimme, seinen Gesten und dem Mordfall, zu.

Heute ist ihr klar, hätte sie damals gewusst, was Kai für ein Mensch war, hätte sie sich nie mit ihm an einen Tisch gesetzt!

13. Kapitel

„Ach… war wieder eine Frau. Auch sie lag tot in ihrer
Wohnung. Möchtest du das wirklich wissen?“

Sonja nickte nur zustimmend. Für die gute Auswahl
des Cafés, in dem sie saßen, hatte er bis jetzt keine
netten Worte gefunden, aber irgendwie schien er
darauf zu brennen, ihr von dem Fall zu erzählen und
sie hing an allem, was er sagte.

„Also, stell dir bitte folgende Situation vor: Die Leiche
liegt auf einem Holzdielenboden. Überall befinden
sich Fliegen.“

Dabei breitete er seine Arme aus, als wolle er die
Welt umarmen.

Ihr war vorher gar nicht aufgefallen, mit welchen
großen Gesten er das, was er sagte, unterstützte.
Fasziniert von seinen Bewegungen lauschte sie den
Worten, die noch folgten. Seine Augen glänzten
freudig.

„Da den Todeszeitpunkt zu bestimmen, war
schwierig. Aber ich habe es mal wieder geschafft.
Nach den „Schmeißfliegen“, kommen die „echten
Fliegen“ und dann die Fleischfliegen Sacrophagidae.

Sie können bis zu 18mm lang werden und sind schwarz bis grau. Ihre Eiablage erfolgt wie bei den anderen Fliegenarten direkt ins Fleisch.

Soll ich aufhören?"

„Äh… nein, erzähl nur weiter."

„Okay… wie du meinst.

Alle drei Fliegenarten habe ich in unterschiedlichen Stadien an der Leiche gefunden, aber aufschlussreich war für mich der Fund der Käsefliege Piophilidae. Sie legt bis zu 500 Eier ab, wenn die Zersetzung der Leiche weit fortgeschritten ist. Die Käsefliege mag gern Brei. Die Besiedlung war erst im Anfangsstadium, so dass die Leiche dort ca. 11 Tage gelegen haben muss."

„Wieso Brei? Stand da noch das Frühstück rum, oder was meinst du?"

„Fleischbrei, je nach Zersetzungsphase der Leiche,… erinnerst du dich? War bei dem einen Körper von dieser Lena Müller auch so. Das war nur eine andere Fliege.“

„Ja… äh gut, entschuldige, wenn ich dich unterbreche, aber mir ist jetzt schon ein wenig mulmig im Magen. Vielleicht können wir doch auf ein anderes Thema kommen?“

„Ach,… so ja, geht den meisten Menschen so. Gut, dass du mich bremst. Das vergesse ich immer wieder. Du weißt ja, ich betrachte das eher sachlich. Ich verfasse lediglich schriftliche Berichte dazu. Natürlich spielen Fliegen dabei eine große Rolle, aber auch die farblichen Veränderungen und die Zusammensetzung der abgegebenen Körpersäfte spielen bei der Bestimmung des Todeszeitraumes eine große Rolle. Denn die Raumfeuchtigkeit und die Umgebungstemperaturen wirken stark auf die Zersetzung einer Leiche ein. Sind die Temperaturen hoch und die Luftfeuchtigkeit durch die Jahreszeit oder ein Aquarium im Raum groß, dann findet die Zersetzung schneller als sonst statt.“

Dabei zerbrach er seinen Keks und tunkte ihn langsam in die Kaffeetasse. Er wartete bis sich das Gebäck vollsaugte. Kurz bevor er sich im Kaffee aufzulösen drohte, nahm er ihn raus und steckte ihn dann langsam in seinen Mund.

Genießt er jetzt den Keks, die Möglichkeit über seine Arbeit sprechen zu können oder doch meine Gegenwart, frage ich mich.

Sie nahm ihre Tasse Espresso und schob ihm die Untertasse mit ihrem Keks darauf zu.

Er schaute ihr direkt in die Augen.

Ist das seine Dankbarkeit für die Aufmerksamkeit, die ich ihm entgegen bringe? Seine Augen scheinen mich zu durchdringen. Aber weil ich seinem Blick nicht standhalten kann, schaue ich lieber aus dem Fenster.

„Oh ist dir der Appetit vergangen?" Dabei greift er nach ihrem Keks.

„Äh… nein, nicht wirklich, aber ich verzichte gern auf Süßes, um meine Figur schlank zu halten. Ab einem gewissen Alter brauchen wir Frauen ja nur etwas Süßes anzuschauen und werden dick."

Er lächelte und tunkte auch diesen Keks ebenso langsam in seinen Kaffee wie den Vorigen. Sonja war fasziniert von seinen Bewegungen, und schaute mit welcher Präzision sich seine Handlungen wiederholen, als würde sie ein und denselben Filmausschnitt immer wieder sehen.

„Hast du denn auch mit den Ermittlungen der anderen Polizisten noch etwas zu tun?“

„Nein, nur wenn sie Fragen haben, oder ich noch etwas untersuchen soll. Deswegen bin ich auch immer erreichbar. Aber ansonsten läuft immer alles nach dem gleichen Untersuchungsschema ab. Ist ohnehin ein recht einsamer Job. Seitdem ich als der „Fliegenmann“ zu verschiedenen Tatorten gerufen werde, ist es ein wenig interessanter geworden. Ansonsten bin ich in meiner forensischen Abteilung, untersuche die Leichen und diktiere meine Berichte in den PC. Also wenn du so willst, wäre der Job für viele Menschen langweilig, aber ich mag ihn so sehr, dass ich mir einen anderen Job für mich nicht vorstellen könnte. Auch wenn sich selten einer für meine Arbeit bedankt, und ich oft allein arbeiten muss.“

„Hast du denn keine Assistentin, wie in den Fernsehkrimis, die dir zuarbeitet, oder mit der du dich einfach mal austauschen kannst?“

„Ich teile mir eine Assistentin mit einer anderen Abteilung. Wir sind knapp besetzt. Es ist für die meisten Menschen kein Traumberuf im Keller zu arbeiten und Leichen zu untersuchen.

Ich fand es als Kind schon immer spannend. Ich wohnte früher mit meinen Eltern an einer stark befahrenen Straße. Wenn da mal ein Hund überfahren worden ist, dann habe ich ihn an den Straßenrand gezogen. Anfangs konnte ich stundenlang davor sitzen und dabei zuschauen, wie der tote Körper sich mit neuem, anderem Leben füllte. Wie ein Biotop, zum Beispiel ein Baggersee, verstehst du?… Erst wird ein Loch in die Erde gebaggert, dann wird es mit Wasser angefüllt. Schließlich pflanzen sich erst Pionierpflanzen wie z.B. Gräser an. Später kleine Büsche, die zu Bäumen heranwachsen. Auch im Wasser entstehen erst Algen, Pflanzen, Einzeller und irgendwann siedeln sich Fische an. So ist es mit einer Leiche. Sie bietet auch anderen Lebewesen eine Chance zur Ansiedlung und Vermehrung. Was für andere Menschen ein Ende bedeutet, ist für mich ein Ursprung neuen Lebens.

Anfangs habe ich dann Zeichnungen davon gemacht und zum 14. Geburtstag bekam ich eine kleine Fotokamera, mit der ich dann Fotos von den Kadavern machen konnte. Das war damals natürlich schon ein teures Hobby von mir. Man musste die Filme noch im Labor entwickeln lassen. Als sie mich dann aber im Fotolabor auf meine Motive ansprachen und mich fragten, ob ich die Tiere alle umgebracht hätte, da habe ich mir dann die Fotoentwicklung selbst beigebracht. Folglich gab es danach auch keine unsinnigen Fragen mehr dazu. Im Keller meiner Eltern konnte ich alles verdunkeln und die Fotos selbst entwickeln und vergrößern. Es waren anfangs nur schwarz-weiß Fotos, denn Farbe war zu teuer. Mit Color zu entwickeln, das kam erst später. Da habe ich mir dann eine Entwicklermaschine gekauft. Ich kenne es also von klein auf, mich viel im Keller aufzuhalten. Da fühle ich mich einfach wohl.

Sein Lachen erfüllte sonor den Raum und Sonja stellte fest, dass ihr nicht nur sein Lachen gefiel. Sollte sie ihn fragen, was mit seinen Eltern war?

„Ich mag das, wenn du dir mit deinen oberen Zähnen auf die Lippe beißt Sonja, das sieht ziemlich geil aus! Wenn ich dich dann so betrachte, denke ich, dass es keine schönere Frau auf der Erde gibt. Ich würde gern mit dir mehr,… na du weißt schon, als nur Kaffee trinken.“

Sie spürte, wie ihre Wangen heiß wurden. Deswegen stützte sie jetzt ihre Ellenbogen auf den Tisch auf und legte ihr Kinn so zwischen beide Hände, dass sie ihre Wangen verdeckten.

„Was ist mit deinen Eltern? Leben sie noch?“

„Nein, sie sind schon verstorben. Sie hatten sich beim Krankenbesuch bei meiner Tante im Krankenhaus mit Covid-19 angesteckt. Das war ganz am Anfang, weißt du, viele hatten noch zu wenig Erfahrung mit dem Virus. Sie gaben nichts darauf, Masken zu tragen oder Abstand zu anderen Menschen zu halten. Anfangs dachte man ja auch, es würde nicht so schlimm, wie in den anderen Ländern werden. Aber sie waren beide mit ihren schwachen Herzen vorbelastet, da ging das relativ schnell. Innerhalb von 14 Tagen waren sie kurz nacheinander tot.

Ja bei meiner Mutter war ich eh nicht traurig drum, die hat mich nie verstanden. Und mein Vater war wenig zu Hause. Na ja, ich find's gut, wenn Menschen, die man liebt, nicht lange leiden müssen. Und ob man es will oder nicht, als Kind liebt man ja immer seine Eltern.

Ja, wie gesagt, der Virus hatte sie schnell im tödlichen Griff. Obduzieren durfte ich sie leider nicht. Ich habe alles versucht. Doch sie haben mich nicht daran gelassen. Es gab keine Veranlassung dazu, meinten die Behörden. Aber war vielleicht auch besser so. Ich glaube nicht an ein Leben nach dem Tod, aber was Körper manchmal aushalten, bis zum Exitus ist faszinierend. Wie sie sich verhalten und an was sie im Sterben denken ist unglaublich. Das ist so ursprünglich. Man hat das Gefühl, nur im Angesicht des Todes ist der Mensch wahrhaftig und er selbst, auch wenn er sich bis zuletzt an die Hoffnung klammert, doch noch zu überleben. Bei Menschen, die man liebt, sieht man das natürlich anders. Niemand wünscht seinen Lieben ein langes Leiden."

„Das tut mir leid, ich will nicht in alten Wunden rühren."

„Tust du nicht, der Tod ist ja immer gegenwärtig und faszinierend zugleich, zumindest für mich. Die meisten Menschen wollen bis zum Ende nicht wahrhaben, dass er jeden irgendwann holt."

„Ja, da hast du wohl recht, sei es durch Krankheit oder einen Unfall. Schön ist es natürlich, wenn die betreffenden Menschen, dann schon älter sind und ihr Leben irgendwie gelebt haben."

„Meine Eltern hatten auch keine großen Pläne mehr, und wollten nur alles geregelt wissen. Dabei verdiene ich genug Geld, so viel, dass ich es gar nicht ausgeben kann. Aber sie sahen ihren Lebensinhalt darin Geld zu verdienen und mir mal alles zu vererben. So haben sie sich doch ihren Lebenstraum erfüllt und konnten zufrieden sterben. Aber egal, diese Lebensfragen sind nicht mein Metier. Auch der strenge katholische Erziehungswille meiner Eltern hat daran nichts ändern können. Bei mir geht's ja nur um die Todesart und den Zeitpunkt. Dabei kann man selten den Zeitpunkt bestimmen, außer in dem Fall, wenn eine Uhr zum Todeszeitpunkt stehen geblieben ist. Dann ist sie durch einen Sturz oder Aufprall beschädigt worden und ich habe wenig Arbeit damit. Es bleibt dann noch die Ursache zu untersuchen. Alles andere ist dann eher etwas für die Spusi, also Ermittler. Bei meiner Arbeit handelt sich eher um die Bestimmung von Zeiträumen und Ursachen. Wenn man das hat, können die Ermittler den Kreis der Verdächtigen meist viel besser einkreisen. Dabei sind die Mörder oft im engsten Verwandten- oder Bekanntenkreis des Opfers. Ganz selten sind es zufällig ausgewählte Opfer. Wenn das so ist, ist es für die Ermittler fast unmöglich, den Fall zu lösen.

Dann ist es die Aufgabe der Kriminalpolizei, die möglichen Täter zu ermitteln. Da halte ich mich raus. Das gibt erfahrungsgemäß nur Ärger, wenn ich da Vermutungen äußere."

„Was war das denn eigentlich für eine Frau?"

„Wie meinst du das?"

„Na ja, wo wohnt… äh, entschuldige wohnte sie? Und
was hat sie beruflich gemacht? Weißt du das?“

Kai, der bis jetzt so ausladend seine Worte
untermalte, bewegte sich in diesem Moment fast gar
nicht.

Fasziniert schaute sie ihn an. Er wirkte völlig ruhig,
beinahe konzentriert. Lediglich seine Schuhspitzen
stießen immer wieder aneinander, als würden sie
einem heimlichen Rhythmus eines unbekannten
Liedes folgen.

„Ich vermute, dass sie Künstlerin oder so etwas war.
Weil überall irgendwelche Skulpturen rumstanden.“

„Skulpturen? Wie sehen sie aus?“

„Ach so, links und rechts geschnittene Hölzer und in
der Mitte ist das dann mit buntem Gießharz
ausgegossen worden. So sieht's ganz interessant aus,
vor allem, wenn es vom Tageslicht oder LED Lichtern
von hinten durchleuchtet wird.“

„Oh… dann war es vielleicht Frau Auguste? Sie ist vor ein paar Jahren von Frankreich aus zu uns in die Stadt gezogen. Ich hatte mal einen Artikel über sie und ihre Arbeiten im Lokalblättchen gelesen. Ihre Skulpturen finde ich toll. Besonders, wenn sie richtig beleuchtet sind, dann wirken sie magisch.“

„Kann sein… ist vielleicht am Anfang so. Wenn das Holz aber nicht zwei Jahre lang gelegen hat, dann arbeitet es weiter und die Skulptur verformt sich irgendwann. Auch das Kunstharz wird durch den Alterungsprozess schon nach einem Jahr gelblich. Es sieht irgendwann nicht mehr so hübsch aus, aber muss ja auch nicht mein Geschmack sein. Ich habe für Kunst ohnehin nichts übrig.“

„Ach das wusste ich gar nicht.“

„Was wusstest du nicht? Dass ich für Kunst nichts übrig habe?“

„Ja das auch,… finde ich schade, denn ich gehe gern in Kunstausstellungen, können wir ja mal zusammen machen… nein, was ich meine ist, dass ich bisher nicht wusste , dass diese Kunstwerke sich verändern.

„Ja, das ist bei vielen Exponaten so. Auch van Hagens Skulpturen der Ausstellung „tote Körper", muss immer wieder mit neuen Körpern ausgestattet werden, da sie nach zwei bis drei Jahren unansehnlich verfärbt und stumpf wirken. Die Leute interessieren sich ja gar nicht wirklich für die faszinierende Anatomie des Menschen, sondern nur, die Farben, den Glanz oder das Spektakuläre einen Toten zu sehen. Tja,… aber viel Geld hat er mit dieser Idee verdient, einen Tabubruch zu begehen und Tote auszustellen. Dabei könnte auch jeder mal zu mir in die Pathologie kommen und sich mein Handwerk anschauen. Ich meine, dass das auch Kunst ist, auch wenn es keiner so sieht."

„Ach so,… ja, das kann man so sehen. Darüber habe ich bisher auch noch nie nachgedacht. Aber woran ist denn Frau Auguste, wenn sie es denn wirklich ist, nun deiner Ansicht nach verstorben? Oder darfst du mit mir nicht darüber reden?"

„Ja… du weißt, eigentlich darf ich ja gar nicht darüber reden. Aber ich habe Vertrauen zu dir, und du wirst die Informationen für dich behalten können, oder?"

Sie nickte nur und sein Blick, so eindringlich, führte zu einem weiteren zustimmenden Nicken ihrerseits.

„Der Fall ist ganz klar. Sie ist erdrosselt worden. Den Abdrücken am Hals entsprechend zu urteilen, sicherlich mit einer Schnur, die einer mit Kunststoff ummantelten Wäscheleine gleichkommen dürfte. Das werden noch weitere Untersuchungen ergeben. Es gab keine Einbruchsspuren und eine vergleichbare Schnur wurde bis jetzt noch nicht in Tatortnähe gefunden. Vielleicht hatte er sie mitgebracht und nach dem Mord wieder mitgenommen.

„Was heißt das nun für dich?“

„Wie meinst du das? Für mich heißt das gar nichts, ich habe lediglich den ungefähren Tatzeitpunkt zu bestimmen und aufgrund der Sachlage, wenn möglich, die Bestimmung der Todesursache. Alles andere ist die Ermittlungsarbeit der Polizei.“

„Okay, aber wenn es keine Einbruchsspuren gab, dann hatte Frau Auguste wahrscheinlich ihren Mörder gekannt.“

„Das kann sein Sonja, muss aber nicht, da gibt es ja
viele Möglichkeiten. Vielleicht hatte sie die Haustür
zum Lüften aufstehen lassen, oder es hatte jemand
geklingelt, z.B. ein Postbote und sich Einlass
verschafft. Da reicht es, wenn jemand den Fuß in die
Tür stellt und schon hat er es ganz leicht in die
Wohnung zu kommen. Aber vielleicht war es auch
wieder ein Verwandter oder Bekannter. Manchmal
wäre ich gern dabei und hätte bei der Tat zugesehen.
Das wäre mir noch lieber als das Verbrechen im
Nachhinein aufklären zu müssen. Weitere Spuren der
Gewalt konnte ich nicht bei ihr feststellen. Das sind
nur Spekulationen, Sonja. Du weißt, das ist nicht
meine Profession!“

„Aber jetzt sag mal, findest du nicht, dass beide
Frauen etwas gemeinsam haben könnten?“

„Wie meinst du das? Welche beiden Frauen?“

Sonja ging in Gedanken noch einmal ihre Eindrücke
von ihrem Besuch in Lenas Haus durch und glich sie
mit den Informationen ab, die sie über Frau Auguste
hatte.

„Ach, vielleicht bilde ich mir das nur ein. Aber
offenbar lebten beide Frauen allein.

Auch Frau Auguste war bis jetzt in den Netzwerken aktiv, weil sie für ihre Kunstwerke dort Werbung machen wollte, um Käufer für ihre Kunstwerke zu finden. Ich habe ihre Tweets bei Twitter oder Insta gern verfolgt. Beide Frauen sehen sich sogar etwas ähnlich. Sie haben mittelbraunes Haar, sind ungefähr gleich groß und haben eine relativ zierliche Figur, auch wenn Lena Müller etwas pummeliger wirkte. Frau Auguste trug manchmal auch bequeme Kleidung, so im Yogastil, aber ansonsten wirkten beide Frauen oft auffallend modisch gekleidet, mit einer gewissen Vorliebe für Schwarz."

„Sonja, das ist zwar interessant, aber dein hobbykriminalistischer Eifer reicht wohl zu weit. An dir ist eine kleine Schnüfflerin verloren gegangen, was?

Schwarz ist doch immer in. Du trägst doch sicher auch manchmal schwarze Kleidung. Die Parallelen sind zwar da, wenn du sie sehen möchtest. Aber ca. 80 Prozent aller Deutschen sind im Netz unterwegs. Ebenso sieht es mit braunhaarigen Frauen aus. Die meisten Frauen sind braunhaarig. Mittellange Haare scheinen in Zeiten, in denen die Friseure mit ihren Preisen so angezogen haben, auch in zu sein. Zudem ist ja fraglich, welche Haarfarben überhaupt dann noch maßgeblich sind, denn sie sind bei den meisten Frauen doch gefärbt. In jungen Jahren von blau, rot bis zu grün und später in den natürlichen Tönen und dann doch altersblond oder grau.“

„Ja, du hast recht. Es liegt sicherlich daran, dass ich jetzt auch nur von diesen beiden Fällen ein bisschen etwas weiß und da Zusammenhänge suche, wo möglicherweise gar keine vorhanden sind.

Was hast du denn heute noch vor?“

„Ja, ich muss eigentlich gleich wieder zurück und meine andere Arbeit im Labor erledigen. Aber ich wollte ja nicht die Gelegenheit versäumen dich zu sehen.“

Sie spürte, wie ihre Wangen wieder heiß wurden. Mit ihrer Hand wedelte sie hin und her und versuchte sich damit auf diese Weise frische Luft zu zufächeln.

Es freute sie, dass er ihr so viel Beachtung schenkte. Wenn Manuel das öfter täte, dann wäre ich es vielleicht gewohnt, aber so habe ich nach wie vor Schwierigkeiten, damit umzugehen.

„Wann seh´ ich dich wieder?“

Selbst überrascht über ihre Frage, hielt sie die Luft unmittelbar an. Wie konnte sie so etwas nur fragen?

Er stand auf, nahm seine Jacke vom Stuhl und lächelte sie an. „Ich melde mich bei dir, wenn ich wieder in der Nähe bin. Entschuldige, aber ich muss los. Sollen wir zusammen gehen oder magst du noch bleiben?"

Sonja nickte nur und ließ sich von ihm in ihren Mantel helfen. Dabei strich er mit seiner Hand wie unbeabsichtigt über ihre Taille und ihren Arm. Seine Hand glitt zu ihrer und umschloss sie warm. Wie selbstverständlich gingen sie Händchen haltend hintereinander durch das Café auf die Tür zu. Am Ausgang legte er einen Geldschein auf die Theke und bedeutete der Kellnerin mit einer lässigen Handbewegung, dass das großzügige Trinkgeld so stimme.

Der Rückweg durch diesen engen Gang kam ihr gar nicht mehr so unangenehm vor, wie der Hinweg. Und ein wenig versuchte sie langsamer zu gehen, damit der Abschied von ihm nicht so schnell näher rückte.

Verlegen starrte sie auf seine Füße vor ihr, die vor ihr zum Ausgang gingen. Diese Turnschuhe von ihm

waren wirklich chic, sie haben das gleiche Hellgrau
wie der Anzug.

Er mag vermutlich so gern wie ich harmonisch
aufeinander abgestimmte Farben. Aber was mache
ich eigentlich hier? Doch im gleichen Moment merke
ich, dass ich auf seine Hand nicht verzichten möchte.

Warum das zu diesem Zeitpunkt so war, konnte sie
nicht erklären und blieb auch im Nachhinein
fragwürdig.

14. Kapitel

Am Tag darauf saß Sonja an ihrem neuen Artikel und dachte ab und zu an Kai. Das Arbeiten fiel ihr schwer. Das Treffen mit ihm hatte ihr gut getan. Als sie sich vor dem Café verabschiedet hatten, hatten sich manche Frauen, die vorbei gegangen waren, nach ihm umgedreht. Sonja hatten sie von oben bis unten mit ihren Blicken gemustert. Er wirkte auch auf andere Frauen attraktiv. Nun saß sie am Schreibtisch und versuchte wiederholt ihren Artikel zu überarbeiten. Dann störte auch noch der Klingelton ihres Handys.

Sie überlegte, ob sie dran gehen sollte, denn die Überarbeitung ihres Textes kostete sie mehr Energie als das Schreiben, und eine Unterbrechung ihrer Arbeit nahm immer viel Zeit und innere Kraft in Anspruch.

Zumal heute auch noch ihre Gedanken immer wieder um Kai kreisten. Wie sollte sie das schaffen? Die Artikel für diese Zeitschrift sollten einen leichten Ton haben, der ihr gerade jetzt schwerfiel. Vielleicht sollte sie deswegen ans Telefon gehen, damit sie ein schönes Gespräch ins leichte Formulieren bringt?

„Ja, Sonja Lichtenberg hier."

„Hallo, ich bin's Daniel. Länger nichts von dir gehört.
Alles gut bei dir? Hast du meine Nummer nicht im
Display gesehen? Du hast meine Nummer doch nicht
gesperrt, oder?"

„Äh nein,… ja,… ach,… ich hab nicht darauf geachtet"
sie hasste solche unterschwelligen Vorwürfe wie z.B.
„länger nichts von dir gehört", in denen deutlich
werden sollte, dass sie sich hätte melden sollen.
Sicher musste man solche Formulierungen nicht
persönlich nehmen, aber sie bezog solche Worte
immer auf sich. Warum sonst sollte man sie ihr
sagen? Entweder man meldete sich, weil man
Interesse an dem anderen Menschen hat oder nicht.
Offenbar hatte sie doch bis jetzt keine Anteilnahme
haben wollen, um sich bei ihm zu melden.

Diese Heuchelei, nur aus einem Pflichtgefühl mit
jemandem zu sprechen, hatte sie mit ihrem letzten
Beruf als Lehrerin mit abgegeben. War sie nicht dafür
vielleicht auch mittlerweile zu alt?

„Was ist los?"

„Nichts, ich wollte mich nur erkundigen, wie es dir
geht und dich fragen, ob du vielleicht einfach eine
Runde mit mir zusammen spazieren gehen willst?"

Der Blick aus dem Fenster verhieß gutes Wetter. Die Sonne stand hoch am Himmel, der wolkenlos blau erschien.

„Also, eigentlich nein. Ich sitze hier und muss arbeiten. Es fällt mir schwer, mich darauf zu konzentrieren und jetzt kommst du und willst mich mit deinem Vorhaben noch mehr ablenken. Dann komme ich heute gar nicht mehr zum Arbeiten."

„Ach Sonja, warst du denn schon mit Pepe raus?"

„Nein, war ich noch nicht und die letzten Male waren kurze Gassi Runden. Er braucht ein bisschen mehr Auslauf.

Also gut, können wir gern machen. Ich muss eh mit Pepe eine Runde gehen, dann muss ich nicht allein losziehen.

Treffen wir uns am Hengsteysee? Da war ich lange nicht mehr. Wir können ja vielleicht etwas schneller gehen, dann hat Pepe seinen Auslauf, wir waren zusammen draußen, und ich schaffe meine Arbeit noch."

„Ja gern. Um zwölf Uhr? Am „Café erste Sahne“ am
See, wenn du magst?“

„Ja,… das machen wir. Sind ja noch 3 Stunden bis
dahin, da kann ich noch etwas schaffen, bis später.“

Ich bin schon immer gern wandern gegangen.
Spazieren gehen ist für mich die kleine Variante
davon. Für andere geht es dabei darum zu sehen und
gesehen zu werden, für mich jedoch darum, die Natur
zu erleben und Schönes am Wegesrand zu entdecken.
Doch jetzt schiebe ich die Gedanken erst mal beiseite
und versuche an meinem Artikel übers „Ghosting“
weiterzuschreiben.

Das ist ein Phänomen der letzten Jahre, an dem auch
die Covid Zeit nichts geändert hatte. Menschen
zeigten ihre Unfähigkeit, mit Konflikten umzugehen,
indem sie sich schlicht nicht mehr meldeten. Sogar
nach Jahren des Zusammenlebens trennten sich
Menschen voneinander ohne ein Wort des
Abschieds. Eigentlich war es jedes Mal ein seelischer
Mord an einem Menschen, der auf einer nicht
körperlichen Basis stattfand. Man löschte den
anderen Menschen aus dem Leben, indem man
jeglichen Kontakt von jetzt auf gleich abbrach. Nur,
dass diese Trennung nicht körperlich passierte,
sondern auf eine psychologische Art. Die Opfer waren

die Verbliebenen, der Täter blieb unauffindbar verschwunden.

War es auch bei Lena und Daniel so gewesen?

Seltsam, dass auf das Ghosting keine Strafen stehen. Wenn jemand gewaltsam und tatsächlich umgebracht wird, wird der Täter mit hohen Gefängnisstrafen verurteilt.

Die Menschen haben eben keinen Anstand mehr.

Wieder verfiel sie in traurige Gedanken, anstatt dem Artikel eine schwebende Leichtigkeit zu geben. Sie beschloss, erst mal den Text weiter zu schreiben. Nach dem Spaziergang mit Daniel würde hoffentlich die Überarbeitung des bereits Geschriebenen wahrscheinlich besser klappen.

Als sie Pepe, ihren kleinen Mischlingshund, den sie aus dem Tierheim geholt hatte, das Halsband umlegte, wedelte er in Erwartung einer großen Schnüffelrunde mit seinem Schwanz. Mit einem Satz sprang er ins Auto.

Er fuhr immer gern Auto, im Gegensatz zu ihrer früheren Hündin Chaya. Sonja musste oft an sie denken und derjenige, der sie damals erstochen hatte, war bis jetzt nicht gefunden worden. Hier und da kamen immer noch solche zum Teil tödlichen

Stichwunden an Pferden oder anderen Haustieren vor, aber nicht mehr in ihrer Umgebung. Vielleicht hatte es geholfen, dass sie Kameras rund um das Haus hatte installieren lassen, auch wenn es von den Nachbarn nicht gern gesehen wurde. Sie waren gut versteckt hinter Blumen oder dem Balkongeländer angebracht. Es war aber auch ein beruhigendes Gefühl jedes Mal wenn sie losfuhr, auf diese Kameras zu schauen.

Der Parkplatz am See war trotz des schönen Wetters leer, aber das lag vermutlich daran, dass das Café noch geschlossen hatte. Sonja sah Daniel. Er wartete am Rand des Parkplatzes und winkte ihr zu.

Wieder fiel ihr auf, wie groß er war. Doch in der kurzen Jeanshose, die er momentan trug, sah er wie ein kleiner Junge aus.

Ein bisschen musste sie über diesen Gegensatz schmunzeln und sie bewunderte seinen Mut, mit 55 Jahren so locker zu wirken und Ende Februar eine kurze Hose zu tragen. Sicher würde es ein lustiger Spaziergang werden. Pepe sprang aus dem Kofferraum und rannte freudig mit dem Schwanz wedelnd zum Wasser, um etwas zu trinken.

„Hallo,… Sonja, pünktlich wie die Atomzeit!"

„Ja klar, ich muss ja sowieso mit dem Hund gehen, und hier ist´s doch schön. Das Ruhrwasser schmeckt Pepe ja besonders gut. Ich bin auch fast fertig mit meinem Text. Die Aussicht auf einen schönen Spaziergang hatte mir einen Schwung gegeben meinen Artikel weiterzuschreiben, also Dank an dich!“

Doch weil hier Leinenzwang war, musste Sonja Pepe an die Leine nehmen. Erst lief er widerwillig hinter ihr her, bis er sich ihrem Schritttempo angepasst und die Leine akzeptiert hatte. Zu gern wäre er einfach ins Wasser gesprungen und den Enten auf dem See hinterhergejagt. Daniel ging schweigend neben ihr her.

Sie wartete. Warum sagte er nichts? Sie hatte gelernt zu warten. Wenn man wartete, dann bekam man manchmal mehr Antworten, als wenn man fragte. In ihrem Kopf fahren die Gedanken Karussell. Wovon sollte sie ihm erzählen? Durfte sie ihm von dem anderen Mord überhaupt etwas mitteilen?

„Meine Scheidung war letzte Woche.“

„Oh… und?“ Das hatte sie ganz vergessen. Vielleicht hätte er ihre Unterstützung gebraucht, und sie war nicht für ihn da gewesen.

Sie schaute ihn an, aber er ging neben ihr her und starrte wie zuvor beim Gehen auf den Boden. Es würde wohl doch kein fröhlicher Spaziergang werden. Womit sollte sie ihn jetzt aufbauen und seine offensichtlich schlechte Laune aufbessern? Mit einem Glückwunsch zur Scheidung? Das machte man nicht, oder?

„Ich bin nicht glücklich darüber. Es war sehr schwer. Nein, ist es immer noch. Ich habe die Frau meines Lebens verloren!“

„Besteht denn keine Aussicht, dass ihr euch wieder vertragt?“ Okay, ich bin mir jetzt sicher, es wird kein lustiger Spaziergang werden.

„Nein, das hat sie mir, bevor ich überhaupt etwas in der Art hätte andeuten können, unmissverständlich gesagt.“

„Aber wenn du doch wusstest, dass das die Liebe deines Lebens ist, warum hast du dann ein Verhältnis mit einer anderen Frau, mit dieser Lena angefangen und nicht versucht, deine Ehe zu retten?"

„Sonja, ich kann es dir nicht sagen. Ich denke ich habe in einer Fantasiewelt gelebt. Ich habe nur noch instagramt, getwittert, mit dieser Frau geschrieben, sogar während der Arbeitszeit im Büro, auch unterwegs und in jeder freien Minute. Dabei war zum Beispiel twittern mit flirten gleichzusetzen.

Wenn ich zu einem Termin musste, dann habe ich sogar überlegen müssen, wo ich mein Auto geparkt hatte, weil ich mich von den Bildern und Wörtern in meinem Kopf nicht lösen konnte. Erst waren es nur gegenseitige Komplimente. Die taten mir gut. Warum weiß ich auch nicht. Vielleicht lag es daran, dass mich meine Frau nicht mehr beachtet hatte. Sie ist auf meine Wünsche auch meine sexuellen Vorlieben gar nicht eingegangen. Aber damit sie das hätte tun können, hätte ich mit ihr darüber reden müssen.

Es waren Wörter und immer mehr Fotos. Dann waren es Bilder von Sex, Schlafzimmern, Haut... viel Haut! Ich habe mich immer weiter weggeträumt. Mein Kopf schien aus nichts anderem mehr zu bestehen. Jetzt sitze ich allein in einer zu kleinen Wohnung ohne Haus, Familie oder Garten um mich herum. Alles ist weg!"

Seine Augen füllten sich mit Tränen, und er versuchte das vor Sonja zu verbergen, indem er auf das Wasser schaute.

Sie nahm seine Hand. Er tat ihr so leid. Das, was ihm passiert war, konnte jedem passieren. Minuten- oder stundenweise konnte man sich immer etwas verlieren, in ein Buch, einen Film oder eben auch im Netz. Wenn man nicht auf sich aufpasste, dann konnte man sich wochenlang in eine andere Welt hineinträumen und das war gerade dann möglich, wenn ein anderer da war, der einen immer wieder mit Fotos oder Wörtern triggerte, für die man empfänglich war.

Ein kurzer Blick zu ihm zeigte, dass es okay für sie beide war, dass sie sich eine Zeit an der Hand hielten. Dann schaute er wieder wortlos aufs Wasser.

„Hattest du denn keine Freunde, die dich gewarnt haben?"

„Nein, mit denen habe ich nicht darüber gesprochen. Du bist die Erste, der ich davon erzähle. Aber jetzt ist es ja zu spät."

„Aber dafür hat man doch Freunde, dass sie auf einen aufpassen und für einen da sind, oder?“

„Ja, da hast du wohl recht, ich habe vieles falsch gemacht und muss nun lernen damit zurechtzukommen.“

Sie gingen schweigend nebeneinander her. Jeder schaute auf seinen Teil des Weges, und Pepe lief unentwegt zwischen ihnen hin und her.

„Es tut gut, dass ich mit dir darüber reden kann.“

„Ach Daniel, das ist lieb, sicher hast du aber viele andere Menschen, vielleicht auch Frauen, mit denen du schreibst oder sprichst?“

„Nein, im Moment jedenfalls nicht, vielleicht ändert sich das irgendwann mal, aber im Moment bist du die Einzige, mit der ich so reden kann. Ich kenne zwar viele Frauen und auch sehr sympathische Männer

durch die Netzwerke, aber wir reden über dies und
das, weißt du, so oberflächlich eben.“

Eine Wärme durchfloss ihren Körper, und es fühlte
sich an, als würde sie sich darüber freuen. Dennoch
müsste sie doch eigentlich traurig darüber sein, dass
er sonst keinen anderen Menschen in seinem Leben
zum Reden hatte?

„Du? Ich möchte dir auch etwas erzählen.

Du erinnerst dich, dass ich Lena aufgesucht habe? Ich
hatte sie ja dann tot aufgefunden. Es gab ja dann
noch eine weitere Tote, Frau Auguste, eine
Künstlerin.“

„Wie kommst du da jetzt drauf?“

„Ja, weil… also… wie soll ich sagen, ich habe dort
einen Pathologen kennengelernt. Ja… weißt du! Er ist
sehr nett und kennt sich mit Fliegen besonders aus.“

„Was heißt das?“

„Ja… äh nichts, ich mag ihn. Ich hatte mich danach mit ihm zum Kaffee trinken verabredet. Er ist sehr gebildet und hat so schöne braune Augen.“

„Sonja, was soll das? Hast du dich in den Kerl verliebt, oder was? Du kennst ihn doch gar nicht. Außerdem bist du verheiratet und hast doch alles, was man sich erträumt.“

Dabei zog Daniel seine Hand von ihrer weg und steckte sie beim Gehen in seine Hosentaschen.

„Warum hat dieser Kerl sich denn mit dir auf einen Kaffee getroffen?“

„Er ist kein Kerl, sondern ein feiner Mann! So old school, wenn du verstehst, was ich meine. Er hatte einen weiteren Mordfall hier in der Gegend zu untersuchen. Eine Künstlerin, die wohl mit einer Wäscheleine erwürgt worden war, und er musste den ungefähren Todeszeitpunkt bestimmen.“

„Vielleicht war er ja nur hier, um Informationen von dir zu bekommen.“

„Wie… welche Informationen denn?“

„Was weiß ich? Informationen über die tote Künstlerin, über Lena oder sogar über dich?“

„Das kann ich mir nicht vorstellen! Er hat mit den sonstigen Recherchearbeiten gar nichts zu tun. Das ist die Arbeit der Kripo. Ich hätte dir das gar nicht erzählen sollen.“

„Ach… warum das denn nicht?“

„Erstens, weil er mich darum gebeten hatte, es nicht zu erzählen, um die Ermittlungen nicht zu gefährden. Und zweitens, weil du kein Verständnis für mich hast.“

„So, wie sollte ich denn jetzt die Ermittlungen gefährden. Ich habe doch mit dem Tod dieser Frauen gar nichts zu tun. Das ist völlig absurd Sonja. Wenn ich Menschen töten würde, dann würde ich sie ja nicht so liegen lassen, sondern wohl eher im Beerdigungsinstitut, für das mein Sägewerk Holz produziert, verschwinden lassen. Und außerdem möchte ich dich vor dem Dilemma bewahren, das mir passiert ist. Fremdgehen ist eine unwiderrufliche

Entscheidung, die man trifft und nicht nur ein unüberlegter Fehler.“

Ein ungutes Gefühl bereitete sich in ihr aus. Den Rest des Spaziergangs verbrachten sie schweigend. Sie wollte anschließend auch nicht mehr in das bereits geöffnete Café gehen.

Sie gingen mit einem kühlen Abschied voneinander in unterschiedliche Richtungen. Sonja war verärgert, weil er ihr das Treffen mit Kai in Nachhinein madig machen wollte, anstatt sich einfach mit ihr zu freuen, dass sie so einen netten Mann kennengelernt hatte.

Was hatte er nur für ein Problem damit?

15. Kapitel

Schon wieder keine Nachricht von Daniel. Als sie ihm letztes Mal nur ein „Hallo" geschrieben hatte, hatte er nur geantwortet, dass er viel arbeiten müsse. Das war ja auch gut so, zum einen lenkte es ihn von den traurigen Gedanken an seine zerstörte Ehe ab, und zum anderen hatte er einen Job und verdiente regelmäßig Geld. Denn für Geschiedene ist das Leben mit nur einem Einkommen oft über viele Jahre spartanisch.

Dennoch fühlte sie sich zurückgesetzt. Erst schenkte er ihr sein Vertrauen und dann schrieb er ihr gar nicht mehr. Es kam weder eine WhatsApp noch eine Sprachnachricht von ihm. Vor einiger Zeit hatte er sich regelmäßig bei ihr gemeldet. Jetzt wirkte es fast so, als wäre sie nur sein seelischer Mülleimer, den er nur ab und zu brauchte.

Dass ich gern mal mit ihm über meine Arbeit oder die beiden Morde reden würde, da kam er gar nicht drauf. Vielleicht war er beleidigt, weil ich ihm von dem anderen Mann, dem Pathologen Kai, erzählt hatte, der mich so mit seinen braunen Augen und seinem Wissen fasziniert hatte?

Na ja, insgesamt war er ein sehr gut aussehender Mann, der sicherlich auch für Coca-Cola in allen Medien Werbung hätte machen können.

Aber was soll's ich kann es nicht ändern. Für mich ist's ja auch nicht schön, wenn man mir von anderen Frauen erzählt. Also muss ich ja eigentlich für ihn Verständnis haben. Vielleicht erfahre ich aus den Medien noch etwas über den Tod der verstorbenen Künstlerin, Frau Auguste?

In der Zeitungsapp stand nicht viel über den Fall der ermordeten Künstlerin. In allen Portalen war von Mord keine Rede, sondern nur davon, dass sie bisher unter ungeklärten Umständen ums Leben gekommen war. Vielleicht hatte die Polizei diese Information, dass sie offenbar mit einer Wäscheleine erwürgt worden war, bewusst außen vorgelassen. Auf diese Weise sollte vermutlich die Suche nach den Tätern nicht gefährdet werden.

Ob nun die Kunstwerke der ermordeten Künstlerin im Preis steigen? Hatte ein Käufer möglicherweise einen Vorteil von ihrem Tod und damit ein Tatmotiv?

Sie hatte sicherlich keins, denn sie hatte nur mal einen kleinen Kettenanhänger aus Holz und Kunstharz völlig überteuert bei dieser Künstlerin am Tag der offenen Tür erstanden. Sie war freundlich gewesen, aber ansonsten hatte sie an diesem Tag ausschließlich Zeit für Besucher, die vor ihren monströs großen Kunstwerken standen und sich diese von ihr erklären ließen.

Der WhatsApp-Ton für eingegangene Nachrichten riss
sie aus ihren Gedanken: „Hast du heute Zeit und Lust,
mit mir Essen zu gehen?"

Eine Nachricht von Kai! Beim Lesen der Nachricht
fühlte sie sich wie ein junges Mädchen, dass vor
ihrem ersten Kuss stand. Sie schüttelte sich, aber
wurde dieses Gefühl der Vorfreude auf ein mögliches
Treffen mit Kai in sich nicht los.

Mal sehen, Manuel war gerade zu einer Fortbildung
weg, in ihrem Kalender stand erst für morgen wieder
ein Termin. Die Jungs waren auch nicht da, denn sie
hatten sich mit Freunden zur Übernachtung
verabredet.

Was sollte sie daran hindern, diese Verabredung
einzugehen? Die Bedenken Daniels flammten kurz
warnend in ihr auf, aber er war wahrscheinlich eh nur
eifersüchtig. Auch wenn sie Freunde waren, hatten
Männer doch immer das Gefühl Besitzansprüche
stellen zu müssen. Ob das in ihren Genen lag? Na ja,
und Manuel brauchte es ja nicht zu erfahren, dann
konnte es auch keine unnötigen Diskussionen geben.

„Wenn du magst. Kannst du kommen? Ich bin heute
allein zu Hause."

Sie hielt die Luft an, war sie zu forsch? Was, wenn sie ihn nun mit ihrer Frage verschreckte? Ihr Finger sucht schon die Löschfunktion, um ihre Nachricht wieder verschwinden zu lassen. Doch bevor sie sie löschen konnte, erschien folgende Nachricht in ihrem Display:

„Oh schön, dann komme ich gern zu dir. Wenn es dir nichts ausmacht, bringe ich Zutaten mit und koche bei dir für uns ein asiatisches Gericht, okay?"

„Das ist ja eine tolle Idee. Du überraschst mich wohl gern? Ja,… ich freu´ mich auf dich."

Ihr Herz machte einen Schlag mehr. Nun hatte sie etwas, worauf sie sich freuen konnte.

Sie ging noch einmal mit Pepe raus. Dann würde sie sich wieder mit guter Laune an den Artikel setzen und weiterarbeiten. Vielleicht könnte sie den Text ja fertig schreiben und absenden? So könnte sie den Abend wahrscheinlich frei, ohne Gedanken an die Arbeit, genießen.

Während sie den Artikel geschrieben hatte, schweiften ihre Gedanken doch immer wieder ab, und es fiel ihr schwer, sich auf ihre Arbeit zu konzentrieren. Doch am späten Nachmittag konnte sie ihren Text absenden.

Ein Blick in den Spiegel zeigte ihr, dass sie nach der getanen Arbeit anscheinend von innen heraus strahlte. Oder sollte sie in Gedanken an Manuel das bevorstehende Treffen doch absagen?

Nein, das Treffen würde ihr guttun. Es würde mal ein wenig Abwechslung im Alltag bedeuten. Gleich würde sie sich ein bisschen mit Peeling und verschiedenen Cremes pflegen und ein Vollbad nehmen.

Was würde sie anziehen? Im Schnelldurchlauf der möglichen Outfits entschied sie sich für ein luftiges Sommerkleid, das einen tiefen Rückenausschnitt hatte. Mit dem Make-up war sie noch nicht ganz fertig, als es an der Haustür klingelte.

Da stand Kai und kam, sobald sie die Tür öffnete, forsch rein. Er hatte sogar zwei schwere Taschen und einen Wok dabei. Es rumpelte, weil er mit dem Gepäck an die Türrahmen und Wände stieß. Dabei entschuldigte er sich ständig dafür.

Sonja führte ihn mit einer Handbewegung in die Küche und schaute sich mit der Überlegung um, ob sie wohl alles ausreichend aufgeräumt und ordentlich geputzt hatte? Wohlwissend, dass es zu spät war, in dem Moment daran noch etwas ändern zu wollen. Sie drapierte sich vor dem Kühlschrank, aber er beachtete sie kaum. Erst stellte er die Taschen auf den Küchentisch ab. Dann drehte er sich um und nahm sie zur Begrüßung fest in seine Arme. Ein Küsschen hauchte er ihr hinters Ohr, sodass ihre Haut ein wenig an den Armen prickelte.

Abrupt drehte er sich von ihr zum Tisch weg und packte seine Taschen aus. Verschiedene Gewürze, Gemüsesorten, Glasnudeln und andere Zutaten, die ihr fremd erschienen, sortierte er nach ihrer Art und sogar nach ihrer Größe. Ein gelbrotes Wirrwarr breitete sich im Nu auf ihrem Küchentisch vor ihren Augen aus.

„Was kann ich dir helfen?"

„Nichts, setz dich da einfach hin und schau mir zu, wenn du magst."

Das machte sie. Ein Schauspiel begann, das wie ein lang einstudierter Tanz mit ungeheurer Präzision vor ihren Augen ablief. Es bedurfte gar keiner Musik dazu. Fasziniert schaute sie der Geschwindigkeit seines Messers zu, das das Gemüse in kleine und exakt gleich große Stücke schnitt. Die Messer wechselte er für die einzelnen Zutaten, als seien es unterschiedliche Musikinstrumente, die es für ein Konzert zu bespielen galt. Jedes Mal zog er ein anderes aus der Messer-Lederrolle hervor, die er mitgebracht hatte. Aufgerollt sah es aus, wie eine Klaviatur aus Messern unterschiedlicher Länge und Breite. Das anschließende Rauschen der Zutaten, die nacheinander mit Bedacht in dem Wok landeten, wurde von verschiedenen Gerüchen übertönt, die sich wie im Chorgesang erst nacheinander durch ihren zeitverzögerten Einsatz zu einer Hymne entwickelten. Dann drehte er sich um und lächelte sie an. Er hielt ihr eine Gabel voll seines Gerichtes vor den Mund und schaute ihr erwartungsvoll in die Augen.

Sie öffnete ihren Mund und er führte die Gabel so hinein, als wäre sie ein Kind, das jetzt den Ton A singen müsse. Der Geschmack erstaunte sie. Erst schmeckte es wie ein typisch chinesisches Gericht, doch dann entfalteten sich die einzelnen Geschmacksstoffe nacheinander in ihrem Mund und blieben nachhaltig auf der Zunge. Sie schaute ihn an:

„Mmmh… sehr lecker! Koriander, Zitronengras… vielleicht auch Zimt? Eine wundervolle Komposition."

Er lacht: „Ja ein Bruchteil davon ist drin, gar nicht schlecht, meine Liebe. Es ist ein Kantonesisches Rezept."

„Okay, ich decke den Tisch."

Sonja sprang auf und holte zwei Teller, Besteck und ein paar kleine Kerzen. Dann stellte sie die Weingläser auf den Tisch und schaute ihn an. Er nickte ihr zu und holte aus seiner Tasche einen Weißwein mit Flaschenöffner dazu.

Er schenkte ihr einen Schluck von dem Mâcon Villages ein. Dann hielt er ihr das Glas hin und wartete. Der kühle Wein glitt durch ihre Kehle und schmeckte ihr wie frischer Traubensaft. Sie nickte ihm zu, und er füllte ihr das Glas auf. Dabei strichen die Finger seiner anderen Hand scheinbar zufällig über ihre am Stiel des Glases. Sie spürte, wie sie diese Berührung genoss und ihr Körper nach mehr schrie.

Ein tiefer Blick in seine schönen Augen, doch anstatt sie zu küssen, servierte er ihr das Gericht, und sie saß da und staunte über den Ausklang des Kochspektakels. Er griff in seine Hosentasche und aus seiner linken Hand fielen bunte und echte Blütenblätter auf das Essen und auf sie. Sie staunte. Sie kullerten an ihr runter und eine kleine blaue Blüte hatte sich in ihrem Ausschnitt verirrt. Sie kitzelte sie dort. Das war ein wunderbares Gefühl, das sie zum Lachen brachte. Wann hatte sie das letzte Mal so gelacht?

„Die kann man essen. Es sind Tausendschön und
Blüten wilder Stiefmütterchen von meiner Wiese,
natürlich und gewaschen. Sie schmecken herrlich süß,
nur zu.“

Ein wenig schaute sie sich noch die
Gesamtkomposition auf ihrem Teller an. Die Blüten
schmückten alles! Sie überlegte, ob sie für Insta ein
Foto davon machen sollte. Doch sie entschied sich, es
sein zulassen. Alles andere hätte sicher die
Atmosphäre gestört. Überall lagen die Blüten. Es sah
wunderschön aus, als würde sie in einer
Wildblumenwiese sitzen. Es roch nach frischem Gras
und wilden Blumen. Ein Foto im Netz davon würde
sicher Fragen aufwerfen, wenn ihre Jungs das Foto
bei Insta finden würden. Sie setzten sich gegenüber
an den Tisch und jeder Bissen war ein Genuss.

Anstatt zu fotografieren, stieß sie mit ihm an und er
schaute ihr dabei intensiv lange in die Augen. Der
Geschmack des ersten Bissens veränderte sich im
Mund immer wieder. Es gab unbekannte Pilze und
Nüsse darin, die sie noch nie gesehen hatte. Nur
diese schwarz aussehende Haut fühlte sich in ihrem
Mund unangenehm an. Doch der Nachgeschmack
war köstlich.

Er lachte: „Morcheln sind wohl nicht so dein Ding? Viele mögen sie nicht, aber ich finde, dass sie dazu gehören. Du kannst sie an die Seite schieben, ich bin dir nicht böse, wenn du etwas nicht magst.“

Es waren nur 3, die sie daraufhin auf den Tellerrand schob. Sie unterhielten sich über ihre Arbeit, und sie erzählte ihm von ihren ältesten Schulfreunden und welche Streiche sie früher in der Schule den Lehrern gespielt hatten. Der Abend floss dahin und sie lachten viel.

Erst, als er die 2. Weinflasche öffnete, merkte sie, wie ihr der Wein zu Kopf gestiegen war. Sie legte ihre Hand über ihr Glas bedeutete ihm damit wortlos, dass sie keinen Wein mehr nachgeschenkt haben wollte. Sie hatte Angst die Kontrolle über sich zu verlieren.

Dann stand sie auf und der Gedanke, dass dieses kulinarische Erlebnis sich nun dem Ende neigte, stimmte sie traurig. Als sie sich vor den Tisch stellte und nach seinem Teller griff, um ihn abzuräumen, hielt er ihre Hand fest.

„Wie bist du noch nicht fertig mit dem Essen?“

„Richtig, jetzt kommt der Nachtisch…, und das bist
du!"

Seine Augen durchdrangen sie und griffen nach ihrem
Herz. Scheinbar lag es in seiner Hand und behutsam,
aber doch bewusst, umschloss er es und achtete
dabei auf ihren Herzschlag. Seine Finger lagen auf
ihrem Puls. Sie vermutete, dass er die Schläge pro
Minute zählte. Er zog sie zu sich. Sie war aufgeregt.
Doch schaute sie nur auf seine Hand, wie sie ihre
festhielt. Mit der anderen Hand strich er ihr durch
ihre Haare.

„Du bist Linkshänder, oder?", versuchte sie ihn
abzulenken.

„Nein… bin ich nicht, ich bin ein Ambidextrist. Ich
kann mit beiden Händen alles gleich gut!"

Er setzte sich wieder und zog sie zu sich. Sie spürte
wie ihr heiß wurde. Ihr Blick folgte der Hand Kais, wie
sie sich unter ihren Kleidersaum auf den
Oberschenkel schob. Mit der anderen Hand zog er sie

zu sich. Öffnete mit seinem Knie ihre Oberschenkel, so dass sie sich rittlings auf seinen Schoß setzte. Er lächelte sie an und ihre Blicke konnten sich nicht voneinander trennen.

„War da nicht vorhin eine kleine Blüte in deinem Ausschnitt verschwunden?"

Sie nickte nur. Dann sah sie zu, wie seine Hand sich von ihrem Handgelenk lösten und vorsichtig die Knöpfe ihres Kleides vorne aufknöpfte. Er fand die kleine Blüte. Sie hatte genau in ihrem Busen zwischen ihren Brüsten gelegen, als hätte sie zu ihrem BH gehört. Langsam nahm er sie zwischen seine Finger und führte sie zu seinem Mund. Er aß sie, scheinbar mit Genuss. Mit der anderen Hand tastete er sich weiter unter ihrem Kleid zu ihrem Slip vor. Sie schloss die Augen, versuchte nur seine Berührungen zu spüren. Es war unglaublich. Beide Hände agierten gleichermaßen unabhängig voneinander und doch im Zusammenspiel. Die Gefühle, die seine Hände auf ihrer Haut hervorriefen, spürte sie intensiv auf ihrem Körper. Ihre Haut fühlte sich ganz anders als sonst an, und so gut, dass er nicht aufhören sollte. Wie lange hatte sie sich schon nicht mehr so begehrt gefühlt?

Kurz wird mein Verlangen durch den Gedanken eingedämmt, dass ich ja im Begriff war, mich zu verlieben und sogar fremd zu gehen. Doch woher sollte ich wissen, ob Manuel mir überhaupt noch treu war? Wir hatten schon lange keinen Sex mehr miteinander gehabt, warum auch immer?

Als könnte Kai ihre Gedanken lesen, fasste er mit seiner Hand in ihren Nacken. Mit dem anderen Arm umschlang er ihre Taille. Dann zog er ihren Kopf zu sich runter. Die Berührung ihrer Lippen lösten ein Kribbeln unter ihrer Haut aus. Sie spürte, dass sie mehr wollte. Und seine Zunge umspielte ihre im Mund. Es passte einfach. Sie öffnete seinen Gürtel und den oberen Knopf seiner Jeans. Ihn weiterhin über sein Gesicht und seinen Hals küssend, zog sie langsam den Reißverschluss seiner Hose auf.

Sie spürte unter ihren Händen seine Erregung. Er zog ihren Slip mit einer Hand zur Seite und drang in sie ein. Es war ganz leicht. Sie zerflossen in rhythmischen Bewegungen, und die Salztropfen, die sich auf ihrer Haut durch die Anstrengungen bildeten, flossen ineinander und vermischen sich. Sie schmeckten sich. Alles schmeckte gut.

Ich rieche ihn gern, wenn ich tief einatme. Seine Hände scheinen überall über meinen Körper zu gleiten und meine Gedanken verlieren sich in unseren Bewegungen.

Nur ihr Küssen, Keuchen und das Aneinander reiben der Stoffe waren zu hören, bis es klingelte.

16. Kapitel

Wie sich herausstellte, war es Kais **Ex-Frau gewesen.**
Sie wollte von ihm, dass er sich am **nächsten Tag** um
den Hund kümmert. Sie hatte einen
unaufschiebbaren Termin, über den **er Sonja nichts**
erzählen konnte, weil er es selbst nicht wüsste. Den
Hund hatten sie vor 10 Jahren angeschafft und nach
der Trennung war der Vierbeiner bei der Ex
geblieben. Sonja war überhaupt nicht auf die Idee
gekommen, dass er vielleicht hätte verheiratet sein
können.

„Ja… ich komme gleich…, …nein, wieso?…. Ich komme
nicht zu spät,… was heißt denn immer! …aha… du
meinst…. Weißt du doch,… ist unser,… ja, ich
weiß…,ist so… , anstrengenden Job, …bin für dich
da,…ja war´s,… ja,… Ehe mit dir zuende,….ja bleiben
Freunde, … kennen uns doch gut,…bis gleich, … ich
dich… immer… auf jeden Fall.“

Natürlich hatte sie gedacht, dass er sich nur für sie
interessierte. Sie war erleichtert, dass er von seiner
Frau als Ex-Frau sprach. Er versuchte zwar das
Telefonat so leise zu führen, dass sie wenig davon
mitbekam, dennoch war für sie deutlich zu hören
gewesen, dass er ihr innerlich immer noch nicht
„Lebewohl“ gesagt hatte. Die Stimmung war für den

Abend gebrochen. Er wollte auch nicht, trotz ihrer Bitte, bei ihr übernachten.

Noch in Gedanken an den gestrigen Abend füllte Sonja Wasser in die Gießkanne und goss die Blumen im Haus. Erst im Wohnzimmer und anschließend im Badezimmer. Dann strich sie über die Blumen und dachte, dass sie sie bei Gelegenheit mal umtopfen sollte. Es wäre beinahe ein schöner Abend und eine genussvolle Nacht gewesen. Der Nachgeschmack, dass sie fremdgegangen war, mit einem Mann, der lieber während des gemeinsamen Sexes mit seiner Ex-Frau telefoniert hatte, war trotzdem bitter. Als sie an der Fensterbank in der Küche angelangt war, fiel ihr auf, dass dort ein Handy lag. Sie nahm das I-phone in die Hand und drehte es um.

Nein, es war keins aus unserer Familie. Sollte Kai sein Handy hier vergessen haben? Er würde sicher nachher anrufen und sich danach erkundigen.

Sie legte es auf den Küchentisch. Danach goss sie die Blumen weiter, doch ihr Blick glitt immer wieder zu diesem Handy.

So ein Handy brauchte man irgendwie für alles heutzutage. Eigentlich war es für viele heute wie ein Tagebuch, wenn man es jeden Tag nutzte.

Sollte ich nachgucken?

Die Neugier wuchs in ihr immer weiter. Wieder nahm sie das Handy in die Hand.

Nein, ich habe nicht das Recht zu versuchen, es zu starten. Aber was könnte ich alles über Kai darin erfahren? Ganz klar, ich bin so aufgeregt, dass mein Herz versucht ist, einen Doppelschlag zu machen. Wenn ich den falschen Code eingebe, ist es irgendwann gesperrt. Vielleicht hatte er ja keinen Code zum Entsperren eingegeben? Der häufigste Code, der benutzt wird, ist 1234 und 56 noch dazu, wenn er sechsstellig ist. Das hatte ich mal in einer Illustrierten gelesen. So einfach wird es wohl nicht sein, aber einen Versuch ist es wert. Nein, das war es nicht! Wie kann ich ihm so etwas Einfaches zutrauen. Er ist ein studierter Pathologe. Er liebt seinen Beruf. Leichen faszinieren ihn, weil neues Leben darin entsteht. Vielleicht ist es das Wort Leiche in Zahlen umgesetzt? Nein, das wäre zu lang. Ein anderes Wort, in dem die Buchstaben der Stellung im Alphabet entsprechen? Mir fällt keins ein. Sein Geburtsdatum kenne ich nicht. Doch der Ehrgeiz hat mich gepackt und ich versuche mich weiter in Kai hineinzudenken. Hatte er nicht gesagt, dass er streng katholisch erzogen worden sei? Auch wenn es keine Wirkung bei ihm gezeigt hat, vielleicht hat der Code doch etwas damit zu tun? Wenn ich mir die Zahlen anschaue, dann kann man darin auch ein Kreuz sehen. Okay wie bekreuzigen sich Katholiken, da muss ich erst mal überlegen. Die Stirn könnte der 2 entsprechen. Dann die Schulter links könnte die 4 und rechts die 6 meinen. Dabei kommt es auf die Sichtweise an. Vom

Handy aus gesehen oder vom Benutzer aus gesehen,
was ist nun richtig? Es könnte auch zuerst 6 und 4
sein. Aber ich denke, die übliche Betrachtungsweise
aufs Handy ist richtig, anders wäre es zu kompliziert.
Dann den Finger nach unten über die 5,8 und
abschließend die 0 streichen lassen. Ja, ein Kreuz, das
muss es sein. Es steht symbolisch für das Ende und
den Neuanfang. Es klappt! Vor Aufregung zittern
meine Hände. Ich schaue mir sämtliche Apps von ihm
an. Wo würde ich am meisten über Kai erfahren?

Auf den Brief getippt, bin ich im Mail Menü, aber da
sind nur berufliche E-Mails. Anfragen, Einladungen zu
Vorträgen und Werbung von medizinischem Zubehör.
Seltsam so aufgeräumt, ja fast penibel, er nach außen
hin erscheint, umso mehr scheint sich hier das Chaos
aufzutun: Eine KochApp neben der ntv und Quiz-Duell
App, nichts nach Rubriken geordnet. Mit dem Finger
wische ich weiter nach links und auf der nächsten
Seite sieht es genauso aus.

Das laute Lied und das gleichzeitige Vibrieren, das
plötzlich in ihren Händen losging, erschreckte sie so,
dass sie beinahe das Handy vor Schreck
fallengelassen hätte. Sie drückte auf „Annehmen".

„Hey, du warst aber schnell an meinem Telefon, wie
kommt's?" höre ich Kais Stimme.

„Ach du bist's. Ich habe gerade die Blumen gegossen und da lag dein Handy direkt neben mir auf der Fensterbank, als es klingelte. Du bist ja gestern nicht mehr geblieben, sonst hättest du vielleicht heute morgen daran gedacht es mitzunehmen."

„Ja, war doof gestern, tut mir leid, meine Ex hat alles zerstört."

„Du hättest ja nicht dran gehen müssen!"

„Ja, das stimmt, aber damals bei der Trennung hatte ich ihr versprochen immer für sie erreichbar zu sein. Zumal sie auch krank ist. Es war ja eigentlich mein Hund, und aufgrund meiner beruflichen Situation hätte ich ihn niemals allein halten können. Das verstehst du doch? Hast ja selbst einen Hund, Pepe ne? So heißt er doch und nun auch noch eine Katze dazu?"

„Ja, okay… und was machen wir jetzt mit deinem Handy?"

„Ich hole es gleich ab, habe mir gerade mal ein anderes Handy geliehen, um nach meinem zu forschen. Ich bin froh, dass ich es bei dir hab liegen lassen. Ich dachte schon, es wäre mir beim Einsteigen ins Auto vielleicht auf die Straße gefallen. Ich könnte in einer Viertelstunde bei dir sein. Bist du dann zu Hause?

„Ja,… klar, bin ich, die Kinder kommen ja auch gleich. Ich kann uns schon mal einen Kaffee machen.“

„Nee, danke, lass mal… ich muss ja gleich noch zum Hund und meiner Frau Medikamente bringen. Dann habe ich auch noch einen anderen Termin heute, ist echt viel los, entschuldige. Ein anderes Mal gern.“

„Ja, dann tschüss bis gleich, Kai.“

Ob sich ihre Stimme so unverbindlich angehört hat, wie sie es sich vorgenommen hatte? Was hatte er denn für einen Termin? Besucht er andere Frauen? Eine Viertelstunde? Das war nicht viel Zeit, um in einem fremden Handy zu stöbern.

Sie klickte auf die Kalender App und bei dem heutigen Datum stand „Hund“ und am Nachmittag „Marielle“, leider ohne Adresse. Also doch andere

Frauen, die er neben ihr besuchte. Sie scrollte weiter hoch, „Lydia", „Kirsten" und weitere Vornamen von anderen Frauen. Ärger ballte sich in ihrem Magen zusammen. Wenn sie auf die AdressenApp tippte, da wimmelte es nur so von weiblichen Namen.

Aber sie hatte jetzt keine Zeit zu gucken, wie Marielle mit Nachnamen hieß, und wo sie wohnte. Sie klickte auf die FotoApp. Jetzt scrollte sie die Fotos durch. Darunter waren Bilder von einem blonden Retriever, der sehr niedlich aussah. Das waren vielleicht die Fotos von seinem Hund.

Und Bilder von den beiden Frauenleichen. Die braucht er ja sicherlich beruflich.

Frau Auguste war darauf fast nicht wiederzukennen. Wo mal die Augen waren, waren nur schwarze Höhlen zu sehen, und auch sie waren mit Fliegen übersät. Insbesondere am Hals, den ein Strich zu teilen schien. Dann auch Fotos von der toten Lena. Der Geruch, der ihr damals in ihrer Wohnung in die Nase gestiegen war, war wieder da und griff so um sich, dass sie das Handy weiter weghalten musste, als würde es dadurch besser werden.

Sie scrollte weiter und sah Fotos von Lena beim Einkaufen oder bei Spaziergängen im Wald. Okay,… Kai hatte sie vor ihrem Tod persönlich getroffen…. Enttäuschung und Wut darüber, dass er ihr nicht die ganze Wahrheit gesagt hatte, wollten sich gerade in ihr breit machen, als sie das nächste Foto entdeckte:

Es zeigte Frau Auguste hinter einer ihrer beleuchteten und leicht transparenten Skulpturen. Sie stützte sich scheinbar auf ihren Unterarmen auf, die auf dem oberen Rand ihrer Skulptur lagen. Sie tat sicherlich nur so, denn dafür war die lichtdurchscheinende Skulptur wahrscheinlich nicht stabil genug. Dahinter malte sich ihre schattenhafte Silhouette ab, die offenbar ihren nackten Körper darstellte. Am Fußständer des Kunstwerks ihre nackten Füße, die nahelegten, dass sie wirklich nackt hinter ihrem Kunstwerk stand. Ein sehr erotisches, aber auch intimes Foto.

Wie kam das in Kais Handy? Es konnte von keiner Werbeaktion oder Ausstellung stammen! Das wusste sie. Denn sie hatte immer alle Einladungen zu ihren Events bekommen, da Frau Auguste sie in ihren Verteiler aufgenommen hatte, als sie den kleinen Anhänger gekauft hatte. Darin war sie sehr gewissenhaft gewesen.

Entweder sie selbst hatte von sich ein Selfie geschossen, und es dann an ihn und andere ausgewählte Menschen versandt. Oder es könnte auch sein, dass er es persönlich von ihr gemacht hatte?

So oder so… er hatte sie vor ihrem Tod gekannt und offensichtlich sogar ganz gut!

Beide Frauen, die getötet worden sind, sahen sich relativ ähnlich. Relativ schlanke Figur, mittellange und braune Haare, leichte Bräune und ungefähr 45 Jahre alt. Kannten sich die Frauen eventuell sogar untereinander? Vielleicht sogar über die Netzwerke? Doch sie wohnten ja weit auseinander. Eine Stunde Fahrt lag sicherlich dazwischen. Doch warum hatte er ihr nichts davon gesagt, dass er die Frauen gekannt hatte? Wie musste das für jemanden sein, jemanden zu kennen und nachher seinen Todeszeitpunkt bestimmen zu müssen?

17. Kapitel

„Guten Morgen, mein Schatz! Hast du gut geschlafen?“

Manuel schaute sie mit seinen Augen groß an und zog ihr dabei die Decke weg. Dabei wusste er doch, dass sie es hasste, wenn er das tat. Plötzliche Kälte und dieses Spiel ´seins, was eigentlich meins ist´´, ärgerten sie immer wieder. Warum auch immer, sie mochte es einfach nicht. Er wusste das auch!

„Nein, hab´ ich nicht und das Aufwachen ist umso schlimmer, je kälter es morgens ist.“ Antwortete sie im scharfen Tonfall. Dabei nutzte sie jetzt die Chance aufzustehen. „Was machst du denn noch hier, ich dachte, du wärst schon zur Arbeit gefahren?“

„Nein, bin ich nicht, wie du ja siehst.“

„Bist du krank?“

„Nein, aber offenbar hast du mir letztens gar nicht richtig zugehört. Ich habe heute einen Zahnarzttermin, und deswegen muss ich später zur Arbeit fahren. Du weißt doch, dass mir eine Füllung rausgefallen war. Jetzt frühstücken wir zusammen. Zumindest versuche ich so gut, wie es geht, etwas zu essen. Dann fahre ich zum Zahnarzt, und danach von dort aus zur Arbeit.“

„Ah so, entschuldige, hatte ich vergessen.“ Dabei überlegte sie angestrengt, wann er ihr das erzählt haben könnte, doch es fiel ihr nicht ein.

Die Kinder waren schon unterwegs und beide setzten sich auf die Terrasse in die Sonne, tranken Kaffee und lauschten dem Vogelgezwitscher. Denn es war ein außergewöhnlich warmer Tag, im Frühjahr. Dabei beteuerten sie, wie gut sie es doch hatten, in einem so schönen Garten sitzen zu können.

„Hör mal, ist das ein Telefon oder das Tschilpen eines Vogels?“

„Ich denke ein Vogel, immer mehr Vögel, die sich auch in Städten aufhalten, werden durch den Lärm um sie herum nicht nur lauter, sondern sie ahmen auch manche Geräusche nach. Darüber habe ich letztens erst einen Artikel für unsere Zeitschrift geschrieben.“

„Ah,… interessant, das wusste ich gar nicht. Und woran arbeitest du jetzt gerade?“

„Interessiert es dich wirklich?“

„Ja… tut mir leid, wenn wir lange keine Zeit füreinander hatten, in der nur wir beide uns mal unterhalten.“

Ja,… wie immer, denke ich. Selbst wenn wir zu Hause waren, stand die Arbeit, insbesondere seine Arbeit im Mittelpunkt, oder es ging um die Kinder.

„Ja… ich habe einen Artikel über das Ghosting geschrieben. Das ist…“

„Ja, kenn ich, hat mein Kollege mir ʿvon erzählt. Ist so, wenn man sich gar nicht mehr meldet. Sogar nach mehreren Jahren einfach abtaucht und nicht erklärt, warum man sich vom anderen getrennt hat. Einfach so, als wär´ jemand plötzlich verstorben oder verschwunden, ohne dass man erfährt, was passiert ist.

Ist dem Kollegen so gegangen. Fünf Jahre war er mit seiner Lebensgefährtin zusammen und dann hat sie ihre Sachen gepackt, als er nicht zu Hause war, und ist ohne eine weitere Erklärung einfach ausgezogen. Als er nach Hause kam, war sie einfach weg, mitsamt ihrem Zeug, ohne einen Brief oder sonst irgendetwas. Seitdem hat sie auch nichts mehr von sich hören lassen. Er dachte erst, sie wäre entführt worden und nun würde er erpresst werden. Er hatte richtig Angst um sie. Aber eine Vermisstenanzeige wollte er auch nicht aufgeben, denn vielleicht war sie ja in etwas verwickelt, Illegales. Oder sie hatte etwas zu verbergen, und war deswegen einfach verschwunden. Aber nein, sie hatte einfach keinen Bock mehr auf ihn. Das hatte eine gemeinsame Bekannte, die er zufällig getroffen hatte, ihm erzählt.“

„Ja...“

„Und nun? Woran schreibst du momentan?"

„Ja… über Fliegen, also Insekten, weißt du? Ich habe da einen Mann kennengelernt, der sich damit gut auskennt."

„Wie meinst du das?"

Sonja erzählte ihm von dem Mord an Lena Müller, die erstochen worden ist. Schließlich kriegte er im Intranet nur die Fakten bei der Polizei mit, wenn er danach suchte. Aber als Verkehrspolizist hatte ihn ja überwiegend alles rund um den Straßenverkehr zu interessieren. Sie erwähnte Lena Müllers Namen bewusst nicht. Das hätte nur unnötig Fragen aufgeworfen. Als sie ihm von dem Pathologen, dem Fliegenmann, erzählte, zog er die Augenbrauen hoch, schaute sie aber weiterhin interessiert an.

Das gemeinsame Essen mit Kai sparte sie in ihren Darlegungen aus. Sie berichtete ihm auch von dem anderen Todesfall, von Frau Auguste, die er auch aus ihren Erzählungen vom Tag der offenen Tür bei der Künstlerin kannte. Anschließend erklärte sie ihm, was es mit den Fliegen auf sich hatte, und wie man ungefähr die Todeszeit mit Hilfe der Fliegen und Maden erschließen konnte.

„Für die Bestimmung des Todeszeitpunktes muss man schon eine genaue Kenntnis über die Insekten insbesondere die Fliegen haben, wenn man eine zeitaufwendige DNA Analyse vermeiden will."

Der Gedanke, dass sie ihm davon erzählen wollte, wie beeindruckend sie Kai fand, und dass sie ein wenig Sex hatten, kämpfte sich aus ihrer Magengrube hoch und blieb ihr in der Kehle stecken.

Ja, sie hatte gegenüber Manuel ein schlechtes Gewissen. Aber zählte das eigentlich, wenn man miteinander schmuste, und beide letztlich nicht zum Höhepunkt gekommen waren? War sie fremdgegangen oder fing es schon mit dem Gedanken an jemanden anderen an? Auf jeden Fall hatte sich das kleine Event mit Kai am Kochabend nicht gelohnt, um dafür ihre Ehe aufs Spiel zu setzen. Nein, sie musste es ihm nicht erzählen. Es würde alles zwischen ihnen zerstören. Und wofür? Sie versuchte die Gedanken zur Seite zu schieben und sich auf ihren Vortrag über die Fliegen für Manuel zu konzentrieren.

Manuel hörte interessiert zu. Inzwischen hatte er sich zurückgelehnt und seine Arme über dem Bauch verschränkt.

„Okay… Sonja, ich finde das Thema wirklich
faszinierend. Zumal es ja nach deinen Aussagen
immer und überall Fliegen gibt. Ich habe nie darüber
nachgedacht, dass eine Wohnung an sich eigentlich
nie so sauber zu halten ist, dass da nach einer
längeren Zeit keine Insekten in einer Wohnung sind.
Doch weißt du, was ich seltsam finde?"

„Nein… was meinst du?"

„Dass deine Augen bei der Erzählung so leuchten. Ich
denke, das liegt nicht an dem Thema. Denn das ist ja,
wenn man es genau betrachtet eher ekelig. Es ist dein
Blick, wenn du von diesem Kai Ohnesorg erzählst. Du
magst ihn. Vielleicht magst du ihn mehr als mir lieb
ist?"

„Ja… wen jetzt? Du meinst den Fliegenmann? Ja, das
stimmt. Er ist nett!"

„Ist er mehr als nett?"

„Äh… nein. Möchtest du noch einen Kaffee?"

„Nein… Schatz, ich muss gleich los, aber bitte pass auf dich auf. Es gab noch einen dritten Todesfall. Das habe ich aus dem Intranet erfahren. Ich darf dir davon eigentlich nichts erzählen, weil die Ermittlungen ja noch in vollem Gange sind. Aber die Frau, Lydia Schulz, war eine alleinlebende Pflegerin, die in Bochum im Tierpark in einem Geräteschuppen gefunden worden ist. Du siehst diesen drei Frauen übrigens ein wenig ähnlich, wenn ich dich so betrachte.“

„Ach Manuel, wer sollte mich denn umbringen wollen und warum auch?“

„Ich weiß nicht, du lernst ja viele Menschen kennen, schon allein durch deinen Beruf. Ich möchte dich nur bitten, auf dich acht zu geben. Mancher Schein trügt!“

„Ja… das hat meine Oma auch immer gesagt, ich erinnere mich. Na ja, was ich von dem Fliegenmann kennengelernt habe, ist nett, aber mehr auch nicht. Er kann ja auch mal zu uns kommen, dann kannst du ihn kennenlernen. Du musst dir keine Sorgen um mich machen. Ich räum´ schon mal den Tisch ab, ja?“

„Ja… mach nur. Ich breche dann jetzt auf, damit ich
es noch rechtzeitig zum Zahnarzt schaffe. Wir sehen
uns dann heute Abend. Übrigens vermutet man, dass
der Mörder chemische Kenntnisse hat. Er hat die Frau
im Tierpark mit Chloroform umgebracht.“

„Ach… das ist möglich? Ich dachte, dass sei nur ein
Betäubungsmittel.“

„Lies es im Netz nach, du hast ja Zeit dafür, bis später
mein Schatz.“

Ich winke ihm noch aus dem Küchenfenster zum
Abschied zu, aber in mir brennt bereits die
Neugierde, über den neuen Fall zu lesen.

18. Kapitel

Manuel war gerade weggefahren. Sonja hatte die Lebensmittel in den Kühlschrank geräumt, die der Kühlung bedurften. Das war wieder an ihr hängengeblieben. Obwohl sie sich fest vorgenommen hatte, ihm auch seinen Anteil im Haushalt zu lassen. Das Geschirr sollte nach dem Abspülen in der Küche an der Luft trocknen. Sie hatte anderes im Sinn. Denn nun setzte sie sich sofort an ihren Laptop. Manuel hatte als Polizist nicht nur die Möglichkeiten alle offiziellen Nachrichten zu lesen, sondern auch die Chance die polizeiinternen Informationen zu studieren. Doch auf die hatte sie keinen Zugriff. In den Apps von den Tageszeitungen fand sie nach etwa zwei Stunden überall die ähnlichen Informationen:

Alleinstehende Frau, 47 Jahre alt, Pflegerin in einem Bochumer Seniorenheim arbeitend, namens Lydia Schulz wurde in einem kleinen Raum im Tiergarten in Bochum gefunden. Nähere Umstände dürfen nicht bekannt gegeben werden, um die Ermittlungen nicht zu gefährden.

Von Chloroform war nichts zu lesen. Das musste also zu den internen Informationen der Polizei gehören. Im Netz fand sie alles zu Chloroform. Zum Teil war es so mit Fachbegriffen und chemischen Formeln gespickt, dass sie Schwierigkeiten hatte, den Text zu verstehen. Wenn man ein eingeschriebener

Chemiestudent an einer Uni war, konnte man Chloroform auch als flüssige Substanz im Netz oder sogar in der Apotheke bekommen.

Okay, einschreiben konnte sich irgendwie jeder, denn niemand würde die mittlerweile eingescannten Zeugnisse auf ihre Echtheit überprüfen. Chloroform wirkt narkotisch, aber in größeren Mengen ist es tödlich. Es führt zur Atemlähmung und anschließend zu multiplem Organversagen.

Mein Handy machte sich in meiner Tasche mit einem Plington bemerkbar.

„Hast du Lust und Zeit, einen Ausflug mit mir zu machen?"

„Ja, gern Daniel… Lass uns in den Bochumer Tierpark gehen. Da war ich schon lange nicht mehr. Wir können uns da um 15:00 Uhr treffen."

Eigentlich freute Sonja sich ein bisschen, dass er sich wieder gemeldet hatte. Sie war gespannt, wie der Ausflug mit ihm zusammen werden würde."

„Okay… bis gleich."

Sonja zog ihre weiße enge Jeans und ein frisches T-Shirt an. Ein bisschen Make-up frischte ihren Teint auf. Dann wirbelte sie vor dem Spiegel im Flur einmal herum und bis ihr gefiel, was sie sah. Leise summte sie ein Lied vor sich hin, und als sie im Auto saß, fiel ihr da erst auf, dass sie „Over the Rainbow" von Barbra Streisand zu singen versucht hatte. Dabei traf sie die Töne leider nicht ganz. Aber im Auto musste sie ja auf niemanden Rücksicht nehmen. Sie genoss dieses Gefühl, das sie jedoch jäh unterbrechen musste, als sie zwischen dem Augusta Krankenhaus und dem Tierpark schnell einen Parkplatz fand.

Als sie über das alte Kopfsteinpflaster ging, war sie froh, dass sie nicht ihre hohen Schuhe, sondern ihre weißen Sneakers angezogen hatte. Als sie ihren Blick von ihren Schuhen auf den Eingang des Tierparks richtete, sah sie Daniel schon vor dem Eingang stehen. Es sah erst so aus, als wolle er sie umarmen, aber als sie den Blick wieder auf ihre Schuhe richtete, nahm er die Arme wieder runter. Eine Umarmung zur Begrüßung blieb aus.

Ich habe ihn wohl mit meinem abweisenden Blick entmutigt, aber ich finde, dass er sich mir gegenüber mehr Mühe geben sollte.

„Ich bin überrascht, dass du so spontan Zeit hast, aber ich freu' mich sehr darüber, etwas mit dir zu unternehmen. Dass du den Tierpark vorschlägst, hat

mich dann doch erstaunt. Eigentlich ist der doch nur
etwas für Eltern mit kleinen Kindern, oder?"

„Ja, das war früher so, aber sie haben ja renoviert
und den kleinen Zoo sehr schön angelegt und
bepflanzt. Außerdem gibt es da jetzt auch ein kleines
Café. Selbst nennen die Mitarbeiter des Tierparks das
Café „Kiosk". Ja, klar sind hier viele Familien. Wenn
da ein paar Kinder rumtoben, dann stört das doch
nicht, oder willst´e woanders hin?"

„Nein lass uns ruhig hier rein gehen. Ich bin gespannt.
Ich war da noch nie."

Daniel bezahlte für sie beide, was Sonja doch jetzt
galant fand. Sie gingen durch das neu errichtete
gläserne Foyer. Dann kamen sie wieder raus und
schlenderten auf das Aquarium Haus zu. Aber der
Eingang war durch ein zwei Meter hohes Netz
versperrt. Sicher wünschten sie sich größere
Besucherströme, die sie durch den Park leiten
wollten, aber es schien ziemlich leer zu sein.

Sie folgten den Pfeilen, die auf dem Boden abgebildet
waren und blieben vor einem Taubenhaus stehen.
Weiße Tauben turtelten miteinander, und gleichzeitig
schauten sie, ohne zu sprechen, dem Spiel der

Tauben zu. Die Paarungsversuche der Vögel brachten sie zum Lachen. Als sie sich gegenseitig zunickten, nahmen sie das zum Anlass und gingen weiter. Sonja suchte nach einem Gehege, in dem sie mal früher einen Braunbären gesehen hatte. Er war damals der Tierparkstar. Ein quirliges Kerlchen, den alle Besucher mochten. Obwohl sein Gehege natürlich viel zu klein war.

Dann fiel ihr ein, dass er vor einigen Jahren verstorben war. Man hatte ihn ausgestopft und dem Ruhr Museum zur Verfügung gestellt. Sie hatte es verdrängt, denn das Ausstopfen von Tieren fand sie genauso unästhetisch und makaber wie das Plastinieren von toten Menschen für Ausstellungen.

Daniel las ihr die Informationen vor, die auf der Tafel vor dem Geier Gehege standen. Sie waren sich einig, dass das Gehege viel zu klein für diese großen Vögel war. Man hätte den ganzen Tierpark mit einem Netz überspannen müssen, damit die Vögel wenigstens mal ein wenig fliegen könnten. Die Tiere hatten mit den Menschen mehr gemeinsam als es von außen so scheint.

Aber ich tue so, als wären die Infos, die Daniel mir von den Tafeln am Wegesrand vorliest, neu für mich. Während er weiter das Wissen zu den Tieren laut vorträgt, drehe ich mich um und suche nach etwas Auffälligem. Aber ich sehe nichts, bis jetzt gibt es keinen Hinweis auf den Mord.

Sie gingen erst mal weiter zu den Seehunden. Diese Tiere hatten ein neues Becken bekommen. Die Pflanzen darin waren spärlich und vermutlich aus Kunststoff. Durch große Scheiben konnte man sehen, wie sich drei Seehunde und zwei Pinguine mit dem kleinen Schwimmfeld begnügen mussten. Die zwei Seehunde spielten miteinander als seien sie in Paarungsstimmung. Sie umkreisten sich, und der eine Seehund schwamm auf den Rücken des anderen. Er schwamm mit seinen Flossen unter die Flossen des anderen Seehundes und schob die Schwimmpartnerin um die eigene Achse drehend nach oben an die Wasseroberfläche. So als würde er sie auf Händen tragen wollen, wenn das Tier ein Mensch wäre. Die wenigen Gäste im Park, die vor den Fenstern standen, klatschten begeistert.

Wahrscheinlich wünschten sich das alle, von dem richtigen Partner so durchs Leben getragen zu werden. Ach, wäre das jetzt schön, wenn Manuel mit mir jetzt hier wäre, aber er hatte ja keine Zeit für solche Ausflüge.

Doch Daniel strich über ihre Hand und es wirkte für diesen Moment so, als wolle er sie gern halten. Doch ihr war gar nicht danach, und sie verschränkte ihre Arme vor sich und zog ihre Hände bis unter ihre Achseln. Denn es war für sie nicht die richtige Hand.

„Wir sind doch Freunde oder Daniel?"

„Ja, sind wir."

„Freunde machen aber so etwas nicht.“

„Nimm´s mir nicht übel, bitte. Ich konnte nicht widerstehen es zu versuchen, dich zu berühren. Mir war so danach.“

„Ja, aber du kannst doch nicht immer Dinge machen, wonach dir gerade so ist.“

„Wieso eigentlich nicht? Ich hab´ es ja nicht böse gemeint.“

„Ja, trotzdem, machst du das auch bei anderen Frauen? Sie einfach berühren? Das triggert dich und die Frauen auch. Das ist doch letztendlich das, was dazu geführt hat, dass du fremdgegangen bist!“

„Ja, vielleicht, ist ja schon gut, ich mach es bei dir nicht mehr. Dafür ist mir unsere Freundschaft zu wichtig, als dass sie daran eventuell zerbricht.“

„Ja, okay Daniel. Aber was ist mit all den anderen Frauen.“

„Was meinst du denn jetzt?“

„Na ja, die Frauen, die deinem Account folgen und dir im Netz alles Mögliche senden. Fotos von sich, von ihren Hobbys oder von ihrer Unterwäsche?“

„Ach, stalkst du mich etwa im Netz?“

„Nein, Freunde passen eben aufeinander auf."

„Ja klar, wenn du meinst. Da ist nichts, keine Beziehung, nur oberflächliches Schreiben. Aber schön ist es trotzdem. Ich fühle mich dann nicht allein. Es sind auch echt nette Frauen."

„Ja nur Frauen, oder? Wenn mal ein Mann dabei ist, dann erscheint er mir schwul zu sein. Warum sind es überwiegend Frauen, mit denen du schreibst?"

„Ich habe mich immer schon besser mit Frauen verstanden. Sie faszinieren mich. Es sind übrigens nicht nur Frauen, wie du schon richtig bemerkt hast."

„Das ist ja auch schön, wenn du ein positives Bild von Frauen hast. Trotzdem finde ich es seltsam, dass du ca. 1000 Follower hast, die überwiegend Frauen sind. Bei mir ist es halbe - halbe. Triffst du dich auch mit ihnen? Wer sind die überhaupt?"

„Du willst aber auch alles wissen, ja? Ja, ich treffe mich mit einigen. Sie laden mich häufig zu sich ein und ich verbinde das in der Woche mit einer Kaffeepause oder am Wochenende mit einem kleinen Kurzurlaub. Das weißt du doch."

„Das ist auf die Dauer doch sehr teuer, oder?

„Mir tut die Abwechslung richtig gut. Meine Frau hat mich bei der Scheidung ziemlich über den Tisch gezogen. Ich muss alles zahlen, einen Teil ihrer Rente, den Unterhalt für die Kinder und das Haus durfte sie behalten. Ich hab´ nur noch ein paar Möbelstücke. Guck nicht so, ich wollte es nicht anders. Ich hatte zwar nicht mit diesen Konsequenzen gerechnet, aber es ist schon okay so. Ich habe einen Fehler gemacht und dafür muss ich geradestehen. Sie war so wie du. Du erinnerst mich in vielen Dingen an sie und deswegen bin ich vielleicht so gern mit dir zusammen.“

Ein kleiner Zweifel an der Wahrheit, was die vielen anderen Frauen Daniels anging, blieb trotz allem, aber sie versuchte ihre Neugier zu zügeln.

„Sollen wir jetzt schon ins Aquarium gehen, oder erst später?“, fragte er.

„Och nö… lass uns ruhig jetzt schon gehen. Die Sonne versteckt sich gerade hinter den Wolken. Vielleicht scheint sie wieder, wenn wir dann mit den Fischen durch sind.“

„Wie du meinst, aber es soll nachher regnen.“

„Ja trotzdem!“ Ich zog ihn an seinem Ärmel ins Aquarium und je tiefer sie in das Bauwerk gingen, desto dunkler wurde es. Nur die Aquarien selbst waren beleuchtet und gaben das Licht in den Flur ab. Wie die Augen von Monstern schauten sie einen aus der Dunkelheit an. So wurde der Blick der Besucher gleich auf die bunten Fische in den Becken gelenkt.

Sie staunten über die Unterwasserpflanzen und die anderen Fische. Doch diesmal ging sie mit anderen Augen durch das Aquarium als früher und suchte nach Anzeichen, die auf den Mord hinwiesen. Doch davon erzählte sie Daniel nichts. Daniel griff jetzt wieder ihre Hand.

„Du wirkst, als würdest du etwas suchen. Aber komm, ich muss jetzt mal raus hier. Mir ist das hier zu düster. Lass uns jetzt einen Kaffee trinken gehen.“

Sie versuchte einen Moment seine Hand an ihrer auszuhalten, aber dann streifte sie seine Hand mit einem entschuldigenden Blick doch ab.

Ja, sie suchte nach Anzeichen des Mordes, aber sie fand nichts und sah auch nicht ein, ihm ihr Vorhaben mitzuteilen.

Sie ließ sich von ihm zum Ausgang des Aquariums drängen, auch wenn sie im Augenwinkel beim Hinausgehen doch etwas Ungewöhnliches sah. Draußen sahen sie die aufgereihten Bierbänke, die wohl heute vergeblich auf einen großen Besucheransturm warteten.

Sie setzen sich, und stellten dann nach einiger Zeit des vergeblichen Wartens auf eine Bedienung fest, dass Selbstbedienung war.

„Jetzt lad´ ich dich ein." An der Kasse des Kiosks steht eine etwas ältere blonde Frau mit einem Namensschild auf ihrem Kittel. „Lydia"

Während sie auf das Schild schaute, sah sie innerlich den Namen „Lydia" auf dem Display des Kalenders von Kai. Da hatte dieser Name auch gestanden. Und Lydia Schulz hieß auch das Opfer, das an Chloroform verstorben war. War doch merkwürdig, wie viele Lydias es auf einmal gab?

„Du Daniel, ich meine, dass ich im Aquariumshaus eine Damentoilette gesehen habe. Ich komm´ gleich wieder, okay?"

„Ja, mach nur, was sein muss, muss sein. Deswegen hast du dich vorhin so suchend umgeschaut. Wenn du magst, kannst du deine Handtasche hierlassen, ich passe auf sie auf."

„Danke, das ist sehr aufmerksam von dir, aber auf meine Handtasche kann ich nicht verzichten, noch nicht mal, wenn ich zur Toilette gehe!" Dabei lachte sie, weil es eigentlich nicht stimmte. Sie war nur praktisch für sie, weil sie wusste, dass darin ihr Handy gut aufgehoben war.

Ich stand auf und tat so, als würde sie möglichst gleichgültig wieder ins Aquarium - Gebäude zurückgehen. Doch ihr Herz schlug in einem zunehmenden Rhythmus, wie eine Lokomotive, die immer mehr an Geschwindigkeit zunahm.

Hatte sie sich getäuscht oder war da doch etwas gewesen, was sie beinahe übersehen hätte? Ja, dort in einem kleinen Stichgang bei den Schlangen war eine Tür, auf der WC stand. Darauf war ein Schild angebracht, dass diese Toilette nicht zu benutzen sei. Die Tür war mit einem rot-weißen Flatterband verklebt. Ein silber blaues Siegel prangte zwischen Tür und Zarge.

Sollte ich das Siegel aufbrechen? Was könnte hinter dieser Tür sein? War das die Abstellkammer, in der Lydia Schulz umgebracht worden ist? Mit meiner kleinen Nagelschere aus der Handtasche könnte ich das Siegel einfach auftrennen. Ja klar, ist es nicht erlaubt, aber was passiert, wenn ich es einfach tue? Vielleicht kann ich es sogar danach wieder zu zusammenfügen, sodass man es gar nicht sieht? Wann habe ich noch einmal diese Chance, den möglichen Tatort zu sehen?

Mit der Nagelschere trennte sie vorsichtig das Siegel auf, auch die anderen Klebestreifen, schnitt sie so durch, dass sie sie nachher sicherlich mit Tesafilm unterlegen und gut wieder zusammenfügen könnte. Sie schaute auf die Uhr, aber viel Zeit war noch nicht vergangen. Dennoch musste sie sich beeilen. Sie spürte, wie sie ein wenig ins Schwitzen geriet. Dann steckte sie die Schere weg und versuchte die Tür aufzudrücken. Erst vorsichtig, doch dann fester.

Klar, sie ist verschlossen, wie hätte es auch anders sein können? Was soll ich nun machen? Einfach aufgeben? Nein, in den Filmen öffnen sie die Türen immer mit Kreditkarten.

Sie zog eine nach der anderen aus dem Portemonnaie und versuchte sie damit zu öffnen. Wenn sie eine Karte zwischen Tür und Rahmen stecken konnte, dann konnte sie diese nicht nach unten durchs Schloss ziehen. Eine Karte brach sogar ab. Die Zeit floss dahin. Sie wurde immer nervöser. Ihre Handinnenflächen wurden feucht. Sie rutschte bei dem letzten Versuch sogar von der Karte ab. Viel zu laut für ihr Gehör, fiel sie auf den Boden. Schnell schaute sie sich um, hob sie auf, aber keiner hatte sie bis jetzt gesehen. Hoffentlich ließ Daniel ihr noch Zeit und begann nicht damit, sie zu suchen. Ein paar Kinder rannten vorbei, aber sie guckten nur in die Aquarien und nicht in ihre Richtung.

Sie griff in ihre Haare und fühlte eine Haarklammer, die sie sich heute morgen noch in die Frisur gesteckt hatte, um eine widerspenstige Locke zu bändigen. Sie zog die Klammer auseinander, wie sie es einmal in einem Krimi gesehen hatte. Jetzt hatte sie einen langen Metalldraht. Die kleinen Plastiktropfen an den Enden des Drahtes von der Haarklammer biss sie mit ihren Vorderzähnen ab und spuckte sie aus. Dann steckte sie die Haarnadel ungefähr einen Zentimeter tief ins Sicherheitsschloss. Jetzt ein wenig nach rechts, danach nach vorne gedrückt. Sie fühlte die Widerstände. Dann ein bisschen nach links gebogen und weiter ins Schloss reingeschoben. Sie spürte, wie sich die Pins in der Verriegelung einer nach dem anderen lösten. Ein Hochgefühl bahnte sich mit jeder Bewegung nach vorn einen Weg in ihr. Der Zylinder ließ sich drehen und mit ein bisschen Druck am Knauf, ging die Tür auf.

Sie freute sich, es geschafft zu haben. Doch ihr Atem blieb stehen. Eine Schwärze tat sich vor ihren Augen auf, die sie ins Innere des Raumes zog. Mit ihrer Hand tastete sie links an der Wand entlang, um einen Lichtschalter zu finden. Aber sie fühlte keinen. Ihre Augen konnten auch keinen sehen. Sie mussten sich erst mal an die Dunkelheit gewöhnen. Umrisse von Regalen, Paketen und Säcken, ein Toilettentopf ohne

Brille und Deckel und ein kleines Waschbecken, konnte sie schließlich erkennen. Offenbar war es ein WC, das zu einer Abstellkammer umfunktioniert worden ist.

Um die Details besser sehen zu können, ging sie weiter in den Raum rein. Doch sie konnte nichts Auffälliges ausmachen. Keine Zeichnung von einer Leiche auf dem Boden oder irgendwelche anderen Anzeichen, die auf den Mord an einer Lydia Schulz hinweisen konnten. Um noch so lange wie möglich in den Raum zu gucken, in der Hoffnung doch noch einen Hinweis zu finden, versuchte sie, rückwärts aus dem Raum zu gehen. Doch bevor sie ganz aus dem Raum heraus war, fiel die Tür hinter ihr zu.

Schwarz, alles war finster um sie herum. Sie sah gar nichts mehr. Sie versuchte, sich nicht von der Stelle zu bewegen, weil sie dachte, dass sie sonst völlig die Orientierung verlieren könnte.

„Hey…? Aufmachen!", hörte sie ihre Stimme, die sich vor Aufregung überschlug.

Sie räusperte sich und versuchte sich auf die Klarheit ihrer Stimme zu konzentrieren. Wieder schrie sie, aber jetzt wurde ein Teil des Rufes noch leiser als beabsichtigt und ihre Kehle fühlte sich verengt und trocken an. Sie konzentrierte sich auf die Lautstärke ihres Rufes. Jetzt klappte das Rufen besser, aber nichts passierte. Sie lauschte. Doch nichts, es waren keine Geräusche zu hören.

War die Tür einfach hinter mir ins Schloss gefallen? Oder hatte jemand die Tür hinter mir geschlossen? Vielleicht sogar unabsichtlich, weil es denjenigen gestört hatte, dass die Tür offenstand? Oder doch absichtlich? Wenn ja wer? War es Daniel sogar? Er war der Einzige, den ich hier heute kannte. Er war mir vielleicht nachgegangen, weil er mich vermisst hatte, und hatte mich dann in der ursprünglich versiegelten Besenkammer gesehen und die Tür geschlossen? Aber hätte ich nicht seine Schritte oder die eines anderen hinter mir hören müssen? War ich zu konzentriert auf das, was ich hier eigentlich finden wollte?

Ich suche nach irgendetwas, was auf den Tod dieser Frau Lydia Schulz hinweist. Vielleicht war es aber auch nur die Schwerkraft, die diese Tür hat zufallen lassen, weil ein Gefälle im Gebäude war? Oder war es ein Windzug gewesen, den ich nicht mitgekriegt hatte? Oder doch Daniel, aber wenn ja, dann warum?

Das Gedankenkarussel fing an, sich immer schneller in ihrem Kopf zu drehen. Um dem aufkommenden Schwindel entgegenzuwirken, versuchte sie sich einfach auf der Stelle hinzusetzen. Mit den Händen fühlte sie den Betonboden, bevor sie sich im Schneidersitz ganz auf den Boden setzte. Sie atmete tief ein und aus. Langsam spürte sie, wie sich ihr Atem und ihr Herzschlag wieder normalisierten.

Was nun? In ihrer Handtasche wühlte sie und versuchte ihr Handy zu ertasten. Der Gedanke an ihr

Handy ließ sie ganz ruhig werden. Sie würde einfach die Telefonnummer des Tierparks antippen und dann würden sie kommen und sie hier herausholen. Sicher bekäme sie etwas Ärger, weil sie hier in einen Raum eingebrochen war, den sie als Besucherin nicht hätte betreten dürfen, aber was sollte es? Schließlich ging es jetzt nur darum hier rauszukommen.

Sie fühlte Schlüssel, Lippenstifte, Tampons, Taschentuchpakete und da flach und kalt, das musste ihr Handy sein. Sie rief einfach Daniel mal an. Sicher wartet er noch draußen mit dem Kaffee auf sie und wunderte sich, warum sie nicht wiederkam. Zudem bliebe ihr Einbruch so unbemerkt. Nein, sie hatte keinen Empfang hier!

So ein Mist! Und jetzt?

Aber ihr Handy hatte eine Taschenlampe, mit der könnte sie sich hier mal umschauen. Vielleicht gab es ja noch einen anderen Ausgang? Doch die Leuchte im Handy verbrauchte zu viel Strom und ihr Akku zeigte nur noch fünf Prozent an. Sie schaltete die Taschenlampenfunktion wieder aus. Erst mal versuchte sie, mit ihrem Display zu leuchten. Metallregale, Toilettenpapier, Kunststoffflaschen in grellen Farben, ein Putzmittelwagen, dahinter war die vermutlich ehemals weiße Wand, vielleicht war es eine weiße Glasfasertapete. Sie war vor lauter Gegenständen, die davor stehen fast nicht zu sehen. Wahrscheinlich war die Wand zum Teil schimmelig von der Feuchtigkeit der Lappen, die noch an dem

Putzmittelwagen hingen. Für kurze Zeit würden ihr die Schimmelsporen sicher keinen Schaden in ihrer Lunge verursachen.

Hinter ihr war die Tür, durch die sie gekommen war. Sie hatte auch einen Sicherheitszylinder, aber Sonja hatte die Nadel nicht mehr. Vielleicht hatte sie sie fallen lassen? Oder sie steckte noch außen im Türschloss?

Ich weiß es nicht mehr. Ich versuche alle meine Handlungen im Kopf Revue passieren zu lassen, aber es hilft nichts.

Mit der anderen Hand fühlte sie in ihren Haaren. Nein, eine weitere Haarklammer konnte sie nicht finden. Ihr Magen krampfte sich zusammen. Das war die Panik, die in ihr aufstieg. Sie tastete mit ihren Händen über den Boden, aber ihre Haarnadel, die sie zum Öffnen der Tür benutzt hatte, war nicht zu fühlen. Nur Schmutz- und Staubpartikel, über die ihre Hände strichen.

Okay, so kam sie nicht weiter. Sie versuchte irgendwo mit ihren Händen halt zu finden. Vielleicht war es die Stange von einem Regal, die sie mit der rechten Hand erfassen konnte. Dann versuchte sie sich daran hochzuziehen. Die Stange gab jedoch unter ihrer Hand nach und drückte sich in ihre Hand hinein. In dem Moment registrierte sie die Geräusche rutschender Gegenstände auf Metall. Sie ließ augenblicklich los und wich zurück. Hinter ihr spürte sie eine Wand, an der sie sich zusammenkauerte und ihren Kopf mit ihren Händen bedeckte.

Die Geräusche waren ohrenbetäubend laut. Danach hörte sie nur noch das Vor- und Zurückrollen von Flaschen. Sie lauschte.

Dieser Lärm des umstürzenden Regals war auf jeden Fall lauter als ihr Rufen vorhin gewesen. Jemand musste das doch gehört haben!

Nichts, ich höre keine Reaktion, einfach nichts. Der Raum ist zu weit abgelegen.

Mit beiden Händen fühlte sie hinter sich. Es musste die Tür sein, an der sie lehnte. Die Oberfläche fühlte sich wärmer und anders an, als die Glasfaserwand.

Was hilft's, ich muss warten.

Übelkeit stieg in ihr hoch.

Was ist, wenn ich hier nicht mehr rauskomme? Wann würde mich jemand hier finden?

Um sich zu beruhigen, versuchte sie sich auf ihren Atem zu konzentrieren.

Was soll mir passieren? Okay, ich bin eingeschlossen, aber durch den unteren Türschlitz kommt genug Sauerstoff.

Irgendwo hörte sie ein Gluckern. Sie suchte nach ihrem Handy und ertastete es auf dem Boden. Immer wieder versuchte sie es an dem Knopf zu starten, aber es passierte nichts. Es blieb dunkel. Unter ihren Fingern fühlte es sich an, als wäre auch die Mattscheibe gebrochen. Ein Seufzer von ihr unterbrach kurz das Gluckergeräusch, das sie hörte. Sie musste ein wenig über sich selbst lachen. Und trotzdem kämpfte sie dabei mit ihren Tränen. Es kratzte in ihrem Hals. Irgendwie roch es nach Schwimmbad. Sie versuchte schöne Erinnerungen an Schwimmbäder in sich hervor zu rufen, damit sie ihr die Situation hier erträglicher machen könnten. Ihr Husten half gar nicht gegen das Kratzen im Hals, sondern schien ihn noch zu verstärken.

Wie konnte ich denken, dass ich alles immer im Griff zu haben meine, und mich selbst in so eine Situation bringen? Ausweglos, ich werde hier erst wieder rauskommen, wenn jemand etwas aus diesem Raum benötigt. Oder Daniel mich sucht? Manuel vielleicht auch, aber woher sollte er wissen, dass ich im Tierpark bin? Hoffentlich wird hier in dem kleinen Zoo nicht nur nach Bedarf geputzt, sondern jeden Tag. Dann wäre ich spätestens morgen wieder draußen.

Das unangenehme Gefühl im Hals konnte sie gar nicht weghusten. Nicht auszumalen, hier eine ganze Nacht oder mehrere Tage verbringen zu müssen. Der Gluckerlaut einer auslaufenden Flüssigkeit ließ langsam nach, doch ein in der Nase beißender Geruch hatte sich mittlerweile in dem kleinen Raum breitgemacht. Ihr wurde richtig schlecht. Sie hustete bis ihr schwindelig wurde. Gleich musste sie sich wahrscheinlich auch noch übergeben? Zudem fielen ihre Augen immer wieder zu. Sie versuchte, dagegen anzukämpfen und sich wach zu halten.

Was soll ich machen? Ich kann eh hier nicht raus. Dann kann ich auch schlafen. Sicher geht dann auch die Zeit für mich schneller um. Wozu sollte ich versuchen wach zu bleiben?

Ein klackendes Geräusch, das wohl von ihrem Handy stammte, als es aus ihrer Hand auf den Boden gerutscht war.

Ist egal,… ist ja sowieso leer oder sogar kaputt. Es hilft mir hier eh nicht. Alles ist kaputt… ich muss warten… nur schlafen,… einfach schlafen,…. will schlafen. Kann doch eh nichts ändern, … schlafen.

19. Kapitel

„Sonja… hey! Komm, Kleines… mach die Augen auf!
Los…!“

Wie aus weiter Ferne höre ich Geräusche. Eine
Stimme, sie kommt mir bekannt vor. Ich kenne sie.
Immer wieder ruft sie meinen Namen. Wieso Augen
aufmachen? Wer ist so unverschämt und will mich
wecken? Ich schlafe doch so gut. Es ist so schön. Mein
Körper liegt so schwer und entspannt, ein wohliges
Gefühl. Ich mag mich gar nicht rühren. Nie wieder
aufwachen, einfach weiter schlafen. Da schon wieder
dieser Ruf nach mir. Was soll das?

Sonja blinzelt und sieht in viele Gesichter.

„Mmmh,… Was? Wer seid ihr alle? Und warum weckt
ihr mich?“

„Mensch,… Sonja! Gott sei Dank bist du wach! Kannst
du aufstehen oder sollen wir dir helfen? Ein
Krankenwagen ist gleich da.“

„Nein, wieso Krankenwagen? Was mache ich
überhaupt hier?“

„Gut, dass wir den Notarzt gerufen haben. Sie sackt
schon wieder in sich zusammen,“ hörte sie noch die
ihr bekannte Stimme. Es ist Daniels Stimme, doch sie
wurde immer leiser. Wieder war Stille um sie herum.

Irgendetwas rüttelt unter mir. Ich versteh´ es nicht. Warum lassen sie mich nicht einfach weiterschlafen? Ich bin doch so müde. Meine Arme und Beine kann ich gar nicht bewegen. Wieso kann ich mich denn nicht rühren? Jetzt steigt die Angst in mir auf.

Wieder musste sie husten. Der Husten brannte in ihrer Brust und ihr ist kotzübel. Als sie ihre Augen wieder öffnete, hörte sie das Martinshorn um sich herum immer lauter werden. Gern hätte sie sich die Ohren zugehalten, aber ihre Hände wirkten wie festgebunden. Alles schwankte. Sie konnte nur ihre Finger bewegen. Wieder öffnete sie die Augen. Ein junger Mann lächelte sie an und nahm ihre Hand in seine.

Ich kenn´ ihn gar nicht. Er hat hellblaue Augen und sieht mich freundlich an.

„Keine Angst, wir fahren sie gerade ins Krankenhaus!"

„Nein, warum denn? Ich will da auf gar keinen Fall hin!"

„Sie haben sich gerade übergeben und sind danach bewusstlos geworden, da haben sie keine Entscheidungsmöglichkeit. Wir helfen ihnen wieder gesund zu werden. Es wird alles wieder gut."

Oh, wie sie diesen Spruch hasste. Er kam in ihrem Leben immer, wenn es völlig aussichtslos zu sein schien. Sein Daumen streichelte ihre Hand und irgendwie wirkte das beruhigend auf sie. Sie merkte, dass sich ihre Muskeln wieder entspannen wollten, obwohl ihr Husten dagegen ankämpfte. Doch das Schweregefühl ihres Körpers gewann allmählich wieder überhand und ließ sie doch wieder einschlafen.

Erneut weckte sie ihr Husten, und sie fand sich in einem weiß gestrichenen Raum wieder. Ihr Blick glitt über die kahle Fensterbank. Ein Windstoß bewegte die Baumwipfel, die sie unter dem Himmel sah. Mehr war nicht von dem zu erkennen, was offenbar draußen lag.

Ein immer gleiches Piepen lenkte ihren Blick zu einem Bildschirm neben ihr. Die grüne Kurve, die das Piepen begleitete, hüpfte in regelmäßigen Abständen auf und ab. Ein Kabel daraus führte zu ihrem Finger, der in einer Klemme steckte.

Was ist nur los? Warum liege ich im Krankenhaus?

Sie setzte sich auf und der piepsende Ton nahm augenblicklich kürzere Abstände ein. Dann ging es in einen langen Ton über, als sie die Klemme ganz von ihrem Finger abnahm.

Sie fühlte mit beiden Händen über ihre Haut an beiden Beinen und unter dem Engelshemdchen ihre Arme, Brüste, Bauch und Rücken ab. Alles schien in Ordnung zu sein, nichts gebrochen und alles noch dran.

Etwas mulmig ist mir noch im Magen. Im Hals verspüre ich immer noch dieses Kratzen, was irgendwie nicht weggehen will. Warum bin ich in einem Krankenhauszimmer?

Sie zog das Engelshemdchen aus und ging zum Schrank, um sich dort ihre Kleidung anzuziehen.

Die weiße Tür zu ihrem Zimmer sprang auf und zwei Schwestern und ein Arzt sprinteten rein. Sie blieben abrupt vor ihr stehen. Der Schreck fuhr ihr durch sämtliche Glieder:

„Was ist los?"

„Wir dachten, Sie? Na, ja… ihr Herzschlag auf dem Kontrollmonitor zeigte eine Flatline an. Ist ja gut, dass es ihnen gut geht. Was haben sie vor?"

Erst als die drei sie von oben bis unten musterten, merkte sie, dass sie gar nichts anhatte. Ihr stieg die Röte ins Gesicht.

Was soll's, sicher hatten sie mich schon nackt gesehen, sonst hätte ich ja nicht dieses

Krankenhaushemdchen angehabt. Mich mit meinen Händen zu bedecken, wäre jetzt lächerlich.

Sie atmete tief durch und versuchte sich auf ihre Stimmlage zu konzentrieren.

„Ich fahre nach Hause, vielleicht holt mich jemand ab, mein Mann, oder ich fahre mit einem Taxi. Ich weiß gar nicht, warum ich überhaupt in diesem Krankenzimmer bin.“

Der letzte Satz wurde durch ein Husten von ihr unterbrochen.

In der Zwischenzeit war eine der beiden Schwestern an ihr vorbei gegangen und kam auf sie zu, um ihr wieder dieses hässliche Hemdchen umzubinden.

„Also, jetzt lassen sie sich bitte helfen. Ich möchte ihnen nur das Hemdchen wieder anziehen. Danach gehen sie erst mal zurück in ihr Bettchen, und wir besprechen alles in Ruhe.“

„Nein, ich will dieses grausige Teil nicht wieder anziehen und lieber nach Hause," höre ich mich selbst sehr deutlich sagen.

„Okay, wie sie wollen." Dabei drehte sich der Arzt um, und machte Anstalten zu gehen.

„Halt! Nein." Sie griff nach ihrem Slip im Schrank und Kleidung.

Wieso hatte ich eigentlich keinen Slip an?

Kurz schaute sie den Arzt an und überlegte, ob sie ihn das fragen sollte, aber dachte dann, dass sie jetzt keine Lust auf eine Diskussion darüber hatte. Als sie die Anziehsachen fasste, fiel ihr alles wieder ein. Es war die gleiche Kleidung, die sie im Tierpark und Putzmittelraum anhatte. Alle Bilder flashten wieder in ihr auf.

Der Arzt schickte die Krankenschwestern mit einer Handbewegung raus, und stellte sich jetzt vor das Fenster hinter ihr Bett. Sie sah ihn nur von hinten. Er schaute raus.

Sie nutzte die Chance sich anzuziehen.

„Wie fühlen sie sich?"

Diese Frage fand ich schon immer bescheuert. Welches Gefühl ist mit dieser Frage eigentlich gemeint? Wie soll ich mich fühlen, wenn ich nackt, zum Glück an allen Stellen gründlich rasiert, aber völlig ungeschützt vor einem attraktiven, aber ganz fremden Mann im Krankenhaus stehe? Einer der Orte, die mir am unliebsamsten auf der Welt sind. Das seelische Empfinden, meine Wahrnehmung, die körperliche Konstitution oder meine Sensomotorik, was davon interessiert ihn? Ich verstehe diese Frage einfach nicht.

Sie versuchte, ihren Ärger darüber runter zu schlucken und knöpfte ihre Jeans zu.

„Warum bin ich hier, wieso hatte ich keinen Slip an, und wann kann ich nach Hause?"

Er drehte sich um und lächelte. Dabei fiel ihr auf, dass der braungebrannte Arzt in seinem Kittel wie ein Prinz aus den Märchen 1001 Nacht aussah. Obwohl sie ja keine Ärzte in weißen Kitteln mochte. Doch sie war froh, dass sie jetzt wenigstens eine Hose anhatte und nicht ganz ungeschützt vor ihm stand. Er schien einen Migrationshintergrund zu haben. Seine dunkelbraunen Augen glänzten und seine beinahe schwarzen Haare waren kurz geschnitten und zurückgekämmt. Sie schimmerten seidig. Erst da war ihr bewusst, wie ungepflegt sie dagegen wohl aussah? Sie hatte sich ja noch nicht einmal die Zähne geputzt oder die Haare gekämmt.

„Ihr Freund oder Bekannter, mit dem sie im Tierpark in Bochum gewesen sind, hatte sie wohl vermisst. Sie hatten sich die Tiere angeschaut und wollten zusammen einen Kaffee trinken. Erinnern sie sich?"

„Ja, es fällt mir alles wieder ein. Tauben, Geier und das Aquarium haben wir uns angesehen. Ich wollte zur Toilette und bin in dieser Rumpelkammer gelandet. Dann hat jemand die Tür hinter mir geschlossen, und ich war eingesperrt.

Danach muss ich wohl eingeschlafen sein. Ich war so schrecklich müde, musste aber immer husten. So wie jetzt, bin ich wegen des Hustens hier? Was stimmt mit mir nicht? Irgendwas war da noch mit einem lauten Martinshorn und nun finde ich mich hier wieder. Wo sind meine Handtasche und mein Handy?"

„Ja, so ähnlich war es wohl, wie sie es schildern." Sein Schmunzeln wurde zu einem breiten Grinsen, und sie überlegte, ob sie sich jetzt darüber ärgern sollte? Aber er sah mit seinen weißen Zähnen so umwerfend aus.

„Nur, dass die Tür eigentlich versiegelt gewesen ist, durch die sie gegangen sind. Denn zuvor ist dort eine Leiche gefunden worden. Die Ermittlungen laufen noch, aber das hatten sie wahrscheinlich alles schon den Nachrichten entnommen? Ich sag ihnen das nur, weil ja nicht ganz klar ist, wer die Tür aufgebrochen hat? Zumindest weiß ich wohl, dass sie in dem Raum hinter der Tür eingeschlafen waren und mit ihrem Körper die Tür blockiert hatten. Sodass es für den Hausmeister des Tierparks nicht einfach war, die Tür zu öffnen. Gut, dass das Regal, das umgefallen war, nicht auch noch die Tür blockiert hatte, sonst hätte es noch länger gedauert sie daraus zu befreien.“

„Warum bin ich denn jetzt hier, ich habe doch gar nichts.“

„Doch! In dem Regal waren Putzmittel gelagert und unter anderem ist beim Fallen des Regals eine Flasche aufgebrochen, in der ein Chlorreinigerkonzentrat enthalten war. Das hat bei ihnen eine schwere Atemwegsreizung und Übelkeit hervorgerufen. Diese Mittel sind bei uns in Deutschland gar nicht mehr käuflich zu erwerben, es muss noch ein Putzmittel aus alten Beständen gewesen sein. Sie haben großes Glück gehabt. Hätten sie sich noch länger in dem Gas aufgehalten, wäre eine starke Verätzung ihrer Atemorgane unausweichlich gewesen. Eine irreparable Schädigung wäre durch diese Chlorgasvergiftung sicher gewesen. Dann hätten sie lebenslange Schädigungen erlitten, oder wären vielleicht auch daran verstorben, wie diese Lydia Schulz. Ein befreundeter Pathologe hatte mir von dem Fall erzählt. Das dürfte ich ihnen eigentlich nicht sagen, aber ich habe das Bedürfnis ihnen zu vermitteln, dass sie ganz nah dem Tod oder sogar einem Mord entgangen sind."

„Okay, dann muss ich ihnen ja wohl jetzt danken, dass sie mich hier kuriert haben?"

„Frau Lichtenberg, das kann man nicht wirklich kurieren, wir hatten sie zur Beobachtung hier. Wenn sie möchten, können sie gern jemanden anrufen und nach Hause fahren. Ihr Handy und ihre Handtasche haben wir sicherheitshalber eingeschlossen, das machen wir mit allen Wertsachen so, die Patienten nicht vorher in Sicherheit bringen können."

„Okay danke, und jetzt noch einmal, warum hatte ich keinen Slip an?"

„Sie sind bewusstlos gewesen und haben sich eingenässt, das ist normal. Die Schwestern waren so nett und haben ihre Kleidung reinigen lassen und in den Schrank gelegt. Sie meinten, dass sie sicher nicht mit einer Windel aufwachen wollen würden, und hatten sie weggelassen.“

„Äh… danke, nochmals danke“, dabei schaute sie sich um und guckte, wohin sie sich vor Scham verstecken könnte.

Wieso hatte ich nur danach gefragt? Doch ein Blick in sein Gesicht beruhigte mich. Er war ja ein Arzt und sah gar nicht mich, sondern nur meinen Körper wie eines von diesen Gerippen im Biounterricht an. Eine Frau sah er in mir sicher nicht. Schließlich war ich nur irgendeine Patientin. Da hatte er sicher eine eher wissenschaftlich orientierte Einstellung zu Frauen, die sich im Krankenhaus befanden.

„Ich gehe jetzt und schicke ihnen eine Schwester, die ihnen die Entlassungspapiere bringt, sofern das immer noch ihr ausdrücklicher Wunsch ist. Die müssen sie unterschreiben, denn sie gehen dann auf eigene Verantwortung. Ich würde sie ja gern noch ein wenig hierbehalten wollen.“

Er schaute sie mit seinen braunen Augen so bittend an, dass sie ihm zuliebe am liebsten geblieben wäre. Dieser Blick war schon phänomenal. Kurz schoss ihr mehr durch den Kopf als ihr lieb war, und sie sah sie zusammen in einer kurzen Sequenz auf ihrem Krankenbett in einem wilden Kuss umarmt und ineinander verschlungen da liegen.

Wie kann ein Augenpaar nur solche Gedanken erzeugen?

Hingegen musste ihm ihr Blick wohl ihre Zustimmung für die Unterschrift zur sofortigen Entlassung bedeutet haben.

Er war in Begriff, zu gehen und stand schon an der Zimmertür, als sie ihn fragte:

„Die Tür, ging also in Richtung Putzraum auf? Ich hatte sie also mit meinem Körper blockiert, als ich eingeschlafen war. Hatte sie jemand hinter mir geschlossen, oder war sie von sich aus zugefallen?"

„Das weiß ich nicht. Ich kenne den Raum nicht. Aber wenn sie möchten, können wir gern weiter darüber intensiver reden, wenn sie mit mir zusammen essen

gehen möchten. Wie wär's mit heute Abend, ich lade
sie gern ein, griechisches Essen?"

20. Kapitel

„Du glaubst es vielleicht nicht, aber er hat mich wirklich vorhin gefragt, ob ich mit ihm essen gehen möchte! Griechisch! Wie kommt der Arzt darauf, mich das als Patientin zu fragen? Außerdem muss er doch meinen Ehering am Finger gesehen haben? Den hatten sie mir nicht so einfach vom Finger ziehen können. Ich bin froh, dass ich wenigstens meine Handtasche zurück bekommen habe. Und danke dafür, dass du mir frische Anziehsachen mitgebracht hast.“

„Jetzt reg´ dich doch nicht so auf. War doch nett gemeint von ihm. Wie soll er denn auch bei den anstrengenden Schichtdiensten im Krankenhaus eine Frau kennenlernen? Er fragt bestimmt jede Frau, die er einigermaßen sympathisch findet.“

„Toll! Was heißt das denn jetzt? Ich bin nicht jede Frau! Anstatt eifersüchtig auf ihn zu sein, beleidigst du mich jetzt auch noch!“

„Dir kann man´s auch gar nicht recht machen. Da kriegt man einen Anruf von seiner Frau, die man vermisst hat, mit der Bitte, sie aus dem Krankenhaus abzuholen, bricht dafür seine Arbeit ab, beeilt sich, von Sorge erfüllt, und was ist? Ich muss mir die ganze Zeit dein Gemotze über den Arzt und die Schwestern anhören. Kannst du mir vielleicht mal erzählen, wie es überhaupt dazu gekommen ist?“

„Ja… puh, wenn du das hören willst, also wirklich, jetzt?…“

„Ja,… klar!“

„Ich war mit Daniel verabredet. Den ich übers Internet kennengelernt hatte. Ich hatte dir von ihm schon mal erzählt, auch wenn du mich jetzt so erstaunt anguckst. Weißt du noch, der Typ der frisch geschieden ist. Na ja,… ist ja auch egal,… Ich war mit ihm im Bochumer Tierpark verabredet.“

„Warum?“

„Nur so, wie warum? Versteh´ ich nicht… willst du nun die Geschichte hören oder nicht?"

„Ja,… will ich,… frag ja nur."

„Na ja, es stimmt auch nicht so ganz. Ich war nicht nur so dort mit ihm verabredet.

Guck bitte auf die Straße und nicht mich an. Ich erzähle es dir ja. Du musst nur zuhören.

Dort ist doch diese Frau ermordet worden. Du weißt ja, diese Lydia Schulz. Du hattest mir von ihr erzählt, erinnerst du dich? Und da ich neugierig war, wollte ich gucken, welche Hinweise es da vielleicht noch gibt. Aber es war nichts. Während Daniel für uns einen Kaffee bestellt hatte, habe ich vorgegeben zur Toilette zu gehen. Doch stattdessen habe ich den Ort gesucht, an dem das Verbrechen vermutlich begangen worden ist. Es war eine Besenkammer, also eigentlich eine stillgelegte Toilette. Als ich drin war, fiel hinter mir wohl die Tür zu. Aber ich hatte niemanden kommen gehört. Dann habe ich versucht, mit meinem Handy Hilfe zu rufen. Aber es hatte keinen Empfang und zu wenig Akkuleistung. Als ich aufstehen wollte, hatte ich mich an einem Regal hochziehen wollen. Doch dabei ist das Regal umgefallen. Zum Glück nicht auf mich. Doch

irgendein altes Putzmittel mit hoher
Chlorkonzentration ist ausgelaufen. Ich hab´ das
gerochen, aber mir nichts dabei gedacht. Es roch
nach Schwimmbad. Ich mag den Geruch ja. Und es ist
zum Glück nicht auf meine Haut gekommen. So
dachte ich nicht, dass es gefährlich sein könnte und
bin eingeschlafen. Ich konnte ja eh nichts ändern und
nur abwarten, bis mich jemand findet. Jetzt nervt nur
noch dieser Husten die ganze Zeit. Aber das wird
schon irgendwann von selbst weggehen.“

„Okay,… wenn ich mal jetzt so fragen darf? Warum
ermittelst du wegen des Mordes an der Frau, obwohl
dich das gar nichts angeht? Ich hatte dir gesagt, dass
du auf dich aufpassen sollst. Nur deswegen hatte ich
dir doch davon erzählt!“

„Ich ermittle ja gar nicht! Ich wollte ja nur gucken,
einfach so!“

„Aha, Sonja! Man geht doch nicht einfach zu einem
Tatort. Du bist vermutlich durch meine Informationen
erst neugierig geworden? Wahrscheinlich hast du
auch noch die Versiegelung der Tür aufgebrochen?
Ja, sieht so aus, wenn du jetzt so guckst. Oh
Mensch!… Sonja, in was hast du dich da reingeritten.
Wolltest du jetzt Lydia Schulz Nummer zwei werden,

oder was? Wenn dieser Daniel nicht rechtzeitig den Notarzt gerufen hätte? Nicht auszudenken! Übrigens sagtest du vorhin „wohl" also „fiel hinter mir wohl, die Tür zu". Was meinst du damit?"

„Na ja,… also die Tür ging innen, in die Besenkammer hinein, auf, also irgendwie ist sie dann hinter mir zugefallen."

„Oder hat sie jemand hinter dir geschlossen?"

„Aber nein, sicher nicht, vielleicht war es ein Windzug, den ich vor Aufregung nicht gespürt hatte? Wer sollte so etwas tun?"

„Na ja, dieser Daniel vielleicht, oder jemand anders, der auf jeden Fall nicht wollte, dass du da ungestraft rumschnüffelst. Weißt du, dass du ganz großes Glück gehabt hast? Der Arzt hatte mir vor der Tür gesagt, das hätte auch anders für dich ausgehen können, wenn du länger diesen Chlordämpfen ausgesetzt gewesen wärst. Bei dieser Lydia Schulz weiß man noch nicht, ob es nur Chloroform gewesen ist, dem sie länger ausgesetzt gewesen ist, oder ob man ihr auch etwas davon ins Blut gespritzt hatte. Das wird noch untersucht.“

„Ja,… ich weiß, hat der Arzt mir auch gesagt, dass ich froh sein kann, dass die Chlordämpfe nicht so lange auf mich eingewirkt haben. Es waren ja nur ca. zwei Stunden. Ich bin auch echt glücklich darüber, dass du mich jetzt aus dem Krankenhaus abgeholt hast. Im Krankenhaus ist es ja nie schön. Sehr lieb von dir, danke.“

Dabei strich sie ihm über seine Hand, die auf dem Lenkrad lag. Seltsam, sie erwartete immer, dass alle Welt sie mochte und ihr Mann ihr so viel Liebe zeigen könnte, wie sie ihm zeigte. Doch erst jetzt kam sie offenbar auf den Gedanken, dass sie das auch öfter ihm gegenüber tun könnte.

Was hatte ich noch einmal dazu gelesen? Man wirft anderen das vor, was man sich selbst vor zu werfen hat. Demnach müsste ich ihm einfach mehr meine Zuneigung beweisen. Vermutlich käme dann auch mehr von ihm zurück.

Als Manuel in die Autobahnabfahrt fuhr, gab sie ihm, als sie sich in die Kurve im Auto gegen lehnen musste, ein Küsschen auf die Wange. Er lächelte jetzt das erste Mal, seit sie ihn heute sah.

Doch die Frage, wie sich die Tür hinter ihr geschlossen hatte, ging ihr nicht aus dem Kopf.

Konnte es tatsächlich Daniel gewesen sein? Warum hätte er das tun sollen? Stand er vielleicht doch irgendwie mit dem Mord in Verbindung? Aber hatte er nicht den Krankenwagen gerufen? Wollte er mir nur einen Denkzettel verpassen? Aber warum? Das passte nicht zusammen, oder? Hingen die 3 Morde sogar zusammen?

Der Gedanke bohrte sich in ihr Hirn so fest ein, wie ein Wurm, der sich ins digitale System fraß.

Am Nachmittag vor dem Einschlafen wiederholten sich die Gedanken wie das Ticken eines Sekundenzeigers in ihr, doch es half nichts. Denn sie war so müde, dass sie sich erst noch einmal bei Manuel bedankt hatte, dass er sie aus dem Krankenhaus abgeholt hatte, um dann in ihr Bett zu fallen. Sie wusste nicht, woran es liegen mochte, aber ihr Bett mit diesem kuscheligen Bettbezug, würde sie unter 100 anderen fremden Betten wiedererkennen, denn da fühlte sie sich am wohlsten. Wahrscheinlich war es die bekannte Mischung aus Geruch, Stoff, Matratzenstärke und die Beschaffenheit der Zudecke, die die Eigenheit ihres Bettes bestimmten.

Sie zog alles aus und kuschelte sich nackt unter die Decke. Beim tiefen Einatmen fielen ihr die Augen zu.

Doch es war ein unruhiger Schlaf. Immer wieder wachte sie auf. Sie meinte, Geräusche und Stimmen aus weiter Ferne zu hören. Aber ihr Körper genoss diese absolute Entspannung und wollte gar nicht wirklich aufwachen. Doch irgendwann öffnete sie die Augen, und es schien schon Abend zu sein.

Sie fühlte sich besser, auch wenn sie sich noch nicht wieder richtig stark fühlte. Sie zog sich ihre bequeme Kleidung an und suchte Manuel. Er saß vor dem Fernseher und schaute eine Doku über Island an. Er winkte sie zu sich und kniff sie leicht in ihren Oberschenkel.

„Schön, dass es dir besser geht mein Schatz. Du siehst wieder fit aus. Soll ich dir einen Tee bringen?"

„Ja gern, einen Ingwertee bitte. Lieb von dir, aber so richtig fühle ich mich noch nicht besser. Irgendwie war ich so müde, aber ich konnte gar nicht richtig schlafen. Ständig hatte ich das Gefühl andere Stimmen zu hören."

„Oh, entschuldige mein Schatz. Dieser Daniel war hier. Da haben wir uns ein wenig unterhalten. Das hat dich vielleicht zwischendurch geweckt."

„Wie, Daniel war hier? Was wollte er denn? Warum unterhältst du dich denn mit ihm?“

„Als er vorhin im Krankenhaus war, um dich zu besuchen, warst du nicht mehr da. Da hatte er erst einen Schrecken bekommen, weil er dachte, dass es doch schlimmer um dich stünde, als er gedacht hat. Und sie dich vielleicht auf eine andere Station verlegt haben könnten? Doch dann hatte er auf seine Nachfrage netterweise bei einer Krankenschwester erfahren, dass du auf eigene Verantwortung das Krankenhaus verlassen hast. Daraufhin ist er hierhin gefahren.“

„Ja und? Was wollte er denn?“

„Er wollte sich nach dir erkundigen. Da hab´ ich erst mal für ihn und mich einen Kaffee gemacht. Er ist ein netter Kerl. Wir haben uns gut unterhalten.“

„Worüber denn?“

„Z.B. über Autos und so …“

„Komisch, ich wusste gar nicht, dass er sich damit auskennt. Über Autos haben wir noch nie miteinander gesprochen. Es ging eigentlich eher immer um seine Trennung von seiner Frau und anderen Frauen.“

„Ja, das hat er mir auch erzählt, aber nur kurz. Das scheint ja wohl unwiderruflich kaputt zu sein. Dabei muss er sie echt geliebt haben. 25 Jahre Ehe und gemeinsame Kinder ziehen ja ein starkes Band zwischen Menschen. Er hat mir sogar ein Foto von ihr gezeigt. Ist eine echt sympathische Frau. Er liebt sie offenbar immer noch. Sieht dir, wenn ich dich jetzt so betrachte, sogar ein wenig ähnlich. Sie ist ca. 1,70 m groß und hat braunes mittellanges Haar. Ihr Teint ist etwas dunkler als deiner. Auf dem Foto sah es so aus, als hätte sie dunkelbraune große Augen. Na ja, deine sind ja grün-braun. Es muss ein Foto aus dem Urlaub gewesen sein, als die beiden mal in Portugal gewesen sind. Sie stand auf einem Felsen, der recht hoch über dem Meer war. Sehr malerisch sah das Foto von ihr aus. Sie hatte einen weißen, na… wie sagst du dazu? Nicht Overall, sondern Jumpsuit an und ihre Haare bewegten sich leicht im Wind. Leider hatte er das Foto kleben müssen, denn in einem wütenden Moment hatte er es mal zerrissen.

Ja und dann ging es wieder um Autos."

„Aha, komisch… hat er mir noch nie gezeigt, so ein Foto. Ein Foto seiner Ex? Kann also sein, dass sie mir ähnlich sieht? Vielleicht war das Kennenlernen deswegen für ihn einfacher, weil er ein bisschen etwas von ihr in mir gesehen hatte?"

„Kann sein, aber er war auch wirklich sehr sauer auf sie. Das wäre dann vielleicht eher ein Grund gewesen dich nicht kennenlernen zu wollen!"

„Davon weiß ich gar nichts. Wieso war er sauer auf seine Frau? Er hatte eine andere Frau doch über Twitter kennen gelernt und sich da immer mehr in eine andere Beziehung hinein geträumt, die er dann ja auch Wirklichkeit werden ließ. Die Kinder betraf es nicht groß, denn sie wohnen schon allein und stecken in Ausbildungen. Jetzt lebt er allein."

„Ach,… weißt du gar nicht, dass er herausgefunden hatte, dass ihn seine Frau auch betrogen hatte?"

„Nein!“

Kam er doch als Mörder in Betracht? Hatte er ein Mordmotiv, weil er sich an Frauen rächen wollte?

21. Kapitel

Sonjas Nacht war unruhig. Nicht nur, dass Manuels Schnarchen sie ab und zu geweckt hatte, sondern sie hatte auch schlecht geträumt. Es war wieder der Traum, der sie seit ihrer Kindheit aus bisher unerfindlichen Gründen oft nachts verfolgte. In diesem Traum stellte sie immer nach einer Zeit fest, dass ein Mensch, der ihr besonders nahestand, gegen einen fast gleichen Menschen ausgetauscht wurde. Erst passierte nichts und es zeigte sich der Alltag wie sonst auch von seiner üblichen Seite. Doch dann merkte sie jedes Mal an Kleinigkeiten, dass etwas mit diesem Menschen nicht stimmte. Es war zum Beispiel die Frage, wie sie ihren Kaffee trinken wollte. Denn jeder, der sie kennt, wusste, dass sie seit ihrem ersten Besuch einer Lehrerzimmerküche aus hygienischen Gründen ihren Kaffee schwarz trank, um nicht mit anderen, bereits lange in Vergessenheit geratenen Lebensmitteln aus diesem Kühlschrank des besagten Raumes, in Berührung zu kommen.

Sei es das Autofahren, das Rasenmähen, das Müllrausbringen oder andere Dinge, die sie nicht gerne tat. Wenn sie vor der Wahl stand, dass es jemand anders machen könnte, dann rief sie nicht „hier!". Wenn sie jemand aus ihrem engsten Kreis darum bat, war es offenbar jemand, der ihre Antwort darauf nicht kannte.

Bisher hatte sie immer gedacht, dass dieser Traum die Angst davor war, jemanden zu verlieren, den man kannte. Doch in dem Traum heute, war es anders.

Diesmal hatte der Jemand ein Gesicht. Es war Daniel, der sie umgebracht und gegen einen Klon ausgetauscht hatte. Die Rollen waren vertauscht. Doch sie hatte ihn bis jetzt nicht zu ihrem engsten Kreis gezählt. Er war ein sehr guter Bekannter für sie. Sie hatten etwas zusammen unternommen und hatten sich immer gut unterhalten.

Ja, aber ein Freund,… dazu gehört doch, dass man auch mal bei jemandem zu Hause eingeladen war? Man muss doch mal gesehen haben, welche Bücher oder Fotos in seiner Wohnung stehen, welche Möbel im Raum sind oder wie die Wohnung riecht? Vielleicht kam es ja durch Manuels Frage gestern Abend, ob ich nicht wisse, dass seine Frau ihn mal betrogen habe? Nein, ich wusste es nicht. Warum hatte Daniel mir das nicht erzählt? Hatte er noch mehr zu verbergen? Was war mit den Morden? Rächte er sich durch das Morden der Frauen damit an seiner Frau? Was war aus seiner Ex geworden?

Sie versuchte sich auf ihren Artikel zu konzentrieren. Doch die Fragen polterten durch ihren Kopf:

Sah er mehr in mir als nur eine gute Freundin? Wollte er mich gegen seine Ex-Frau eintauschen? Diese

Frage, warum er mir von seinem Ehebruch, seinen Gefühlen und seiner Scheidung erzählt, aber nicht davon, dass seine Ehe auch durch sie gebrochen wurde, will mir nicht aus dem Kopf. War nicht mittlerweile jede zweite Ehe geschieden? Jeder geht mit jedem fremd. Was noch vor 100 Jahren ein Tabuthema war, das ist doch jetzt normal. Menschen können nicht monogam sein, aber Vögel und andere Tiere schon. Was geht es mich überhaupt an? Doch warum hatte er mir das mit seiner Frau verschwiegen?

Sonja nahm das Handy in ihre Hand und überlegte, ob ein Anruf bei ihm irgendeine Beruhigung bringen könnte. Aber beim Wählen seiner Nummer überkam sie Zweifel.

Was sollte es bringen? Wenn er mir nicht davon erzählen wollte, dann hatte er sicherlich seine Gründe dafür gehabt. Vielleicht hat er Sorge, dass ich als Frau mehr Verständnis für seine Ex-Frau als für ihn habe? So ein solidarischer Kram. Oder er hatte irgendeinen anderen Grund dafür gehabt?

Ihr Blick glitt über den bereits entstandenen Text im Bildschirm. Aber sie sah nur eine Aneinanderreihung von Buchstaben. Der Artikel zum Thema: „Leben mit Insekten im eigenen Haushalt, von der Obstfliege bis zur Made," sollte heute auf dem Laptop unfertig bleiben. Zumal der Titel ihr jetzt fade vorkam. Mit einem Seufzer stand sie auf und schaute in ihre KochApp. Ah… okay… Hühnerbrustsalat wurde als

Tagesgericht vorgeschlagen. Jetzt wollte sie erst mal zum nächsten Supermarkt fahren und sich danach noch einmal an den Artikel setzen. Vielleicht klappte es dann besser, wenn sie zwischendurch etwas ganz anderes machte. Zwei Tage hatte sie ja noch für das Absenden des Artikels Zeit. Das könnte sie schaffen. Sie schnappte sich ihren Einkaufskorb, das Portemonnaie und die Autoschlüssel.

„Nein Pepe, wir waren gerade schon Gassi, jetzt nicht schon wieder.“

Sie streichelte ihm über den Kopf und wollte die Haustür hinter sich abschließen. Da versuchte die Katze noch ihr Köpfchen durch den Türspalt zu schieben. Sie beugte sich zu ihrer Katze runter und drängte sie nach hinten. Dieser Augenblick tat ihr immer leid, da er ihr immer bewusst machte, dass sie über die Freiheit eines Tieres bestimmte. Doch jedes Mal gewann der Gedanke in ihr Überhand, dass sie es ja tun musste, um ihre Tiere zu schützen. Diese Gedanken über das Eingesperrt sein, sollten sie später noch einmal mehr beschäftigen als ihr lieb war.

„Nein, du kannst nicht mit und bleibst bei Pepe, ihr passt gemeinsam auf die Wohnung auf!“

Viele Menschen denken, dass es überhaupt keinen Sinn macht mit Tieren zu reden. Doch sie war schon immer davon überzeugt gewesen, dass der Tonfall die Musik bestimmte, wie das Sprichwort ihrer Oma so schön sagte. Das traf nicht nur für Menschen, sondern auch für Tiere zu. Und warum sollte sie ihnen irgendwelche unverständlichen Laute mitteilen wollen, wenn sie doch diese Töne auch in Worte fassen konnte? Hohe Laute wirkten auf Tiere häufig aufmunternd und tiefe Töne eher anweisend oder beruhigend. Während sie darüber weiter nachdachte, mal einen Artikel darüber zu schreiben, drängte sie die Katze immer wieder zurück. Doch mit einem Mal sprang sie mit einem Schrei nach hinten. Weiterhin laut schreiend lief sie mit dickem Schwanz und gesträubten Nackenpelz zurück in den Flur. Sie hatte bis jetzt nur so reagiert, als die Kinder sie mit einem Eimer Wasser übergossen hatten, um sie zu waschen. Sonst war sie die Ruhe selbst. Kopfschüttelnd schaute sie ihr nach und wunderte sich über ihr Verhalten.

„Hey, wollte dich gerade besuchen! Wohin willst du?", hörte sie eine tiefe Stimme hinter sich.

„Ach, Kai! Was machst du denn hier? Stehst auf einmal hinter mir. Mit dir habe ich gar nicht gerechnet. Vielleicht hast du die Katze so erschreckt? Aber merkwürdig ist ihr Verhalten schon. Na ja, wer weiß, was in so kleinen Pelztiergehirnen vor sich geht? Ich möchte gerade fürs Abendessen Einkaufen fahren. Ich muss nur eben abschließen. Die Katze wird sich schon wieder beruhigen. Willst du zum Einkaufen mitkommen?"

„Ja, sie hat sich erschreckt. Merkwürdig, sie müsste mich kennen. Von Katzen habe ich keine Ahnung. Wäre mir auch zu unhygienisch, solche Haustiere in der Wohnung zu halten. Welchen Namen hast du ihr noch mal gegeben?"

„Witness!"

„Ach so ja, richtig,... Ja, gern können wir zusammen einkaufen, aber wir fahren mit meinem Auto, okay? Ich bring dich nachher wieder nach Hause. So können wir dann die Zeit nutzen und ein bisschen plaudern?"

„Ja, von mir aus. Das ist eine schöne Überraschung. Ich freu mich dich zu sehen. Hattest du gerade wieder zufällig in der Gegend zu tun?"

„Ja... ja, genau! Wo willst du denn hin, in welchen Supermarkt?"

„Oh… ist ja ein schönes Auto, das du hast?“

„Ja, das ist ein BMW M8, allerdings die neue Edition. Wenn ich schon von einem schrecklichen Ort zum anderen fahren muss, dann möchte ich mir wenigstens dazwischen eine schöne Fahrt gönnen.“

Dabei durchzog ein Lächeln sein Gesicht, das ihn für sie attraktiv aussehen ließ. Sogleich dachte sie mit einem leichten Bedauern an den Abend, als er für sie kantonesisch gekocht hatte und sie durch den blöden Telefonanruf seiner Ex gestört worden waren.

Überhaupt war es ja lieb von ihm, dass er mich jetzt zum Einkaufen fahren wollte, zumal ich ja seit einem Unfall nicht mehr gern Auto fuhr. Doch wäre es vielleicht besser nicht in einen Supermarkt in der Nähe zu fahren, da sonst die Nachbarn auf den Gedanken kommen könnten, dass ich mit einem anderen Mann mehr als befreundet sein könnte.

„Lass uns nach Haßlinghausen fahren. Da liegen zwei große Supermärkte nebeneinander. Dort finden wir bestimmt, was wir suchen.“

„Das passt prima, in der Nähe davon liegt doch
Sprockhövel, oder?“

„Ja, wieso? Ach,… ich muss da zu einer Leiche, also zu
einem Fall hin. Du weißt schon, um die Fliegen und
den Todeszeitpunkt wieder entsprechend bestimmen
zu können. Ohne mich geht's eben nicht!“

„Oh ja, da komme ich gern mit. Ich möchte sowieso
noch viel darüber lernen. Vielleicht hilft mir das für
meinen Artikel weiter.“

„Inwiefern?“

„Ja, du weißt ja, dass ich Artikel für eine
Frauenzeitschrift schreibe und dieser Text handelt,
möglicherweise durch dich inspiriert, über Insekten
im Haushalt „von der Obstfliege bis zur Made.“ Es ist
ein Artikel zu der Reihe zum Thema „Sauberkeit“.
Wusstest du, dass es ein subjektives Gefühl ist, ob
etwas sauber ist oder nicht?“

„Es gibt nichts, was 100% clean ist und bleibt.“

„Ja genau, das wäre vielleicht eine bessere Überschrift für meinen Artikel. Interessant, dass du das sagst. Für mich ist das ein ganz neues Thema und für viele andere Leser wahrscheinlich auch. Im Mittelalter war ja eher alles schmutzig und in der Neuzeit entwickelte sich dann ein Sauberkeitswahn, der zu vielen Allergien geführt hat. Dann entspannte sich der Hygienebedarf, der dann aber wieder durch die Corona Pandemie verstärkt wurde.

Ich denke, das Interesse über die Entwicklung der Hygiene ist durch deine Worte bei mir entstanden, als wir uns das erste Mal getroffen haben."

„Wieso? Was meinst du?"

„Na ja… bei unserem ersten Treffen, an dem einen Tatort, Lena Müller in der Eifel, da hattest du darauf schon hingewiesen, dass nichts clean sein kann, sodass immer und überall Fliegen sein werden. Ich höre dir zu!", und dabei zwinkerte sie ihm mit einem Lächeln zu. Doch er sah es gar nicht, weil er nur auf die Straße schaute.

„Wo fahren wir eigentlich lang? Hier kenn´ ich mich gar nicht aus?"

„Ach das ist ein kleiner Umweg, ich versuche, eine Baustelle zu umfahren. Dauert ein bisschen länger, wundere dich nicht. Umfahrungen sind auf dem Land häufig etwas großräumiger ausgeschildert.“

„Ich habe gar keine Umleitungsschilder gesehen, die das Umfahren einer Baustelle angezeigt haben.“

„Ja, es waren aber welche da, vielleicht magst du einfach weiter erzählen. Dann ist auch die Fahrerei für mich unterhaltsamer.“

„Ja also… du hattest ja gesagt, dass du mittels der Fliegen, den Todeszeitpunkt eines Menschen bestimmen kannst. Das ist ja dein Spezialgebiet. Dabei hattest du erwähnt, dass keine Wohnung so sauber ist, dass es da nicht doch auch Insekten gibt, die sich dann nach dem Tod von einer Leiche ernähren wollen.

Ist doch so, oder?“

„Ja, so ähnlich, dennoch gibt es auch Wohnungen, da können die Insekten aus der Umgebung von draußen reingekommen sein. Dann wird es schwieriger, weil

man auch das Umfeld genau untersuchen muss.
Zudem gibt es ja,…"

„Ja… entschuldige, dass ich dich unterbreche,

Ja das weiß ich ja. Ich habe dir zugehört. Na ja, auf
jeden Fall hab´ ich das zum Anlass genommen, dass
ich eine Reihe aus Kolumnen über die Sauberkeit im
Haus schreibe. Mein Chef war davon ganz angetan.
Aber ich bin vorhin beim Schreiben des Artikels ins
Stocken geraten und nun ist es ja ein Wink des Glücks
für mich, dass du mich zufällig angetroffen hast.
Vielleicht kann ich dann gleich, frisch von dir
informiert, an meinem Artikel gleich
weiterschreiben."

„Ja … vielleicht!"

„Sag´ mal, wir müssten eigentlich schon längst da
sein, aber ich kann immer noch nicht sehen, wo wir
sind!

Ich meine, dass ich gerade ein Schild gesehen hätte,
da stand Wuppertal drauf. Dann wären wir aber doch
einen sehr großen Umweg gefahren. Soll ich mal

mein Handy einschalten und die beste Route suchen
lassen?“

„Ja… das kannst du machen. Gib mal das Ziel ein und
danach reichst du es mir mal, dann kann ich es hier in
die Halterung stecken und viel besser sehen. Aber wir
sind auch gleich da. Ich mach´ nur einen kleinen
Abstecher.

Du bist ja so an den Insekten interessiert. Das finde
ich toll. Ich denke, dass ich dich einfach wieder mit
zum Tatort nehme.

Wir können ja danach noch zusammen zum
Einkaufen fahren.“

„Okay,… können wir auch so machen. Soll ich eine
neue Adresse eingeben? Die Adresse vom Tatort?“

„Nein… ich weiß, wo ich hinfahren muss.

Also, auf zum nächsten Tatort. Gib mir aber trotzdem
schon mal dein Handy, dann können wir es gleich als
Navi für die Strecke zum Supermarkt benutzen.“

„Warum steckst du es in deine Jackentasche?"

„Ja, ich brauche es ja jetzt nicht. Noch kenne ich mich aus. Ich kann es ja gleich nicht im Auto lassen, wenn wir den Tatort besuchen. Das verführt dann eventuell jemanden dazu, das Auto aufzubrechen.

So, schau! Guck, hier ist es sicher in meiner Tasche untergebracht."

„Warum halten wir hier? Der Tatort? In diesem kleinen Häuschen?"

Er antwortete nicht, sondern schnallte sich ab und wartete auf sie, damit sie es ihm gleichtun konnte. Letztes Mal war er noch sehr bemüht, ihr die Tür zu öffnen und ihr seine Hand zu reichen.

Na ja, ist vielleicht der Gedanke an seine bevorstehende Arbeit, dass er auf sich selbst so konzentriert zu sein scheint, dass er es heute nicht macht. Wie kann jemand hier ein Häuschen bewohnen, so einsam an einer Landstraße?

„Der Garten ist schon länger nicht bearbeitet worden. Wohnte hier auch eine Künstlerin?“

„Ich weiß nicht, ob sie künstlerisch tätig gewesen ist. Sie hat in einem Restaurant gekellnert.“

„Oh kanntest du sie?“

„Ja, flüchtig!“

„Kai, was ist los? Warum redest du so wenig mit mir?“

„Ach rede ich dir zu wenig? Tut mir leid, ist mir gar nicht aufgefallen.“

Dabei schaute Kai sie etwas von oben herab an. Doch sicher wirkte es nur auf sie so.

„Wo sind wir?“

Anstatt er Antwort griff er mit seiner linken Hand in die Dachrinne des Vordachs und holte einen Schlüssel hervor. Als habe er das schon öfter gemacht. Dann schloss er die Tür auf und bat sie, vorzugehen. Langsam ging sie an ihm vorbei.

Hier roch es nicht so unangenehm wie letztes Mal. Ein stechender Schweißgeruch erreichte ihre Nase, als sie an Kais Arm vorbei ging, der für sie die Tür aufhielt. Er roch nach Stress! Doch warum sollte er gestresst sein? Sie hielt kurz die Luft an. Beim nächsten Atemzug stellte sie fest, dass das Haus selbst eher ein wenig muffig, nach schwarzem Schimmel und feuchten Wänden roch.

„Es stinkt gar nicht so nach verwestem Fleisch wie letztes Mal, und warum ist der Tatort nicht abgesperrt und die Türen und Fenster müssten doch versiegelt sein, oder? War die Polizei noch gar nicht hier?"

„Ach, das ist schon alles gesäubert worden. Ich schau heute nur noch einmal, ob evtl. noch ein paar andere Larven irgendwo geschlüpft sind, sodass ich den Zeitpunkt des Todes im Nachhinein noch genauer bestimmen kann, geh nur vor."

„Wohin denn? Geradeaus durch den Flur ins Wohnzimmer oder links in die Küche? Sind gar keine Türen drin.“

„Rechts durch die einzige Tür, die Stahltür, die in den Keller führt, bitte! Du hast doch keine Angst, oder?“

„Nö,… hab´ ich nicht!“, und sie lachte dabei, als sie in den kleinen Flur eintrat. Sie griff nach der Türklinke, der offenbar vor kurzem erst eingesetzten Stahltür. Diese Tür passte gar nicht zu dem Rest des Hauses, denn die Zarge sah frisch verputzt und gestrichen aus. So eine neue Tür, musste vielleicht aus Brandschutzgründen in dieses alte kleine Häuschen eingebaut worden sein.

Sie musste kräftig ziehen, um sie überhaupt auf zu bekommen. Als die Tür geöffnet war, schaute Sonja auf eine weiß lackierte alte Holztreppe hinunter, die nach hinten hin in dunkler werdendem Schwarz verschwand. An der linken Seite sah sie einen alten Bakelit-Schalter. Aus der Altbauwohnung meiner Oma wusste sie, dass man die kleine ovale Bohne einmal drehen musste. Dann klickt es und das Licht wurde eingeschaltet. Es klickte zwar, aber das Licht ging nicht an. Wieder schaute sie in das Schwarz vor ihr. Noch einmal versuchte sie den Schalter zu drehen, aber wieder ergebnislos. Was sollte sie jetzt tun? Sie verfolgte das Kabel, das vom Schalter ausging, aber es verschwand im Dunkel vor ihr. Da unten musste eine Leuchte sein. Wahrscheinlich war das Leuchtmittel defekt. Sie drehte den Schalter schneller und es klickte mehrmals, aber sonst tat sich nichts.

Dann schaute sie sich nach hinten zu Kai um. Sein rechter Mundwinkel zuckte leicht nach oben und unter seinen Augen vertieften sich die Lachfältchen. Dieses Lächeln gefiel ihr nicht. Doch in diesem Moment spürte sie seine Hand zwischen ihren Schulterblättern. Ein Stoß in den Rücken und anschließend merkte sie den Boden unter ihren Füßen nicht mehr. Sie schlug auf, ratschte über die Stufenkanten und an der Wand entlang. Ihr Körper wurde nach dem Aufprallen immer wieder weiter geschleudert. Sie versuchte sich zusammenzurollen. Ein Knacken war zu hören. Bevor sie ihre Arme vor das Gesicht ziehen konnte, fühlte sie wieder schmerzhaft den Boden unter sich, als sie aufschlug. Das Schwarz umhüllte sie, und sie sah nichts mehr.

„Was soll das! Mach die Tür auf, Kai!"

War ich zwischendurch bewusstlos gewesen? Ich weiß es nicht.

Der Schmerz in ihrem Körper nahm ihr den Atem. Sie hatte bestimmt nicht laut genug gerufen. Er hatte sie sicher nicht gehört.

Warum sollte er auch? Hatte er mich nicht gerade die Treppe runter gestoßen? Oder war noch ein anderer hinter ihm gewesen? Vielleicht ist er es gar nicht gewesen? Ich versuche zu lauschen. Aber ich höre gar nichts. Nein, da war kein anderer. Er allein muss mich gestoßen haben, aber warum?... Warum nur? Mir tut alles weh! Warum ich...? Bestimmt ist irgendetwas gebrochen. Ich versteh´ es gar nicht, was soll... ich weiß... gar nicht, warum... nur... ich?

22. Kapitel

Ihre Zunge lag ganz dick im Mund. Sonst war alles schwarz vor ihren Augen, obwohl sie geöffnet waren. Nur ein kleiner Lichtschlitz, geschätzte 4 Meter von ihr entfernt, war zu sehen. Vermutlich die untere Kante der Tür, durch die sie wie eine blöde Kuh gegangen war. Sie probierte sich aufzusetzen.

Mir tat alles weh. Wovon? Scheiße… wo bin ich nur? Kleines Haus, an einer Landstraße, irgendwo in der Nähe von Wuppertal. Warum habe ich auch nicht mehr auf den Weg geachtet?

Sie versuchte, mit ihren Händen ihre Hosentaschen abzutasten, aber nein, kein Handy war zu fühlen. Sicher, jetzt fiel es ihr wieder ein. Er hatte ihr Handy noch. Er hatte es ja eingesteckt. Das war pure Absicht von ihm gewesen.

Wer soll mich hier finden?

Erneut wollte sie sich aufsetzen und fühlte eine Wand in ihrem Rücken. Es tat gut sich anzulehnen. Der Boden fühlte sich nach einem kalten Lehmboden an, wie er früher in alten Häusern, die um die 100 Jahre alt sind, üblich war.

Vielleicht war das ein altes Fachwerkhaus, das irgendwann vollends verputzt worden ist? Aber der

Gedanke bringt sie nicht weiter. Hinter ihr fühlte sie unregelmäßige Steine, die wie Natursandsteine aufeinander gemauert worden waren.

Wenn die Wände daraus bestehen, na dann herzlichen Glückwunsch Sonja, sicherer als in einer Burg bist du hier untergebracht. Hier kommst du nicht so leicht raus.

Bei dem Gedanken hörte sie ihr eigenes Kichern. Sie schüttelte sich, um wieder ein reales Gefühl für sich und ihren Körper zu bekommen.

Okay, jetzt Sonja, langsam die Beine ausstrecken. Das geht, auch wenn es zieht. Meine Jeans fühlt sich aufgerissen und nass auf dem Oberschenkel an. Hatte ich mir in die Hose uriniert, oder warum ist die Jeans nass?

Langsam fühlte sie mit der Hand nach vorn tastend über den Oberschenkel. Die Fasern der Jeans standen fransig nach oben ab. Dann registrierte sie ihre aufgerissene und nasse Haut unter ihren Fingern. Sie zog ihre Hand zurück.

Jetzt noch den Dreck meiner Finger in eine Wunde einbringen, das fehlte mir noch. Ich lecke an meinem Finger. Es schmeckt eisenhaltig nach Blut. Okay,... also irgendwo hab ich mir den Oberschenkel blutig aufgeschrammt. Das wird ja wohl nicht so schlimm sein. Weiter geht's.

Sie versuchte an ihre Füße zu kommen. Irgendetwas stimmte da nicht. Ihr rechter Knöchel fühlte sich doppelt so dick an wie sonst. Ihr fiel das Knackgeräusch wieder ein, das sie beim Sturz gehört hatte. Ihr Magen krampfte sich zusammen und ihr wurde augenblicklich schlecht. Sie rutschte an der Wand weiter runter und rollte sich, wie eine Raupe auf dem Boden liegend, ein. Wie lange sie so gelegen haben musste, wusste sie nicht.

Sie wachte auf. Ihre Zunge fühlte sich noch dicker als vorhin an, und sie vermutete, dass es vom Durst kam. Der Lichtschlitz oberhalb von ihr, war nicht mehr zu sehen.

Vielleicht war es jetzt mittlerweile Abend geworden?

Nur ein kleiner rot blinkender Lichtpunkt an der Decke. Vielleicht stammte er von einer Kamera? Wenn es eine Kamera war, dann fand sie bald der Eigentümer des Hauses hier?

Wieviel Zeit war bereits vergangen? Jetzt wäre eine Armbanduhr mit Leuchtfunktion praktisch, aber seitdem sie ihr Handy immer bei sich hatte, hatte sie schon lange keine Armbanduhr mehr getragen.

Sie versuchte sich wieder vorsichtig aufzusetzen und an der Wand anzulehnen. Soweit war sie schon einmal.

Was hatte ich falsch gemacht? Wahrscheinlich nichts, vielleicht hatte mein Kopf ja auch etwas abbekommen? Mit der Hand fühle ich über meinen Kopf. Am Hinterkopf habe ich eine große Beule, die hoffentlich nicht aufplatzt. Mein Oberschenkel fühlt sich nicht mehr so nass an. Dann hat die Blutung sicherlich aufgehört und das Blut ist getrocknet. Aber ich zwinge mich, nicht mit der Hand zu fühlen, um keine Blutvergiftung zu riskieren. Ja mein rechter Fuß ist hin, vermutlich ist das Fußgelenk gebrochen. Es pocht darin, als wäre mein Herz dorthin gewandert. Okay, das Wichtigste ist, an etwas Flüssigkeit zu kommen. Ich muss endlich versuchen, diesen widerlichen Durst zu stillen.

Ihr fiel ein, dass sie mal einen Artikel von einer Kollegin gelesen hatte, in dem die heilende Wirkung von Eigenurin dargestellt worden ist. Aber erstens hatte sie nicht das Gefühl jetzt zum Klo zu müssen und zweitens hatte sie aus irgendeinem Grund, eine Abneigung vor dem Gedanken ihr Urin zu trinken.

Trotzdem, wie soll ich es hier länger aushalten? Und dieser Durst war nicht einfach runterzuschlucken. Wie sollte ich aber meinen Urin auffangen? Mit den Händen?

Sie schüttelte ihren Kopf und versuchte neue Gedanken zu fassen. Wenn es ihr gelänge, auf ihre Knie und Hände zu kommen, dann könnte sie vielleicht hier den Kellerraum erforschen.

Eventuell könnten hier Regale, gefüllt mit Einmachgläsern und abgefüllten Säften, stehen, so wie das bei meiner Oma früher im Keller war.

Sie sah die eingelegten Pflaumen-, Pfirsich- und Kompott- Gläser vor sich, und ihr lief bei dem Gedanken daran, das Wasser im Mund zusammen. Ihre Zunge schien sofort mit leichtem Abschwellen darauf zu reagieren. Es gelang ihr, ihren Körper langsam in den Vierfüßler Stand zu bringen und wie ihr Pepe, über den Boden auf Knien zu krabbeln.

Ach ja, … Pepe, das wäre jetzt schön, wenn er mich hier finden würde. Hoffentlich gibt Manuel ihm und der Katze zu Hause auch etwas zu Fressen und Wasser? Manuel! Manuel wird ja auf jeden Fall jetzt schon zu Hause sein. Er wird mich vermissen! Wir teilen uns oft per WhatsApp mit, was wir gerade machen, und wo wir sind. In der letzten Zeit war das zu kurz gekommen. Dennoch wird es ihm komisch vorkommen, dass ich um diese Zeit abends nicht zu Hause bin und ihm auch keine Nachricht geschickt habe. Aber wie sollte er darauf kommen, mich hier zu suchen?

Sie krabbelte langsam weiter und achtete darauf ihren verletzten Fuß nicht zu sehr belasten. Nur kalte Wände fühlte sie um sich herum. Rechts von ihr schien eine weitere Tür zu sein. Sie fühlte sich kalt an. Sicher war sie aus Metall. Obwohl sie sich an die Türklinke hängen konnte, blieb sie verschlossen. Die Wände hatte sie unten abgetastet. Jetzt versuchte sie

weiter durch den Raum zu krabbeln und sich dabei
den Weg zu merken, um nicht die Orientierung zu
verlieren. In der Mitte stieß sie auf einen Holzpfosten,
der möglicherweise die Decke über ihr abstützte. Sie
strich mit ihren Händen über das Holz, das sich feucht
und splittrig anfühlte. Direkt über ihr war wieder der
kleine rot blinkende Punkt. Zahlreiche kleine Löcher
fühlte sie unter den Fingern im Holz. Offenbar war
der Holzbock in dem Pfosten. Ein Käfer, der diese
Löcher verursacht hatte. Denn unten auf dem Boden
lag feines Sägemehl, dass sie zwischen ihren Fingern
zerreiben konnte. Besser war es, wenn sie sich da
nicht anlehnte. Sonst konnte der Balken wegbrechen
und die Decke über ihr einstürzen.

Aber dann wäre ich ja vielleicht frei und könnte raus?
Gesetzt den Fall, dass ich das überlebe und mich
keine herabstürzenden Balken oder Steine
erschlagen.

Sie versuchte wieder zurückzufinden, aber fühlte den
Treppenansatz nicht. Als sie sich an der Wand
hochzog, achtete sie darauf, dass sie mit ihrem dicken
Fuß nicht auftrat. Mit den Händen fühlte sie an der
Wand über sich einen Metallrahmen und ein Gitter.
Das war sicher ein Fenster für einen Lichtschacht, den
jemand verdunkelt hatte. Einen Griff konnte sie zwar
mit meinen Händen ertasten, aber in keine Richtung
bewegen. Sie rutschte wieder an der Wand runter
und bemühte sich, eine bequeme Position zu finden.
Ihre verletzten Oberschenkel merkte sie gar nicht

mehr, an das Pochen in ihrem Fuß hatte sie sich gewöhnt.

Meist kann man eh nichts am Fuß machen, als ihn ruhig zu stellen, wenn nur nicht dieser Durst wäre. Aber so ein Stück Schokolade wäre jetzt auch genau das Richtige. Wenn ich ein bisschen schlafe? Sicher vergeht die Zeit dann gefühlt schneller. Vielleicht ist der Hausbesitzer im Urlaub, überwacht aber alle Räume mit der Kamera und sieht mich darauf. Es ist sicher eine Infrarot-Kamera, die mich aufzeichnet. Er wird dann kommen und mich befreien. Oder die Polizei rufen, die mich dann hier rausholen wird. Warum passiert mir das? Kai war doch so nett. Er ist Pathologe, demnach ein Arzt, dann muss er doch auch helfen. Jeder Arzt muss doch so einen Eid schwören, Hippokratischer Eid, oder? Warum hat er mich geschubst und hier eingesperrt. Was hat er mit mir vor? Sicher wird er nachher einmal kommen und mir etwas zu essen und zu trinken bringen. Dann kann er aber etwas erleben! Lustig ist das Ganze ja hier nun wirklich nicht.

Ihre Augen wollten immer wieder zufallen.

Was soll's, ich versuche zu schlafen, wenn ich aufwache ist bestimmt alles gut.

23. Kapitel

Der Schlaf war traumlos. Im Laufe der Zeit hatte sie sich daran gewöhnt aufzuwachen, sich umzudrehen und wieder einzuschlafen. Aber diesmal lies sie die Situation nicht mehr schlafen. Ihre Beine waren eiskalt und nass geworden. Mit beiden Händen fühlte sie kaltes Wasser um sich herum, das schon eine Hand breit hochstand.

Endlich Wasser!

Sie beugte sich nach vorn. Die aufflammenden Schmerzen im Oberschenkel und Fuß versuchte sie zu ignorieren. Es ging nicht. Die Schmerzen waren zu stark. Also anders hinsetzen und besser zur Seite runter beugen.

Das Wasser schmeckte erdig, aber es kühlte ihren Mund. Sie genoss, wie die Schwellung ihrer Zunge mit jedem Schluck zurückging. Dann richtete sie sich auf, um erst mal der Luft, die sie geschluckt hatte, wieder die Möglichkeit zu geben aus ihrer Lunge zu entweichen.

Der rote Punkt an der Decke blinkte immer noch, für sie allein jedoch ergebnislos. Der Türspalt oberhalb der Treppe, warf nur ein wenig zart rötlich gelbes Licht in den Raum. Doch gegen das Dunkel um sie herum hatten die Lichtpunkte keine Chance. Es sah aus, als habe jemand etwas davor gelegt, weil fast gar kein Licht mehr durchdrang. Vielleicht war es jetzt Sonnenauf- oder Untergangszeit? Wieviel Zeit war vergangen? Ein Geräusch, als würde ein LKW seinen Motor laufen lassen, war weit entfernt zu hören.

„Holt mich hier raus! Hilfe!…. Hilfe!"

Ihre Worte hallten ihr im Ohr scheinbar nach. Vielleicht hatte jemand ihr Rufen gehört und würde nun gucken kommen, woher die Rufe kamen. Doch anstatt einer Antwort, hörte sie ein leises Plätschern. Woher kam das nur?

Sie versuchte, sich wieder auf alle Viere zu bringen und an den Wänden entlang zu krabbeln. Mit ihrer rechten Hand strich sie dabei über die Wand. An einer Stelle war die Wand nass und sie fühlte, wie das Wasser langsam da herunter rann. Sie streckte ihren Arm aus und folgte dem Widerstand, den sie dem kleinen Rinnsal mit ihrer Hand entgegenbringen musste. Vielleicht regnete es, und das Wasser floss hier an der Stelle in den Keller?

Sie stand vorsichtig auf und achtete dabei darauf, dass sie nicht ihr verletztes Bein belastete. Weiter folgte ihre Hand dem Lauf des Wassers, um den Ursprung zu ertasten. Wieder fühlte sie den Metallrahmen des Kellerfensters und ein kreisrundes Loch, das einen Daumen dick im Durchmesser groß war. Aus diesem Loch floss das Wasser.

Vielleicht das Ende eines Gartenschlauches? Kein Regenwasser! Jemand ließ absichtlich Wasser in den Keller laufen. Wenn es so weiter laufen würde, würde es bald nicht mehr im Boden versickern können. Ein Lehmboden hatte durch den Tongehalt darin nur eine geringe Aufnahmekapazität. Jemand wollte, dass sie hier ertrinkt! Sie drückte mit ihrer Hand gegen das Schlauchende, um es zurückzuschieben, aber es ließ sich gar nicht bewegen.

Vorsichtig versuchte sie ihre Wunde am Oberschenkel zu betasten. Sie fühlte sich mittlerweile heiß an. Am Rand ertastete sie die ausgefransten Jeansfäden. Obwohl sie daran zog, gelang es ihr nur einige wenige Fäden zu lösen. Schnell stopfte sie die abgerissenen Fäden in die Schlauchöffnung. Aber die Fäden wurden sofort herausgespült, wenn sie diese losließ. Mit beiden Händen griff sie ihr T-Shirt am Bauch und versuchte es zu zerreißen. Aber es wollte ihr nicht gelingen. Wenn sie billige T-Shirts tragen würde, wäre es vielleicht kein Problem. Sie musste es anders versuchen. Sie steckte den T-Shirt Rand zwischen ihre Vorderzähne und versuchte ihn durch ihre Kiefernbewegungen erst ein wenig zu zermalmen. Nun spürte sie, wie sich die Textilfasern langsam voneinander lösten. Das Geräusch des fortwährenden leisen Plätscherns von Wasser versuchte sie zu ignorieren und sich ganz auf das Zerreißen des Stoffes zu konzentrieren. Dann nahm sie ihn wieder zwischen beide Hände und dachte an Kai, der sie hier in diese ausweglose Lage gebracht hatte. Die Wut stieg in ihr hoch und bevor sie ihren

Hals ganz erreicht hatte, zog sie mit beiden Händen an dem Stoff.

Ein Ratschen war zu hören. Es klang erlösend für sie. Das Geräusch tut ihr so gut, dass sie lachen musste.

Verrückt, über was man sich in so einer Situation freut? Werde ich hier langsam verrückt? Egal, da kann ich jetzt nicht drüber nachdenken.

Das Zerreißen ging ihr jetzt leichter von der Hand. Die einzelnen Fetzen, versuchte sie in das Schlauchende zu stopfen. Aber immer wieder spritzte das Wasser aus dem Schlauch und schleuderte die Fetzen raus. Der Wasserdruck schien zu groß für ihr Vorhaben zu sein. Jetzt versuchte sie ein Stoffteil, das sie abgerissen hatte, so fest wie sie konnte, um das Schlauchende zu binden. Aber das Stück Schlauch war zu starr dafür, und sie konnte ihn nicht abbinden. Das wenige Licht unter dem Türschlitz war inzwischen im Farbton kälter geworden. Also war es vermutlich jetzt Tag.

An ihren Füßen merkte sie, dass das Wasser mittlerweile weiter angestiegen war. Sie wollte schon aufgeben, da fiel ihr ein, dass sie die Schnürbänder aus ihren Sneakern rausziehen und vielleicht damit das Schlauchende abbinden könnte. Sie zerrte die Bänder aus den Schuhen. Doch immer wieder verlor sie den Kampf mit dem Schlauch. Sie merkte, dass sich beim Zubinden des Schlauches nur der

Wasserdruck wieder erhöhte und sich die Durchflussgeschwindigkeit nicht verringerte.

Ich könnte noch versuchen, den Pfosten wegzudrücken. Wenn die Decke dann auf mich fällt, könnte ich ja untertauchen, um mich vor den herabfallenden Steinen zu schützen. Aber ich habe keine Kraft mehr. Mir fällt nichts ein.

Sie krabbelte vorsichtig auf allen vieren durch das Wasser zurück. Dann tastete sie sich so lange an der Wand entlang, bis sie zu den Stufen gelangt war, die sie zuvor hinuntergefallen war. Vorsichtig versuchte sie sich so ganz oben auf die Treppenstufe zu setzen, dass ihre Füße nicht mehr das Wasser berührten.

Sie stellte sich vor, dass sie an einem Bach im Bergland saß. Die Sonne schien ihr auf ihre Haut und erwärmte sie. Sie schaute den Spiegelungen auf den kleinen Wellen des Baches zu und versuchte sie mit ihren Augen zu durchdringen, um irgendwelche Bachblüten oder Kaulquappen darin zu finden.

Doch das kalte Nass an ihren Fußsohlen riss sie aus diesen schönen Bildern. Angst stieg in ihr auf. Das Wasser kroch langsam über die Stufen.

Wie hoch wird das Wasser steigen? Wie lange wird es dauern, bis mich hier jemand findet? Als Wasserleiche mein Leben hier sinnlos beenden zu müssen, daran hatte ich nie gedacht. Aber wie soll mich hier jemand finden? Wenn mich hier überhaupt jemand lebend findet. Habe ich eine Chance?

24. Kapitel

„Sonja! Sonja komm! Wach auf!

Eine Stimme, die sie aus scheinbar weiter Ferne rief, wurde immer lauter in ihrem Kopf. Sie kannte diese Stimme. Irgendjemand versuchte ihre Beine zu umgreifen. Sie versuchte sich auf ihre Augen zu konzentrieren und sie zu öffnen. Es blieb alles so schwer.

„Manuel?“

„Ja… Liebes, ich bin´ s.“

„Du sagst nie Liebes zu mir!“

„Okay,… Schatz du hast recht. Aber schön, dass du wieder du selbst wirst, kannst schon wieder mosern. Das ist meine Sonja.“

„Warum, bist du nicht eher gekommen? Mir ist so kalt!“

„Ja, mein Schatz, du bist aber jetzt schön zugedeckt und sicher hier. Ich habe etwas gebraucht, dich zu finden, entschuldige. Aber du hast es mir nicht einfach gemacht. So, da kommen sie,... die Sanis, sie helfen dir jetzt und legen dich auf eine Trage, und dann ab ins Krankenhaus mit dir. Ich komm´ mit. Brauchst keine Angst zu haben. Das wird schon wieder.“

Als er seine Arme um sie legte, hörte sie zwar seine Worte noch, aber sie klammerte sich erst mal an ihm fest. Ihr Körper zitterte und ihre Tränen flossen ihr über ihre Wangen. Sie hörte sich schreien und weinen, und es erleichterte sie. Es war ihr egal, ob es jemand peinlich fand. Sie konnte nichts dafür. Ihre Gefühle bahnten sich ihren Weg nach draußen. Er hielt sie fest in seinen Armen und sagte nichts. Genau das, was sie sich immer von ihm in traurigen Momenten in ihrem Leben gewünscht hatte. Einfach festhalten! Mit der einen Hand klopfte er auf ihre Schultern, als wäre sie ein kleines Kind. Das kannte sie von ihm.

„Halte mich weiterhin so fest mein Liebling, dann braucht der Sani jetzt nur deine Füße vorsichtig anzuheben.“

Sie schrie vor Schmerz auf. Sofort schaute sie der junge Sani, in leuchtend orangefarbener Weste, mit großen Augen an. Mit seiner Hand tastete er vorsichtig über ihre Fußgelenke und fasste sie an den Unterschenkeln.

Ein Blick zurück in dieses Loch, zeigte ihr, dass es höchste Zeit für sie war, den Ort zu verlassen. Das Wasser war schon bis über die oberste Stufe gekrochen und war bereits unter der Tür hergelaufen. Sandsäcke lagen hinter der Tür. Also hatte doch jemand noch absichtlich den Türspalt verstopft.

Wie hätte ich das überleben sollen? Ich war nass. Mir war kalt, und ich will nur noch hier weg.

Ein Blick zu Manuel, zeigte ihr, dass er sie verstand. Als könnte er ihre Gedanken lesen, schaute er sie lächelnd an und schüttelte nur leicht den Kopf zu einem „Nein".

„Nein, Sonja ich kann dich nicht mit nach Hause nehmen, auch wenn du das noch so gern willst. Du bist verletzt, erst mal musst du ins Krankenhaus. Ich fahre mit und begleite dich."

Sie wurde auf eine Trage gelegt und dann fuhren sie Sonja ins Krankenhaus. Manuel hielt die ganze Zeit ihre Hand. Das gleichmäßige Geräusch des Martinshorns und das Geschuckel des Wagens ließen sie wieder einschlafen. Vielleicht hatten sie ihr auch eine Spritze gegeben. Sie wusste es nicht. Sie sank in einen unruhigen Schlaf.

Als sie wieder aufwachte, fand sie sich in einem Krankenzimmer wieder. Ihr Fuß war dick verbunden und geschient. Ihr rechter Oberschenkel war in Mullbinden eingewickelt. Aber alles sah so weiß und sauber aus. Zum ersten Mal in ihrem Leben fühlte sie sich im Krankenhaus wohl.

Die Tür ging auf und Daniel kam mit einer Tasche rein.

„Oh,… hallo, was machst du denn hier?"

„Na ja, ich möchte dir `ne Freude machen. Dein Mann hat mich angerufen, weil er meinte, dass du dich freust, wenn ich nach dir schaue. Er ist noch unterwegs und wollte für dich noch etwas besorgen. Wenn du magst, dann rufe ich ihn an."

„Nein, musst du nicht. Ist ja lieb, dass er dich angerufen hat. Woher hatte er denn deine Nummer?“

„Ich denke, dass er sie aus deinen Kontaktdaten gefischt hat. Du hattest ihm von mir doch erzählt, oder? Und ich hatte mich ja mit ihm auch schon einmal bei euch zu Haus bei einer Tasse Kaffee gut über Autos unterhalten. Er ist total nett! Ihr habt doch sicher nicht nur einen gemeinsamen Kalender in euren Handys, sondern auch eine geteilte Adressliste, wie die meisten Paare.“

„Mmmh,… stimmt.“

„Freust du dich denn, mich zu sehen?“

„Ganz ehrlich?, ja,… ! Ja,… ich freu mich, dich zu sehen, doch ich hätte mich noch mehr gefreut, wenn Manuel jetzt hier wäre und mich in den Arm genommen hätte.“

„Aber das macht er doch sicher gleich. Er wird schon gleich für dich da sein! "

„Bist du jetzt enttäuscht, dass ich nach Manuel frage?"

„Nein, Sonja… bin ich nicht. Schau mal ich habe dir Blumen mitgebracht. Ich weiß, sie sind hier im Krankenhaus wegen der Keime verboten. Deswegen habe ich sie in dieser Tasche reingeschummelt. Ich möchte dir so gern eine kleine Freude damit machen. Damit es nicht auffällt, habe ich auch ein Einmachglas als Vase mit rein geschleust. Wenn ich für die Blumen einen Schluck aus deiner Wasserflasche auf deinem Tisch bekomme, dann kann ich sie dir hier auf die Fensterbank stellen.

„Oh,… das ist ja lieb. An was du so alles denkst! Ja, die Blumen sind schön. Jetzt erinnere ich mich, dass ich wohl in dem Keller überlegt habe, nie wieder in meinem Leben Blumen sehen zu können."

„Das freut mich ja nun wieder, dass ich es richtig gemacht habe. Warum sollte ich denn enttäuscht sein?“

„Na ja, ich dachte, du hast dich ein wenig in mich verliebt? Aber ich gehöre zu Manuel. Der ganze Wahnsinn da in dem Loch, hat mich auch nur an ihn denken lassen.“

„Das weiß ich doch. Ihr seid verheiratet, habt zwei Jungs und gehört zusammen. Die Freundschaft zu dir ist mir sehr viel wert. Und übrigens mag ich dich zwar sehr, aber du kämst, tut mir leid, gar nicht für mich in Frage.“

„Wieso das jetzt, warum „gar nicht“?“

„Na ja, in meiner Kindheit, da wusste ich noch nicht so recht. Am Ende meiner Ehe, während der Affäre mit Lena, hatte ich schnell herausgefunden, dass es das auch nicht war. Dann war ich abends in einer Bar und da habe ich eine tolle und liebe Transsexuelle kennengelernt. Ich wusste sofort, was in meinem Leben bisher schiefgelaufen war. Seit dem Abend bin ich mit ihr zusammen. Sie heißt Sascha. Ich hatte mich nicht getraut, es dir zu erzählen. Ich hoffe, dass du jetzt nicht gekränkt bist?“

„Nein,… bin ich nicht“. Das Lachen, das jetzt aus ihr herausbrach, tat ihr gut.

„Bitte sei mir nicht böse, aber ich muss über mich lachen, dass ich so blöd war zu denken, dass du etwas anderes von mir als Freundschaft willst. Ja so täuscht man sich in den Menschen. In Anna hatte ich damals eine Freundin sehen wollen, die lieber meine Geliebte sein wollte. In dir sah ich einen Mann, der mein Geliebter werden wollte, dabei suchst du Freundschaft. Und in Kai, in den ich mich wiederum ein wenig verliebt hatte, sollte mein Mörder werden. Wenn Manuel mich nicht aus dem ganzen Schlamassel gerettet hätte, wäre ich jetzt tot.“

„Ich bin dir nicht böse. Ich freu´ mich, wenn du lachst. Magst du darüber mit mir sprechen, wie es dir in dem Loch ergangen ist?“

„Nein, danke… jetzt nicht,… vielleicht später mal.“

„Okay, ich bin auf jeden Fall immer für dich da. Hier ist übrigens mein altes Handy für dich, wenn du mich oder jemand anderen anrufen möchtest.“

„Ja… superlieb,… danke dir. Mein Handy hat ja wohl noch dieser Scheißkerl Kai.“

„Nein,… Das ist mittlerweile bei der Polizei. Sie haben es sichergestellt.“

„Das heißt,… Sie haben ihn… ?“

„Ja, du warst nicht auffindbar und dein Mann hat über die Handyortung den Weg deines Handys ausfindig gemacht. Das Signal stoppte zwar etwas weiter vor dem Haus. Da wurde es wohl ausgeschaltet.

Aber Manuel ist hingefahren und ist diese Landstraße, an der das Haus lag, ein paar Mal entlanggefahren. Irgendwann fiel ihm dann der gelbe Gartenschlauch auf, der in einem kleinen Vorgarten des Häuschens lag. Er fand es merkwürdig, dass der Schlauch in einem Kellerfenster verschwand. Er war ausgestiegen und schaute sich den Vorgarten an. Erst dachte er, dass der Wasserschlauch im Keller angeschlossen sei, und verfolgte den Weg des Schlauches. Aber der war hinterm Haus an der Außenwand des Hauses zur Terrasse hin angebracht. Das kam ihm seltsam vor. Warum sollte jemand Wasser in seinen Keller leiten? Erst versuchte, er den Schlauch rauszuziehen, aber der war so fest in dem Gitterfenster verklemmt, dass er ihn nicht rausbekam. Dann drehte er erst mal das Wasser ab. Er rief dich immer wieder, aber du hast dich nicht gemeldet. Keiner meldete sich. Da überlegte er nicht lange und rief Verstärkung. Mit seinem Handy alarmierte er dann die Feuerwehr und den Notarzt. Er hatte Angst, dass du darin steckst. Womit er ja auch leider recht hatte."

„Das ist ja irre! Aber wie ist die Polizei dann auf Kai gekommen, oder hat er ihn da an dem Haus dann doch etwa getroffen?"

„Nein, zum Glück nicht, dieser Kai wähnte sich vermutlich in Sicherheit und saß wahrscheinlich vor seinem TV, weil er eine Kamera in dem Keller installiert hatte. Er wollte dir beim Ertrinken zusehen."

„Ja, aber ich versteh´ immer noch nicht, wie sie auf
Kai gekommen sind? Er ist doch Mediziner, wenn
auch Pathologe, und kein Mörder! Wieso wollte er
mir beim Ertrinken zusehen? Warum? Ich verstehe
das nicht. Ich fand ihn doch echt toll. Wir haben uns
gut verstanden. Ich kann auch immer noch gar nicht
glauben, dass er mich die Treppe runter gestoßen
hat.“

„Doch Sonja, er ist ein Mörder! Offenbar sogar ein
Serienkiller, wenn er auch nicht nach den gleichen
Mustern vorgegangen ist. Die Polizei hatte ihn in
Verdacht, als er einen Kostenübernahmeantrag für
eine Videoinstallation bei der Polizei gestellt hatte.
Auf Nachfrage hat er erklärt, dass er das für seine
Pathologie bräuchte. Aber es gab dort schon eine
Installation. Die hatte sein Vorgänger vor ein paar
Jahren schon installieren lassen.

Das war dem Kostenstellenleiter seltsam
vorgekommen, und er sprach in der Mittagspause mit
den Kollegen darüber. Dieses kleine Haus, in dem du
warst, hatte mal seinem Onkel gehört. Es stand seit
Jahren leer. Einem Polizisten, der bei den letzten 3
Mordfällen an den Frauen dabei gewesen ist,
Steinberg heißt er glaube ich, fiel auf, dass es immer
Kai war, der als Pathologe bei den Fällen da war, die
nicht aufgeklärt werden konnten. Er hatte zwar den
Todeszeitpunkt anhand der Fliegen bestimmen
können, aber die Kripo brachte das nicht groß weiter.
Es gibt ja mehrere Pathologen bei der Polizei. Ist ja

nur im Film so, dass es immer nur einer ist, der da an den Leichen rumschnibbelt.

Aber in seinem Fall blieben die meisten Fälle ungelöst, auch wenn er sich mit den Fliegenarten und den Todeszeitpunkten angeblich gut auskannte. Die Taten wurden mit links oder mit rechts ausgeführt. Das hat die Kripo eine Zeit verwirrt, bis sie darauf kamen, dass der Täter ein Mensch ist, der mit beiden Händen alles gleich gut machen kann.

Anja Müller hatte er erstochen und Lydia Schulz hatte er mit einer Überdosis Chloroform umgebracht. Sie hatten eine Einstichstelle von einer Spritze an ihrem Oberschenkel gefunden. So klein, aber der Gerichtsmediziner hatte die Stelle doch gefunden. So hatte er ihr nach der oralen Betäubung noch eine extra tödliche Portion verpasst.

Alle Frauen hatte er über die Netzwerke kurz kennen gelernt und Kontakt mit ihnen aufgenommen. Die Auswahl war scheinbar zufällig. Sonja, du hast großes Glück gehabt! Weißt du das eigentlich? Du hast mir nur von 2 Fällen erzählt, weil du diese ja zufällig mitbekommen hast. Es waren insgesamt acht Fälle. Alle Frauen, ca. 35 - 50 Jahre alt, zierlich und schulterlanges braunes Haar. In dieses Muster hast du gut rein gepasst.“

„Unglaublich, guck mal die Gänsehaut auf meinem
Arm. Wie kann ich mich denn so in einem Menschen
täuschen? Auch mein Bauchgefühl hat mir gezeigt,
dass Kai in Ordnung war.“

„Sonja, dafür kannst du nichts! Er ist ein Psychopath.
Das SEK hatte ihn in seinem Penthouse überrascht.
Das war merkwürdigerweise nicht kameraüberwacht,
sonst wäre es für die Truppe vielleicht schwieriger
geworden. Er sitzt jetzt in Untersuchungshaft bis das
Gericht entscheidet, was mit ihm passiert.“

Daniel reichte ihr die Hand und seine Berührung tat
ihr gut.

„Warum? Warum hat er das getan? All diese
Frauen…?

„Ich weiß nicht genau. Es hatte vielleicht mit seiner
Frau zu tun, haben die Kollegen gesagt. Es war so
eine Hass-Liebe zwischen den beiden. Sie sieht auch
den Frauen ähnlich, die er umgebracht hat. Es waren
alles verschiedene Todesarten. Man hat bei ihm
Dateien gefunden, auf denen er die Todesarten mit
der Dauer des Sterbens dokumentiert hatte. Offenbar
hatten ihn die Sterbezeiträume interessiert. Vielleicht
brachte er lieber, nach der Scheidung von ihr, fremde

Frauen um, als seine eigene. Keine Ahnung, ich bin ja kein Psychologe. Du bist ganz blass geworden, habe ich dich damit überfordert?"

„Nein, hast du nicht, danke dass du mir das alles erzählt hast. Ich bin ja hier sicher aufgehoben und der Typ ist im Knast und kann mir nichts mehr Böses anhaben."

„Ich lass dich mal schlafen, du hast noch etwas nachzuholen und es ist auch die beste Medizin für deine Verletzungen, die dieser Mensch dir zugefügt hat. Dein Knöchel ist gebrochen und dein Oberschenkel verletzt und angebrochen, aber das heilt alles wieder. Dein Mann kommt sicher gleich und kann dann auch wieder für dich da sein."

„Da bin ich schon mein Schatz. Ich habe dir deine Lieblingspizza mit Parma Schinken und frischem Rucola darauf mitgebracht. Schön, dass es dir besser geht! Ich liebe dich!"

„Ich dich auch, Manuel!"

Nachwort der Autorin

Ich möchte mich bei Ihnen bedanken, dass Sie meinen Roman gekauft und gelesen haben. Hoffentlich hat Ihnen der Text gefallen und Sie hatten ein spannendes und schönes Leseerlebnis.

Wenn Sie Neues über meine Buchprojekte erfahren möchten, dann finden Sie diese:

lanaleros.wixseite.com/lanaleros

Instagram: lanaleros

Twitter: Lana Leros

Natürlich freue ich mich ebenso über Ihr Feedback

Lana.leros@gmail.com

Zum Abschluss habe ich noch eine persönliche Bitte. Wenn Ihnen das Buch gefallen hat, würde ich mich über eine kurze Rezension freuen. Einige wenige Sätze würden genügen.
Sollten Sie in Literaturgruppen im Netz sein, würde ich mich natürlich auch dort über ein kleines Feedback freuen.
Ich danke Ihnen von Herzen und hoffe, dass Sie auch andere Texte von mir lesen möchten.